KB145907

달려라 메로스

# 달려라
# 메로스

다자이 오사무

장하나 옮김

성림원북스

## 차례

다스 게마이네

# 1. 환등(幻燈)

**당시, 내게는 하루하루가 만년(晩年)이었다.**

사랑을 했다. 태어나 처음 있는 일이었다. 전에는 내 왼쪽
옆모습만을 보이며 나의 남자다움을 내세우고자 조바심을
냈고, 상대가 단 일 분이라도 망설이면 나는 금세 어쩔 줄
몰라 하며 거센 바람처럼 달아났다. 하지만 당시 매사에 야
무지지 못했던 나는, 내 몸에 달라붙어 있다고 여긴, 상처를
최소화하는 그 현명한 자기방어조차 제대로 지키지 못하고
이른바 절도 없는 사랑을 했다. 사랑하니까 어쩔 수 없다는
목쉰 중얼거림이 내 사상의 전부였다. 스물다섯. 나는 지금

태어났다. 살아 있다. 끝까지, 살아가리라. 진심이다. 사랑하니까 어쩔 수 없다. 그런데 나는 처음부터 환영받지 못했던 듯하다. 정사(情死)라는 낡은 개념을 몸으로 서서히 이해하기 시작했을 즈음 나는 차갑게 거절당했고 단지 그뿐이었다. 상대는 어디론가 사라져버렸다.

친구들은 나를 사노 지로자에몬* 혹은 사노 지노라는 옛사람 이름으로 불렀다.

"사노 지로, 그래도 다행이야. 그런 이름 덕분에 그럭저럭 괜찮아 보이는 거라고. 차였는데도 그 정도면, 하늘이 도왔다는 증거겠지. 어쨌든 다행이야."

바바가 그리 말한 것을 나는 잊지 못한다. 나를 사노 지로 따위로 부르기 시작한 건 틀림없이 바바였다. 나는 바바와 우에노 공원 안의 단술집에서 알게 되었다. 기요미즈데라 바로 근처, 붉은 양탄자를 깐 평상 두 개를 늘어놓은 작은 단술집이었다.

강의 사이사이에 대학 뒷문에서 공원으로 어슬렁어슬렁 걸어 나와 단술집에 자주 들른 이유는, 그 가게에 열일곱 살

---

• 에도 중기 사람으로 사랑했던 기녀에게 이별 통보를 받자 그 기녀는 물론 다른 사람들까지도 칼로 무참히 살해했다.

의 기쿠라는, 몸집이 작고 총명한 얼굴에 눈이 맑은 여자아이가 있었기 때문이다. 그 아이의 모습은 내가 사랑하는 사람과 꼭 닮아 있었다. 내가 사랑하는 사람은 만나려면 돈이 좀 드는 여자였기에, 돈이 없을 때는 단술집 평상에 앉아 단술 한 잔을 홀짝이면서, 그 기쿠라는 여자아이를 내가 사랑하는 사람 대신 바라보며 마음을 달래곤 했다. 올해 초봄, 나는 그 단술집에서 이상한 남자를 보았다. 그날은 토요일이었고 아침부터 하늘이 청명했다. 프랑스 서정시 강의를 듣고 난 정오 무렵, '매화는 피었는가, 벚꽃은 아직인가', 방금 배운 프랑스 서정시와는 전혀 다른, 알 수 없는 시구에 멋대로 가락을 붙여 반복해서 흥얼거리며 언제나 그렇듯 그 단술집을 찾았다. 손님은 이미 한 사람 와 있었다. 나는 놀랐다. 그 손님의 모습이 어딘가 기이했기 때문이다. 깡마른 몸에 키는 보통, 입고 있는 양복도 검은 모직의 평범한 옷이었는데, 그 위에 걸친 외투가 일단 괴상했다. 자세한 형태는 알 수 없었으나, 첫인상으로 말하자면 프리드리히 실러의 외투였다. 벨벳 소재에 단추가 터무니없이 주렁주렁 달린 멋스러운 짙은 은색 옷이었는데 말도 안 되게 할랑했다. 다음으론 얼굴. 이 역시 첫인상을 말하자면 슈베르트로

둔갑하다 실패한 여우 같았다. 신기할 정도로 튀어나온 이마, 작은 철테 안경, 심한 곱슬머리, 뾰족한 턱, 너저분한 수염. 피부는 좀 과장되게 말하자면 휘파람새의 깃털처럼 지저분하게 푸르딩딩하고 윤기가 하나도 없었다. 그런데 그이가 양탄자 깔린 평상 한가운데 책상다리를 하고 앉아 큼직한 사기 찻잔으로 나른한 듯 단술을 홀짝이며, 아아, 한쪽 손을 들어 이리 오라고 나를 부르는 게 아닌가! 시간을 끌면 끌수록 점점 기이한 일이 벌어질 것 같은 직감이 밀려와, 나는 나조차도 알 수 없는 억지 미소를 지으며 그 남자가 있는 평상 끄트머리에 앉았다.

"오늘 아침에 굉장히 딱딱한 오징어를 씹어서요."

일부러 내리깐 듯한 낮고 쉰 목소리였다.

"오른쪽 어금니가 엄청 아파요. 치통처럼 지독한 건 없죠. 아스피린을 왕창 털어 넣으면 싹 가시겠지만. 그나저나 당신을 부른 게 나였습니까? 죄송하게 됐네요. 내가 말입니다."

내 얼굴을 흘끗 보더니 입가에 미소를 머금고 말을 이어 갔다.

"사람을 잘 못 알아봐요. 맹인은 아닙니다. 난 평범해요.

겉보기만 그럴 뿐, 내 나쁜 버릇이죠. 처음 만난 사람에게 좀 별나게 보이고 싶어서요. 자승자박이라는 말이 있죠. 심각한 고질병이에요. 그쪽은 문과? 올해 졸업인가요?"

나는 대답했다.

"아니요. 한 해 더 남았습니다. 그게, 한 번 낙제했거든요."

"하아, 예술가군요."

그는 무덤덤하게 단술을 한 모금 마셨다.

"난 어쩌다 보니 여기 음대에 8년째 다니고 있어요. 졸업이 쉽지 않네요. 아직 한 번도 시험 날 출석해본 적이 없거든요. 인간이 인간을 시험하다니 참으로 무례하지 않습니까?"

"그렇죠."

"근데 말이 그렇지, 실은 머리가 나쁜 거죠. 허구한 날 여기에 죽치고 앉아 눈앞에 걸어가는 사람들을 쳐다보고 있는데, 처음엔 참을 수가 없더라고요. 이렇게나 사람이 많은데도 아무도 나를 모른다, 나를 신경 쓰지 않는다, 그런 생각을 하면, 아니, 그렇게까지 호응해줄 건 없습니다. 처음부터 그쪽 마음을 말하고 있는 거니까. 하지만 지금의 나는,

그런 일쯤은 아무렇지도 않아요. 오히려 쾌감을 느끼죠. 베개 밑을 맑은 물이 졸졸 흘러가는 듯한. 체념이 아닙니다. 왕족이 느끼는 기쁨이에요."

그는 꿀꺽꿀꺽 단술을 들이켜더니 찻잔을 내 쪽으로 쑥 내밀었다.

"찻잔에 백마교불행*이라고 쓰여 있죠. 안 되겠어. 이거 원 창피스러워서. 그쪽한테 물려주죠. 아사쿠사에 있는 골동품점에서 비싸게 사 와서 이 가게에 맡겨둔 겁니다. 내 전용 찻잔으로 말이죠. 난 그쪽 얼굴이 맘에 들어요. 눈동자 빛이 깊어. 동경하는 눈입니다. 내가 죽거든 이 찻잔을 써요. 난 내일쯤 죽을지도 모르니까."

그 후로도 우리는 그 단술집에서 툭하면 만났다. 바바는 좀체 죽지 않았다. 죽기는커녕 살이 좀 붙었다. 푸르딩딩했던 두 뺨이 복숭아처럼 탐스러워졌다. 그는 그게 다 술살이라며 이렇게 살이 찌면 더 위험하다고 작은 소리로 덧붙였다. 나는 날이 갈수록 그와 친해졌다. 왜 나는 이런 남자에게서 도망치지 않고 되레 가까워졌을까. 바바의 천재성을

---

• 白馬驕不行. 당나라 시인 최국보가 쓴 오언절구 〈소년행(少年行)〉의 일부로 '백마는 교만하여 달리려 하지 않는다'는 뜻.

믿어서였을까. 지난해 늦가을, 요제프 시게티라는 부다페스트 출신의 실력 있는 바이올린 연주자가 일본에 와 히비야 공회당에서 세 번 정도 연주회를 열었지만, 세 번 모두 아무런 인기를 끌지 못했다. 고고하고 고집스러운 이 마흔 살의 천재는 발끈하여 〈도쿄아사히신문〉에 '일본인의 귀는 당나귀 귀다'라며 악다구니를 퍼붓는 글을 기고했는데, 일본 청중에 대한 그 악담 끝에는 반드시 '단 한 청년을 제외하고'라는 말이 시의 후렴구처럼 괄호 속에 따라붙었다. 도대체가 그 한 청년이 누구냐며 음악계가 시끌시끌했는데 그이가 바로 바바였다. 바바는 요제프 시게티와 만나 이야기를 나눴다. 히비야 공회당에서의 세 번째 수치스러운 연주회가 끝난 밤, 바바는 긴자에 자리한 어느 유명한 비어홀 안쪽에 놓인 화분의 나무 그림자에서 시게티의 불그스름하고 큰 대머리를 발견했다. 바바는 호응받지 못한 그 세계적인 바이올리니스트가 애써 태연한 척 엷게 미소 지으며 맥주를 마시고 있는 바로 옆 테이블로 주저 없이 성큼성큼 다가가 앉았다. 그날 밤, 바바와 시게티는 서로에게 공감하며 긴자 1번가서부터 8번가까지 늘어선 값비싼 주점을 한 집 한 집 순례했다. 값은 요제프 시게티가 지불했다. 시게티는 술을 마셔도 예의를 지켰다. 검정 나비넥타이를 단정히 맨 채로 아가씨들에게는 끝까지 손가락 하나 대지 않았다. "이성과 지혜로 다듬어지지 않은 예술이 아니면 흥미가 없습니다, 문학 쪽으로는 앙드레 지드와 토마스 만을 좋아합니다."라고 말하며 쓸쓸한 듯 오른손 엄지손톱을 깨물었다. 지드를 치드라고 발음했다. 밤이 지나고 동이 틀 무렵, 두 사람은 데이코쿠 호텔 정원의 연못가에서 서로의 시선을 피하며 힘 빠진 악수를 나누고 허둥지둥 헤어졌다. 그날 시게티는 요코하마에서 엠프레스 오브 캐나다 호에 승선해 미국으로 떠났고, 다음 날 〈도쿄아사히신문〉에 예의 그 후렴구 붙은 글이 실렸다. 하지만 나는, 바바가 쑥스러운 듯 눈을 격하게 깜빡거리면서 마지막에는 언짢아하며 들려주는 이런 식의 영웅담을 그다지 신뢰하지 않았다. 그가 외국인과 밤새 이야기를 나눌 수 있을 만큼 어학에 능통한지 의심스러웠다. 한번 의심하기 시작하면 끝도 없겠지만, 다 떠나서 그에게는 어떠한 음악적 이론이 있는지, 바이올리니스트로서는 얼마나 실력이 있는지, 작곡가로서는 어떠한지, 그런 것조차 나는 하나도 알지 못한다. 바바는 이따금 반들반들 검게 빛나는 바이올린 케이스를 왼쪽 옆구리에 끼고 다니곤 했는데, 속은 늘 비어 있었다. 그의 말에 따르면, 그 케이스 자체가 현대의 상징이다, 그렇기에 안이 썰렁하고 텅 비어 있다, 라고 했지만, 그럴 때마다 나는 이 남자가 과연 바이올린을 한 번이라도 쥐어본 적이 있을까 하는 이상한 의심마저 품게 되었다. 그런 식이었기에 그의 천재성을 믿든 안 믿든 그의 기량을 판단할 수조차 없었으므로, 내가 그에게 매료된 건 분명 다른 연유가 있을 것이다. 나 역시 바이올린보다는 바이올린 케이스에 더 신경을 쓰는 쪽이었기에 바바의 정신과 기량보다 그의 모습과 농담에 끌렸던 것도 같다. 그는 실로 옷을 자주 바꿔 입고 내 앞에 나타났다. 각종 양복 외에 교복을 입기도 하고 작업복을 입기도 하고 어떤 날은 허리띠에 흰 버선 차림으로 나타나는 바람에 당황스러워 얼굴을 붉힌 적도 있다. 천연덕스럽게 늘어놓는 그의 말에 따르면, 그가 이다지도 옷을 자주 바꿔 입는 이유는 남들에게 자신에 대한 그 어떤 인상도 남기고 싶지 않아서라고 했다. 빠뜨린 말이 있는데, 바바의 집은 도쿄 외곽의 미타카무라 시모렌자쿠에 있고, 그는 거기서 시내로 하루도 빠짐없이 나와서 놀았다. 아버지는 지주인지 뭔지로 상당한 부자였기에 매번 옷을 바꿔 입을 수 있는 것이었다. 이 또한, 말하자면 지주 아들놈의 사치 중 하나에 지나지 않았고, 생각해보면 나는 딱히 그의 겉모습에 끌린 것도 아니었다. 돈 때문이었을까? 매우 껄끄러운 이야기지만, 그와 둘이서 놀러 다니면 모든 계산을 그가 했다. 나를 밀치면서까지 계산했다. 우정과 금전 사이에는 더없이 미묘한 상호작용이 끊임없이 일어나고 있어서 그의 윤택함이 내게 어느 정도는 매력적으로 다가왔음을 부정할 수 없다. 어쩌면 바바와 나의 우정은 애당초 주종 관계였을 뿐, 처음부터 끝까지 철저하게 내가 끌려다녔다는 이야기로 귀결될 수 있음 직하다.

아아, 말하다 보니 무심코 이실직고해버렸다. 결국, 그 무렵의 나는 아까도 잠깐 말했듯이 금붕어 똥처럼 의지력이라고는 티끌만큼도 없는 생활을 했다. 금붕어가 헤엄치면 나도 쫄래쫄래 따라가는 똥처럼 바바와의 만남을 허무하게 이어가고 있었다. 그러던 팔십팔야*였다. 이상하리만치 바바는 달력에 꽤 민감해서, 오늘은 경신년의 불멸일**이라며 풀이 죽어 있는 날이 있다가도, 오늘은 단옷날이니 어둠 축

---

* 八十八夜. 입춘일로부터 88일째 되는 밤.
** 佛滅日. 부처도 멸할 정도로 매우 불길한 날.

제\*라는 둥, 나로서는 도저히 이해할 수 없는 말들을 중얼거렸다. 그날도 나는 우에노 공원의 단술집에서 새끼 밴 고양이, 벚나무, 꽃보라, 송충이, 그런 풍경이 자아내는 완연한 늦봄의 분위기를 온몸으로 느끼며 혼자 맥주를 마시고 있었는데, 문득 정신을 차려보니 바바가 초록빛 화려한 양복을 입고서 어느 틈엔가 내 뒤쪽에 앉아 있었다. 여느 때처럼 낮은 목소리로 "오늘은 팔십팔야야." 그렇게 한마디 중얼거리더니 겸연쩍었는지 벌떡 일어나 양어깨를 요란하게 흔들어댔다. 팔십팔야를 기념하자며, 웃으면서 아무런 의미도 없는 결심을 굳히고 우리는 아사쿠사로 술을 마시러 갔다. 그날 밤, 나는 갑작스레 바바에게서 떠날 수 없는 친밀감을 느끼기에 이르렀다. 아사쿠사의 술집을 대여섯 군데 들렀다. 빌헬름 플라지\*\*와 일본 음악계의 싸움을 씹어 토해내듯 장황하게 이야기했다. 플라지는 대단한 사내야, 왜냐고? 그가 또다시 혼잣말처럼 그 이유에 대해서 중얼거리는 모습을 보고 있자니, 나는 내 여자가 미칠 듯 보고 싶어

---

• 등불을 끄고 제례를 지내는 축제.

•• (1888~1969) 독일 외교관으로 훗날 일본의 고등학교에서 독일어를 가르쳤으며, 유럽 악곡을 무단으로 사용한 일본 방송사 등에 고액의 사용료를 청구했다.

졌다. 나는 바바를 꼬드겼다. 환등을 보러 가자고 나지막이 말했다. 바바는 환등을 몰랐다. 그래, 좋았어! 오늘만큼은 내가 선배입니다. 팔십팔야니까 모셔다드리죠. 나는 멋쩍음을 숨기기 위해 농담을 던지며 플라지, 플라지, 하염없이 낮게 중얼거리는 바바를 억지로 자동차에 밀어 넣었다. 어서 갑시다! 아아, 늘 그렇듯 이 오카와강을 건널 때의 설렘이란. 환등의 거리. 이곳은 비슷한 골목들이 거미줄처럼 사방팔방 이어져 있고, 골목 양쪽에 있는 집들의 한 자에서 두 자 정도 되는 작은 창문으로 젊은 여자들이 화사하게 웃고 있다. 이 거리에 한 걸음 들어서면 어깨에 힘이 쑥 빠져나가고 사람들은 자신의 모습을 완전히 망각한 채 추격을 따돌린 죄인처럼 아름답고 편안한 하룻밤을 보낸다. 바바는 이 거리가 처음인 것 같았으나, 딱히 놀라지도 않고 나와 조금 떨어져 느긋하게 걸으며 양쪽 작은 창문 너머로 여자들의 얼굴을 하나하나 살펴보고 있었다. 골목으로 들어갔다가 골목을 빠져나와서는, 다시 골목을 꺾어 들어가 다다른 골목에 멈춰 서서 바바의 옆구리를 쿡 찌르며, 나는 이 여자를 사랑해요, 꽤 오래전부터, 하고 속삭였다. 내 사랑은 눈도 깜빡이지 않고 자그마한 아랫입술만 살짝 왼쪽으로 움직여 보였다. 바바도 멈춰 서서 양팔을 축 늘어뜨린 채 고개를 쑥 내밀어 여자를 뚫어지게 응시하기 시작했다. 이윽고 나를 돌아보더니 큰 소리로 말했다.

"이야, 닮았네, 닮았어."

그때 처음 깨달았다.

"아뇨, 기쿠에겐 못 당하죠!"

나는 긴장해서 이상한 대답을 했다. 힘이 잔뜩 들어가 있었다. 바바는 살짝 당황한 기색으로 "비교하면 안 되지." 하며 웃었지만, 이내 험상궂게 눈살을 찌푸리며 "아니, 뭐든 비교해서는 안 돼. 비교 근성은 어리석고 못난 거야." 하고 자신을 타이르듯 찬찬히 중얼거리며 터덜터덜 걸음을 옮겼다. 다음 날 아침, 우리는 돌아가는 자동차 안에서 잠자코 있었다. 한 마디라도 내뱉었다가는 주먹다짐이라도 벌어질 것 같은 어색함이 맴돌았다. 자동차가 아사쿠사의 혼잡한 틈에 섞여 우리도 다른 이들처럼 편안함을 느끼게 되었을 때, 비로소 바바는 진지하게 중얼거렸다.

"어젯밤에 여자들이 말이야. 나한테 이런 가르침을 줬어. 자기네들도 보이는 것만큼 편안하진 않다고."

나는 애써 과장되게 웃었다. 바바는 전에 없이 환하게 미소 지으며 내 어깨를 툭 치며 말했다.

"일본 최고의 거리야. 모두 가슴을 쫙 펴고 살아가잖아. 부끄러워하지도 않고. 놀라워. 하루하루를 충실히 살아가고 있어."

그 후로 나는 바바와 가족처럼 허물없이 지내며 난생처음 친구를 얻은 기분마저 들었다. 친구를 얻었다고 생각한 순간, 나는 사랑하는 사람을 잃었다. 도저히 입밖에도 낼 수 없을 만큼 내가 생각해도 초라한 모습으로 차였기 때문에 나는 조금 유명해졌고, 결국 사노 지로라는 한심한 이름까지 얻게 되었다. 지금이니까 이렇게 담담하게 말할 수 있는 거지, 당시에는 웃을 일이 아니라, 죽을 일이라고 생각했다. 환등가에서 얻은 병도 낫지 않아 언제 망가질지 모르는 상태였고, 사람들은 왜 살아야 하는지 그 이유를 알 수 없었다. 얼마 지나지 않아 여름방학이 시작되어 도쿄에서 이천 리 떨어진 혼슈 북단의 고향으로 돌아가, 진종일 뜰에 있는 밤나무 아래 등의자에 엎드려 담배를 일흔 개비씩 태워대며 멍하니 지냈다. 바바가 편지를 보내왔다.

사노 지로자에몬에게.

죽음만은 좀 기다려줄 수 없을까? 나를 위해서. 네가 자살했다면 나는, 아아, 나 보라고 일부러 그런 건가, 하며 은근히 자만했을 거야. 그래도 괜찮다면 죽어도 돼. 나 역시 예전에는, 아니 지금도 여전히 열심히 살고 있진 않아. 그렇지만 난 자살은 안 해. 누군가 우쭐대는 건 질색이거든. 병과 재난을 기다리지. 그런데 지금 내가 앓는 병은 치통과 치질이야. 죽기는 틀렸어. 재난도 여간해선 오지 않더라고. 밤새 방 창문을 열어 놓고서 강도의 습격을 기다리며 그에게 죽임을 당해야지 하는데, 창문으로 잠입하는 건 나방과 날개미와 딱정벌레, 그리고 백만 모기 군단뿐이야(넌, 아아, 나도 그래! 라고 하겠지). 나와 함께 책을 내는 게 어때? 난 책이라도 내서 빚을 모조리 갚은 다음, 사흘 내리 자만 자고 싶어. 빚은 이러지도 저러지도 못하는 내 육신이야. 내 가슴에는 빚 구멍이 까맣게 뻥 뚫려 있어. 책을 냈다가 이 채워지지 않는 구멍이 점점 더 깊어질지도 모르겠지만, 그땐 또 어떻게든 되겠지. 어쨌든 나는 나 자신과 매듭을 잘 짓고 싶어. 책 제목은 해적. 구체적인 내용은 너와 상의한 후에 정할 생각이지만, 내 계획은 수출용 잡지를 만드는 거야. 프랑스가 좋겠지. 넌 어학 능력이 뛰어나니까 우리가 쓴 원고를 프랑스어로 번역해줘. 앙드레 지드에게 한 권 보내서 비평도 받자. 아, 발레리와 직접 논쟁할 수도 있을걸. 졸려 보이는 프루스트를 당황스럽게 만들어보자(넌, 유감이지만 프루스트는 이미 죽었어요, 라고 하겠지). 콕토는 아직 살아 있어. 라디게가 살아 있었음 좋았을 텐데. 데코브라 선생님께도 보내서 기쁘게 해드리자, 가엾게도.

이런 공상, 재밌지 않아? 실현하는 것도 딱히 어렵지 않아(쓰는 대로 글씨가 마르지. 편지글이라는 특이한 문체. 서술도 아니고, 회화도 아니고, 묘사도 아닌, 아주 묘한, 그러면서도 제대로 독립된 어쩐지 꺼림칙한 문체. 이런, 멍청한 소릴 했네). 어제 밤새도록 계산한 바에 의하면, 300엔이면 멋들어진 책을 만들 수 있어. 그 정도면 나 혼자서도 어떻게든 마련할 수 있을 것 같아. 너는 시를 써서 폴 포르에게 보여줘. 난 지금 '해적의 노래'라는 4악장으로 이루어진 교향곡을 생각하고 있어. 완성되면 이 잡지에 발표해서 기필코 모리스 라벨을 당황하게 만들 거야. 거듭 말하지만, 실현은 그리 어렵지 않아. 돈만 있으면 돼. 실현 불가능할 게 뭐야. 너도 화려한 공상으로 가슴을 한껏 부풀려봐. 어때?(편지에는 어째서 늘 건강을 빌어야 할까? 머리가 나쁘고, 글을 못 쓰고, 말주변이 없어도 편지만은 잘 쓴다는 남자에 대한 괴담이 세상에 있어.) 난 편지를 잘 쓰는 것 같아, 못 쓰는 것 같아? 그럼 안녕.

이건 좀 다른 이야기지만, 지금 잠깐 떠올라서 적는다. 오래된

질문. '안다는 건 행복한가?'

바바 가즈마

# 2. 해적

**나폴리를 보고 나서 죽어라!**

Pirate라는 단어는 저작물을 표절한 사람을 가리킬 때도 쓰이는 것 같은데 그래도 괜찮냐고 내가 묻자, 바바는 즉시 더 재밌겠다고 대답했다. Le Pirate, 일단 잡지 이름은 정해졌다. 말라르메나 베를렌이 관여한 ⟨La Basoche⟩, 베르하렌 일파의 ⟨La Jeune Belgique⟩, 그 외 ⟨La Semaine⟩, ⟨Le Type⟩ 모두 이국의 예술 정원에 핀 새빨간 장미꽃이다. 과거 젊은 예술가들이 세상에 알린 기관 잡지. 아아, 우리도 해보자! 여름방학이 끝나 서둘러 상경했더니 바바의 해적 열기는 더욱더 뜨거워져 있었고, 마침내 나까지도 감염되어 우리는 모였다 하면 〈Le Pirate〉에 대한 화려한 공상을, 아니 구체적인 계획을 주고받았다. 봄, 여름, 가을, 겨울, 1년에 네 번씩 발행. 국배판 60쪽. 전부 아트지. 클럽 회원은 해적 유니폼을 입고 가슴에는 꼭 제철에 맞는 꽃을 꽂을 것. 회원 암호는 '절대 맹세하지 마. 행복이란? 심판하지 말지니. 나폴리를 보고 나서 죽어라!' 등등. 동지는 반드시 20대의 미청년이어야 할 것. 어느 한 가지에 뛰어난 기량을 갖출 것. 〈The Yellow Book〉의 옛 지혜를 본받아 비어즐리에 필적하는 천재 화가를 찾아내 삽화를 그리게 할 것이다. 국제문화진흥회 따위에 의지하지 말고 이국땅에 우리의 예술을 우리 손으로 알릴 것이다. 자본금은 바바가 200엔, 내가 100엔, 그리고 다른 동지들로부터 200엔 정도를 받을 예정이다. 동지, 바바가 그의 친척뻘인 시타케 로쿠로라고 하는 도쿄미술학교의 학생을 우선 내게 소개하기로 했다. 그날 나는 바바와 한 약속대로 오후 4시경에 우에노 공원에 있는 기쿠가 있는 단술집을 찾았는데, 바바가 잔무늬가 들어간 감색 홑옷에 통이 넓은 무명 바지라는 유신 시대 같은 차림새로 양탄자 깔린 평상에 앉아 나를 기다리고 있었다. 바바 발치에 새빨간 삼잎 무늬 허리띠를 매고 하얀 꽃 비녀를 꽂은 기쿠가 쟁반을 들고 웅크리고 앉아 바바의 얼굴을 쳐다보며 움쩍도 하지 않고 가만히 있었다. 바바의 검푸른 얼굴에는 희미한 석양이 비쳐들고 자욱이 피어오른 저녁 안개가 두 사람 주위를 감싸고 있어 뭔가 기묘한 풍경을 자아냈다. 내가 다가가 "왔어요?" 하고 바바에게 말을 걸자, 기쿠가 "아." 하고 작게 외치며 벌떡 일어나 돌아서서 내게 하얀 이를 보이며 인사했는데, 금세 둥그런 두 뺨을 붉혔다. 나도 조금 당황해서, "내가 뭐 잘못했나?" 하고 말하자, 기쿠는 순간 표정을 싹 바꾸어 묘하게 진지한 눈으로 내 얼굴을 바라보더니, 획 내게서 등을 돌리고 쟁반으로 얼굴을 가린 채 가게 안으로 달려가버렸다. 꼭두각시 인형 놀음이라도 보고 있는 듯한 기분이 들었다. 내가 의아해하며 그 뒷모습을 멀거니 바라보다 평상에 앉으니, 바바가 히죽히죽 웃으며 입을 열었다.

"완전히 믿다니. 그런 모습은 역시나 재밌단 말이지. 저 아이 말이야."

과연 백마교불행 찻잔이 창피했는지 벌써 어디다 치우고, 지금은 여느 손님들처럼 가게의 청자 찻잔을 쓴다. 바바는 차를 한 모금 마시고 말했다.

"내 수염을 보고 며칠이나 지나야 이렇게 자라냐고 묻길래, 이틀쯤 지나면 이렇게 자란다, 잘 봐봐라, 수염이 뻗어나오는 게 눈으로도 보일 지경이다, 라고 진지하게 말하니까 가만히 앉아서 내 턱을 접시 같은 댕그란 눈으로 빤히 쳐다보잖아. 놀랐어. 무지해서 믿는 건가? 아니면 똑똑해서 믿는 건가? 믿음이라는 제목으로 소설이나 한 편 써볼까? A가 B를 믿어. 거기에 C, D, E, F, G, H, 그 밖에 수많은 인물이 잇따라 등장해서 수단과 방법을 가리지 않고 B를 모함하지. 그런데도 A는 여전히 B를 믿어. 의심하지 않아. 절대로 의심 안 해. 흔들리지 않지. A는 여자, B는 남자. 따분한 소설이네. 하핫."

이상하게 들떠 있었다. 나의 그의 말을 그저 듣기만 할 뿐, 그의 심중을 딱히 추측하고 있지 않다는 것을 당장 보여줘야겠다 싶었다.

"그 소설 재미있을 것 같은데 써보지 그래요?"

그래서 최대한 신경 쓰지 않는다는 투로 말하고는 눈앞에 있는 사이고 다카모리의 동상을 멍하니 바라보았다. 도움이 됐나 보다. 바바는 평소의 불만 가득한 표정을 쉽게 되찾았다.

"근데 난 소설을 못 써. 넌 괴담을 좋아하나 보다?"

"네, 좋아하죠. 괴담이 제 상상력을 가장 많이 자극하는 것 같아요."

"이런 괴담은 어때?"

바바는 아랫입술을 핥았다.

"지성의 극치란 건 분명히 있어. 온몸의 털이 곤두서는 무간나락이지. 그곳을 살짝이라도 들여다본 사람은 아무 말도 할 수 없게 돼. 펜을 들어도 원고지 구석에 자기 얼굴이나 끼적댈 뿐, 한 자도 쓸 수 없는 거지. 그 와중에도 그 사람은 세상에서 가장 무서운 어떤 소설을 몰래 구상해. 구상하자마자 갑자기 온 세상 소설이 지루하고 따분해져. 그건 정말 무시무시한 소설이야. 가령 모자를 비스듬히 써도 거슬리고, 푹 눌러써도 불안하고, 큰맘 먹고 벗어봐도 찜찜할 때, 사람은 어디쯤에서 위치의 안정을 얻을 것인가 하는 자의식 과잉 통일 문제 등에 대해서도 이 소설은 바둑판 위에 놓인 바둑알처럼 명쾌한 해결책을 제시하지. 명쾌한 해결책? 아니. 무풍, 세공 유리, 백골, 맑고 깨끗한 해결이야. 아니, 아니지. 그런 형용사도 없는 그냥 '해결'이다. 그런 소설은 분명 있어. 하지만 사람은 일단 이 소설을 구상한 날부터 점점 야위다가 막판엔 미치거나 자살하거나 말을 못 하게 돼. 라디게는 자살했잖아. 콕토는 미쳐서 밤낮없이 아편만 피워댔고, 발레리는 10년 동안 말을 못 했다나. 이 단 한 편의 소설을 둘러싸고 일본에서도 한때 굉장히 비참한 희생자가 나왔어. 실제로 말이야……."

"어이, 저기."라는 쉰 목소리가 바바의 이야기를 방해했다. 흠칫 놀라 돌아보니 바바의 오른편에 코발트색 교복을 입은 키가 아주 작은 청년이 가만히 서 있었다.

"늦었잖아."

바바는 꾸짖는 듯한 어조로 말했다.

"여기 제국대생이 사노 지로자에몬. 이 녀석은 사타케 로쿠로. 전에 말한 그 화가 말이야."

사타케와 나는 쓴웃음을 지으며 가볍게 눈인사를 나눴다. 사타케의 얼굴은 주름과 모공이 하나도 안 보여 반질반질 닦인 우윳빛 가면 같았다. 눈동자 초점이 또렷하지 않아 유리로 만든 눈알 같았고, 코는 상아 세공처럼 차가웠으며, 콧날은 칼처럼 날카로웠다. 눈썹은 버드나무의 잎처럼 길고 가늘었으며 얇은 입술은 딸기처럼 붉었다. 그렇게 현란

한 얼굴에 비하면 팔다리가 어찌나 빈약하던지 이 또한 놀라울 따름이었다. 키는 150센티미터도 채 안 될 듯했고, 마르고 작은 손은 도마뱀을 떠올리게 했다. 사타케는 선 채로 늙은이처럼 생기 없는 목소리로 소곤소곤 말을 건넸다.

"바바한테 얘기 들었어요. 호된 일을 당했다면서요. 제법 이구나 싶었는데 말이죠."

나는 욱해서 사타케의 부시도록 하얀 얼굴을 한 번 더 쳐다봤다. 그는 상자처럼 무표정할 뿐이었다.

바바는 큰 소리로 혀를 끌끌 차며 "야, 사타케. 그만 놀려. 아무렇지도 않게 남을 놀리는 건 비열하단 증거야. 욕할 거면 화끈하게 퍼부으라고."

"놀리는 거 아닌데 말이야."

조용히 답하며 가슴 주머니에서 보랏빛 손수건을 꺼내 목 주위의 땀을 천천히 닦기 시작했다.

"으휴!"

바바는 한숨을 푹 내쉬며 평상에 벌렁 드러누웠다.

"넌 말끝에 그 '말이야'나 '말이요' 같은 걸 안 붙이면 말을 할 수 없는 거냐? 어미에 그 감탄사 같은 것 좀 붙이지 마. 피부에 끈적끈적 들러붙는 것 같아서 질색이거든."

내 생각도 그랬다.

사타케는 손수건을 고이 접어 가슴 주머니에 넣으면서 남 일처럼 중얼거렸다.

"나팔꽃 같은 낯짝 주제라고 할 줄 알았는데."

바바는 슬며시 일어나 조금 소리 높여 말했다.

"너랑 여기서 말다툼하고 싶지 않아. 둘 다 계속 제삼자를 계산에 넣고 말하고 있잖아. 그치?"

뭔가 내가 모르는 사정이 있는 것 같았다.

사타케는 도자기처럼 새하얀 이를 드러내며 씩 웃었다.

"이제 용건 다 끝났지?"

"그래."

바바는 과장되게 곁눈질하며 어색한 하품을 해댔다.

"그럼 난 이만."

사타케는 작은 소리로 말하고 손목에 찬 금시계를 꽤 오래 바라보며 뭔가 골똘히 생각에 잠긴 눈치였지만, "히비야에 신교향곡을 들으러 가려고. 고노에도 요새 상술이 좋아졌단 말이야. 내 옆자리엔 늘 외국인 아가씨가 앉는다니까. 요즘은 그게 낙이야." 하고 말을 끝내자마자, 쥐처럼 가벼운 몸놀림으로 쫑쫑 달려갔다.

"쳇! 기쿠야, 맥주 좀 줘. 너의 미남이 가버렸어. 사노 지로, 마시자. 내가 시시한 놈을 끌어들였네. 말미잘 같은 놈. 저런 놈이랑 싸우면 별짓 다 해도 못 이겨. 손 놓고 가만있어도 내가 날린 주먹에 그냥 척 달라붙어 버린다고."

바바는 갑자기 진지하게 목소리를 낮추고 "그 녀석, 기쿠 손을 막 움켜잡더라니까. 저런 놈이 남의 부인을 쉽게 가로채는 거야. 내심 고자가 아닐까 싶은데 말이야. 아, 이름만 친척이지 나랑은 완전 남남이야. 난 기쿠 앞에서 저런 놈과 논쟁하고 싶지 않아. 싸우기 싫어. 사타케의 그 하늘 높은 자존심만 생각하면 늘 소름이 돋는다니까."

맥주잔을 쥔 채 깊은 한숨을 내쉬었다.

"그래도 그 녀석의 그림만은 정정당당히 인정해줘야 해."

나는 멍하니 있었다. 점점 어둑해지며 형형색색의 불빛으로 물들어가는 우에노 대로변의 혼잡한 풍경을 내려다보았다. 그리고 바바의 혼잣말과는 천리만리 떨어진, 하찮은 감상에 젖어 들었다. "도쿄구나."라는 딱 그 한마디만큼의 감상에.

그런데 그로부터 닷새 후, 우에노 동물원에 맥 한 쌍을 새로 들였다는 소식을 신문에서 읽고, 문득 맥이 보고 싶어져

학교 수업을 마치고 동물원으로 갔는데, 그때 물새가 있는 커다란 철장 근처 벤치에 앉아 스케치북에 뭔가를 그리고 있는 사타케를 발견했다. 하는 수 없이 옆으로 다가가 어깨를 톡톡 두드렸다.

"아아."

사타케가 가볍게 외치고는 천천히 내 쪽으로 고개를 돌렸다.

"그쪽이었어요? 깜짝 놀랐네. 여기 앉아요. 얼른 해치울 테니, 그때까지만 잠깐만 기다려줘요. 할 말이 있거든요."

사타케는 조금 서먹한 어조로 말하고는 연필을 고쳐 잡고 다시 스케치에 몰두했다. 나는 그 뒤에 서서 잠시 머뭇거리다 이윽고 마음을 다잡고 벤치에 앉아 사타케의 스케치북을 슬쩍 들여다봤다. 사타케가 곧바로 눈치를 채고, "펠리컨을 그리고 있어요."라고 나지막이 말하며 펠리컨의 모습을 무섭도록 난폭한 필치로 빠르게 그려나갔다.

"내 스케치를 한 장에 20엔 정도로 몇 장이든 사주는 사람이 있어서요."

사타케는 혼자서 히죽히죽 웃었다.

"난 바바처럼 아무렇게나 하는 말을 싫어해요. 황성의 달

34

이야기는 아직 안 하던가요?”

“황성의 달이요?”

무슨 소리인지 알 수 없었다.

“아직 안 했나 보군요.”

펠리컨의 뒷모습을 종이 한구석에 큼직하게 그리면서 말을 이었다.

“바바가 옛날에 다키 렌타로라는 익명으로 〈황성의 달〉이라는 곡을 만들었어요. 그리고 그 일체의 권리를 야마다 고사쿠에게 3천 엔에 팔아넘겼죠.”

“그 유명한 〈황성의 달〉 말인가요?”

가슴이 두근거렸다.

“다 거짓말이에요.”

한바탕 부는 바람에 스케치북이 홀홀 넘어가면서 여자의 나체와 꽃 데생이 드문드문 보였다.

“바바는 헛소리하기로 유명해요. 교묘하기까지 하고 말이죠. 누구나 처음에는 깜빡 속아요. 요제프 시게티도 아직인가요?”

“그 얘긴 들었어요.”

나는 슬펐다.

"그 후렴구 딸린 문장 말이죠?"

사타케는 뻔하다는 듯 말하며 스케치북을 탁 덮었다.

"오래 기다리셨죠? 좀 걸어요. 드릴 말씀이 있습니다."

오늘 보려고 했던 한 쌍의 맥은 포기해야겠다. 그리고 바바보다 더 이상해 보이는 이 사타케라는 남자의 말을 들어봐야겠다. 물새 철장을 지나고 물개 수조 앞을 지나서 작은 산처럼 거대한 불곰 우리 앞에 다다랐을 무렵, 사타케는 이야기를 꺼냈다. 전에 하도 이야기해서 익숙한 암송 같은 어조라서, 문장으로 옮기면 다소 열기를 띤 말 같기도 하지만, 실제로는 사타케 특유의 탁하고 음침한 저음의 소리를 졸졸 흘려보내고 있을 뿐이다.

"바바는 완전히 글렀어요. 음악을 모르는 음악가도 있나요? 전 그 녀석이 음악에 대해 논하는 걸 한 번도 들어본 적이 없단 말이죠. 바이올린도 마찬가지예요. 작곡요? 악보에 그려진 콩나물 대가리나 읽을 수 있을지 모르겠네요. 바바집은 저 녀석 때문에 눈물바다예요. 도대체가 음악학교에 들어간 건 맞는지 그조차 확신하지 못해요. 옛날에는 말이죠, 그래도 소설가가 되려고 공부한 적도 있었어요. 그런데 책을 너무 많이 읽어서 아무것도 쓸 수 없다나 뭐라나. 얼뜨기 같은 놈. 요새는 또 자의식 과잉이라는 말을 하나 배웠다고 부끄러운 줄도 모르고 여기저기 떠들고 다니는 것 같더라고요. 전 어려운 말은 잘 못 하지만, 자의식 과잉이라는 건, 예를 들자면 길 양쪽에 수백 명의 여학생이 길게 줄지어 있는데, 그곳에 우연히 접어들어서는 그사이를 홀로 어기적어기적 지나갈 때 일거수일투족이 어색하고 시선과 고개 위치 모두 어디에다 두어야 할지 몰라 방황하는 그런 마음 아닌가요? 만일 그렇다면 자의식 과잉이라는 건, 실은 칠전팔기와도 같은 고통이라서, 바바처럼 저런 쓸데없는 헛소리를 해대진 못할 텐데요. 우선 잡지를 낸다며 들떠 있는 꼴부터 이상하지 않아요? 해적? 뜬금없이 해적이라뇨. 혼자 신이 났다니까요. 그쪽도 바바를 너무 믿었다간 나중에 큰 코다칠 겁니다. 그건 내게 확실히 예언해두죠. 내 예언은 잘 들어맞으니까."

"그래도."

"그래도?"

"전 바바를 믿습니다."

"흐음, 그래요."

사타케는 내가 마음을 담아 꺼낸 말을 무표정하게 흘려

들으며 말했다.

"이번 잡지도 전 철두철미하게 믿지 않아요. 나더러 50엔을 내놓으라는데 어처구니가 없어서. 그냥 왁자지껄 떠들고 싶은 거라고요. 성실이라곤 티끌만큼도 없어요. 그쪽은 아직 모를 수도 있는데, 내일모레, 바바와 저, 그리고 바바가 음악학교 어떤 선배에게 소개받아 알게 된 다자이 오사무라는 젊은 작가까지 셋이서 그쪽 하숙집에 가기로 했는데 말이죠. 거기서 잡지의 마지막 플랜을 세운다고 했습니다만…… 글쎄요. 우리가 그때 잔뜩 시큰둥한 표정을 지으면 어떨까요? 찬물을 확 끼얹는 거죠. 제아무리 멋진 잡지를 내놓는다 한들 세상은 우리를 근사하게 봐주질 않아요. 죽기 살기로 해봤자 중간에 내던져질 거예요. 저는 비어즐리가 아니어도 괜찮아요. 열심히 그림을 그려서 비싼 값에 판 돈으로 즐긴다, 그거면 충분해요."

말이 끝난 곳은 살쾡이 우리 앞이었다. 살쾡이는 파란 눈을 번뜩이며 등을 동그랗게 만 채 우리를 가만히 지켜보고 있었다. 사타케는 조용히 팔을 뻗어 피우던 담뱃불을 살쾡이의 코에 갖다 댔다. 사타케의 모습은 바위처럼 자연스러웠다.

# 3. 등용문

**여기를 지나면 하나에 2전짜리 소라가 있으려나**

"뭔가 터무니없는 잡지라고 하던데요."

"아뇨, 평범한 팸플릿이에요."

"바로 그런 말을 하는군요. 당신에 관한 이야기는 정말 많이 들어서 익히 잘 알고 있습니다. 지드와 발레리를 꼼짝 못하게 할 잡지라면서요."

"당신 여기 비웃으러 왔습니까?"

내가 잠깐 아래층으로 내려간 사이에 벌써 바바와 다자이가 말다툼을 시작한 모양이었다. 다기를 들고 방으로 갔더니 바바는 방구석 책상에 턱을 괴고 아무렇게나 앉아 있고, 다자이라는 남자는 바바와 대각선으로 마주 본 다른 한쪽 구석 벽에 등을 기대고 앉아 가늘고 긴 털이 수북한 정강이를 앞으로 뻗고 있었다. 두 사람 모두 졸린 듯 반쯤 감긴 눈에 매우 나른한 듯 느릿느릿한 말투였지만, 속에선 분노와 살기로 천불이 끓어오르는 눈빛과 어린 뱀의 혓바닥처럼 홀홀 타오르는 말의 가시가 나까지 쉽게 알아챌 수 있을 만큼 첨예하게 대립하고 있었다. 사타케는 다자이 바로 옆에 길게 엎드려 누워 자못 지루한 듯 눈알을 굴려대며 담배를 태우고 있었다. 애당초 안 될 일이었다. 그날 아침, 내가 아직 자고 있는 동안 바바가 하숙집에 쳐들어왔다. 오늘은 교복을 단정하게 입고, 그 위에 펑퍼짐한 노란색 비옷을 걸치고 있었다. 비에 흠뻑 젖은 그 비옷을 입은 채 방 안을 이리저리 빙빙 돌았다. 걸으면서 혼잣말처럼 중얼거렸다.

"어이, 어이. 나 지독한 신경쇠약이 온 것 같아. 이렇게 비가 내리면 난 미쳐버릴 게 분명해. 해적 생각만으로도 살이 쑥쑥 빠지잖아. 어이, 일어나. 얼마 전에 다자이 오사무라는 남자를 만났어. 학교 선배가 소설을 기가 막히게 잘 쓰는 남자라며 소개해줬는데, 이런 운명이 다 있나! 우리 쪽에 끼워주기로 했어. 근데 다자이란 녀석, 무섭고 지독한 놈이야. 그래. 진짜 역겨운 놈이지. 혐오스러울 지경이라고. 난 저런 사내랑은 육체적으로 안 맞는 부분이 있는 것 같아. 머리는 빡빡이인데, 그것도 뭔가 사연 있는 빡빡이 같아. 악취미지. 그래, 맞아. 그 녀석 몸 여기저기를 장식하는 게 취미인가 봐. 소설가는 다들 저런가? 사색과 학구열, 열정 따위는 두고 온 거냐고. 애초에 뿌리부터가 통속적인 소설가야. 기름기가 번들거리는 검푸르고 큰 얼굴에, 코가 레니에의 소설에서 묘사한 코랑 똑같이 생겼어. 위험하기 짝이 없는 코. 위기일발, 주먹코로 추락할 뻔한 코를 코 옆에 난 깊은 주름이 그걸 막았지. 레니에 글솜씨는 알아줘야 한다니까. 굵고 짧고 새까맣고, 쭈뼛쭈뼛 소심해 보이는 작은 두 눈을 가릴 만큼 무성한 눈썹도 싫어. 이마는 좁아터졌고, 주름이 옆으로 두 줄 선명히 새겨져 있어. 이미 글러 먹었다고. 목은 굵고 목덜미는 이상할 만치 둔해 보여. 턱 밑에 여드름 자국도 세 개나 발견했어. 내가 보기에 키는 173센티미터, 몸무게는 56킬로그램, 발은 265밀리쯤이고, 나이는 분명 서른이 안 됐을 거야. 아, 중요한 얘길 안 했네. 등이 완전히 굽었어. 꼽추라고. 잠깐 눈을 감고 그런 몰골의 남자를 상상해

봐. 근데 이건 거짓말이야. 새빨간 거짓말. 완전 사기. 변장한 거야. 틀림없어. 하나부터 열까지 눈가림이라고. 내 눈은 틀리지 않아. 듬성듬성 자란 게을러터진 수염. 아니, 저 녀석에게 게으름이란 있을 수 없어. 어떤 경우라도 있을 리 없지. 부러 애써 기른 수염일 거야. 아아, 난 대체 누굴 말하는 거지! 보세요, 나는 지금 이러고 있고 저러고 있어요, 이렇게 일일이 설명을 하지 않으면 손가락 하나 까딱하지 못하고 헛기침 한 번 제대로 못 해. 지겨워! 그 녀석의 원래 얼굴은 눈도 입도 눈썹도 없는 달걀귀신이야. 눈썹을 그리고 눈코를 붙이고서 모른 척 시치미를 떼는 거지. 그것도 그걸 재주로 삼고 있어. 쳇! 난 그 녀석을 처음에 얼핏 봤을 때, 곤약으로 만든 혀가 내 얼굴을 날름 핥는 것 같았어. 생각해보면 이상한 인간들만 모여들었잖아. 사타케, 다자이, 사노 지로, 바바. 하핫, 이 네 사람이 그냥 잠자코 서 있는 것만으로도 역사적이야. 그래! 난 하겠어. 이건 숙명이야. 싫은 사람도 좀 있어줘야 그게 또 재미지. 난 올해 딱 1년만 〈Le Pirate〉에 내 모든 운명을 걸겠어. 거지가 되거나 바이런이 되거나. 신이시여, 5펜스를 주시옵소서. 사타케의 음모 따위, 에라이 똥이다!"

그러고는 갑자기 목소리를 낮추고 말했다.

"어이, 일어나. 덧문을 열어두자. 이제 곧 다들 여기로 모일 거야. 오늘은 이 방에서 해적 회의를 열 거거든."

나는 바바의 흥분에 덩달아 우왕좌왕하기 시작했다. 이불을 박차고 일어나 바바와 둘이 낡아서 잘 열리지 않는 덧문을 삐걱삐걱 억지로 열었다. 혼고 거리의 지붕이 비가 내려 부옇게 보였다.

낮에 사타케가 왔다. 비옷도 모자도 없이 벨벳 바지에 하늘색 털 재킷 차림에 얼굴은 비에 젖어 뺨이 달처럼 파랗게 빛나 묘한 색을 띠고 있었다. '야광충'은 우리에게 인사 한마디도 없이 녹아버리듯 축 늘어져 방구석에 드러누웠다.

"이해해줘. 피곤해서 말이야."

곧이어 다자이가 장지문을 열고 느릿느릿 나타났다. 보자마자 매우 당황해서 눈을 돌렸다. 이건 아니다 싶었다. 그의 모습은 바바의 묘사를 바탕으로 내가 그려본 좋은 쪽과 나쁜 쪽, 두 개의 초상 중 나쁜 쪽의 초상과 한 치의 오차도 없이 꼭 들어맞았다. 더욱이 아니다 싶었던 것은 다자이의 복장이 바바가 평소 몹시 싫어하던 부류의 옷이었다는 점이다. 화려한 잔무늬가 어지러이 박힌 겹옷에 얼룩덜룩한 허리띠, 거친 격자무늬 헌팅캡, 연노란색과 하얀색 천으로 짠 내복이 옷자락 사이로 슬쩍슬쩍 보였다. 그 옷자락을 살짝 잡아 올리고 앉아 창밖의 경치를 바라보는 척하더니,

"거리에 비가 내리는군."

하고 여자처럼 가늘고 높은 목소리로 말하고는 우리 쪽을 돌아보며 빨갛게 탁해진 눈을 실처럼 가늘게 뜨고 얼굴을 찡그리며 웃어 보였다. 나는 방에서 뛰쳐나와 차를 가지러 아래층으로 내려갔다. 다기와 쇠 주전자를 가지고 방으로 돌아왔더니 이미 바바와 다자이가 싸우고 있었다.

다자이는 빡빡 깎은 머리 뒤로 두 손을 깍지 끼고 말했다.

"무슨 말이든 좋아. 할 마음은 있는 건가?"

"뭘 말입니까?"

"잡지. 이왕이면 같이해도 상관없고."

"대체 여기 뭐하러 온 거요?"

"글쎄, 바람결에 떠밀려?"

"미리 말해두지만, 명령이나 경고, 농담, 그리고 그 능글맞은 웃음은 집어치워요."

"그럼 그쪽한테 묻지. 왜 날 불렀나?"

"그러는 그쪽은 부르면 언제든 기어이 오나 보지?"

"뭐 그런 셈이지. 그래야 한다고 스스로 타이르니까."

"인간 생업의 가장 첫 번째 의무, 뭐 그런 거?"

"좋을 대로."

"거참, 말 희한하게 하시네. 반항적이야. 아, 됐어. 당신 같은 사람과 함께하느니 안 해! 이렇게 말하면 당신은 나를 멍청이로 보겠지. 못 당하겠어."

"그쪽이나 나나 애초부터 멍청이야. 멍청이는 하는 것도 되는 것도 아니지."

"나는 존재한다. 커다란 거시기를 달고. 자, 이 물건을 어찌하겠나? 그런 느낌인데. 참 난감하군."

"좀 심한 말일 수도 있는데, 왜 그렇게 횡설수설하지? 왠지 당신들은 예술가의 역사만 알지 예술가의 일은 아무것도 모르는 것 같군."

"비난인가? 아니면 연구 발표? 답지? 나한테 채점하란 거야?"

"중상모략이군."

"그래, 횡설수설은 내 특징이야. 아주 보기 힘든 특징이지."

"횡설수설의 간판급."

"회의가 파탄에 이르렀군. 아아, 그만. 난 만담은 좋아하지 않아."

"그쪽은 손수 만든 작품을 시장에 내놓은 뒤 난도질당하는 슬픔을 모르는 것 같군. 곡식의 신에게 기도 올린 뒤의 공허함을 몰라. 당신들은 이제 막 문 하나를 빠져나왔을 뿐이야."

"쳇! 또 설교인가. 난 당신 소설을 읽은 적은 없지만, 서정성, 위트, 유머, 풍자, 겉치레 같은 것들을 빼고 나면 뭐 하나 안 남을 시시한 익살 소설이나 쓸 것 같은데. 난 당신에게서 정신을 못 느끼고 세속을 느껴. 예술가의 기품을 느끼지 못하고 인간의 내장을 느낀다고."

"알아요, 하지만 난 살아가야만 합니다, 부탁합니다, 라며 머리를 숙이는 것이 예술가의 작품 같은 기분마저 느껴. 난 지금 처세라는 것에 대해 생각하고 있어. 취미로 소설을 쓰는 게 아니야. 쓸 만한 신분인데 취미로 쓸 거였으면 애초에 아무것도 쓰지 않았겠지. 일단 시작하면 잘 될지 안 될지 대충 알아. 하지만 시작하기 전에 과연 시작할 가치가 있는지 찬찬히 뜯어보다가 그래 뭐, 호들갑 떨며 시작할 필요는 없겠다는 식으로 마음을 가라앉히고 결국 아무것도 하지 않아."

"그런 마음이면서 왜 우리랑 함께 잡지를 만들려고 하는 거지?"

"이번에는 날 연구할 생각인가? 화를 내고 싶어졌어. 뭐든 상관없어, 아우성이 필요해."

"아, 그건 뭔지 알겠네. 그러니까 방패를 들고 모양 좀 내 보시겠다? 하지만, 아니, 돌아볼 수조차 없을걸."

"마음에 드는데? 나도 아직 내 방패를 갖추지 못했어. 죄다 남한테 빚진 거지. 볼품없이 낡아빠졌어도 내 전용 방패가 있다면."

"있어요."

나는 무심코 끼어들고 말았다.

"이미테이션!"

"좋아, 사노 지로치곤 제법인데? 이제껏 한 일 중 가장 잘했어? 다자이 씨, 수염 모양 은도금 방패가 당신에게 딱 어울리겠군. 아니, 다자이 씨는 이미 아무렇지도 않게 방패를 갖고 있어. 우리만 알몸이야."

"말도 안 되는 소리 같겠지만, 당신은 벌거벗은 산딸기와 곱게 치장한 시장 딸기 중 어느 쪽이 더 자랑스럽나? 등용문이란 건 사람을 일직선으로 내려보내는, 겉은 보살처럼 착한 얼굴이지만 속은 무시무시한 귀신 같은 지옥문이지. 하지만 난 곱게 치장한 딸기의 슬픔을 알아. 그래서 요즘 그걸 귀하게 여기기 시작했지. 난 도망치지 않겠어. 가는 데까진 함께 가보려고."

다자이는 입을 비쭉이며 괴로운 듯 웃었다. "그러다 그쪽, 제정신이 들면……."

"아, 그만해." 바바는 오른손을 코앞에서 힘없이 흔들며 다자이의 말을 가로막았다.

"제정신이 들면 우리는 살아 있지 못할 거야. 야, 사노 지로. 관두자. 재미없어. 네겐 미안하지만 난 관둘래. 난 남의 먹이 따윈 되고 싶지 않거든. 다자이에게 먹일 유부는 딴 데 가서 찾아보시지. 다자이 씨, 해적 클럽은 오늘부로 해산입니다. 대신."

바바는 자리에서 일어나 다자이에게 성큼성큼 다가가서는 "괴물!"이라고 외쳤다.

그리고 다자이는 오른쪽 뺨을 맞았다. 짝 소리가 날 만큼 손바닥으로 사정없이 얻어맞았다. 다자이는 순간 어린아이처럼 울상을 지었지만, 곧바로 거무튀튀한 입술을 꽉 다물고 거만하게 고개를 빳빳이 쳐들었다. 나는 문득 다자이의 얼굴이 마음에 들었다. 사타케는 눈을 살며시 감고 잠든 척했다.

비는 밤이 되도록 그칠 줄 몰랐다. 나는 바바와 둘이서 혼고의 어두침침한 어묵집에서 술을 마셨다. 처음에는 둘 다 죽은 듯이 잠자코 마셨는데, 두 시간쯤 지나자 바바가 슬슬 입을 열기 시작했다.

"사타케가 다자이를 포섭한 게 틀림없어. 하숙집까지 둘이 같이 왔더라니까. 그 정도는 식은 죽 먹기인 놈이야. 난 알고 있어. 사타케가 너한테 뭔가 몰래 얘기한 게 있지?"

"있어요."

나는 바바에게 술을 따랐다. 어떻게든 위로하고 싶었다.

"사타케는 나한테서 널 빼앗으려는 거야. 딱히 이유는 없어. 그 녀석은 이상한 복수심을 품고 있거든. 나보다 잘났지. 아니, 잘 모르겠다. 아니, 어쩌면 아무것도 아닌 속물일지도 몰라. 그래, 저런 녀석 보고 세상은 평범한 남자라고 하겠지. 하지만 이젠 됐어. 잡지를 관두니 속이 후련해. 오늘 밤은 맘 편히 자겠어! 심하면 조만간 의절당할지도 몰라. 아침에 눈을 뜨면 오갈 데 없는 거지 신세인 거지. 잡지 같은 건 애초부터 할 맘도 없었어. 네가 좋아서 너와 붙어 있고 싶어서 해적 따위의 말을 꺼낸 것뿐이야. 네가 해적에 대한 공상으로 벅차하며 이런저런 계획을 꺼냈을 때, 그 반짝이는 눈빛만이 내 삶의 보람이었지. 그 눈빛을 보기 위해 지금껏 살아온 거야. 난 진정한 애정이라는 것을 네게 배우고 이제야 비로소 알게 된 것 같아. 넌 투명하고 순수해. 거기다 미소년이고! 난 네 눈동자 속에서 융통성의 극치를 본 것 같아. 그래. 지성이라는 우물의 바닥을 들여다본 건 나도 아니고 다자이도 아니고 사타케도 아니야. 너였어! 뜻밖에도 너였지. 쳇! 나 왜 이렇게 막 지껄이고 있는 거지? 경박해. 광기야. 진정한 사랑이란 건 죽는 날까지 침묵해야 해. 기쿠가 내게 알려줬었지. 빅뉴스가 있어. 뭐 별수 있나. 기쿠가 네게 빠졌어. 사노 지로한테는 죽어도 말 못 한다는 둥 죽을 만큼 좋아한다는 둥 그런 역설적일 말을 내뱉고는 사이다 한 병을 내 머리통에 쏟아붓고는 깍깍대며 미친 사람처럼 웃더군. 근데 넌 누가 제일 좋아? 다자이? 음, 사타케? 설마, 그렇지? 나……."

"나는." 나는 숨김없이 다 털어놓으려고 했다.

"다 싫어요. 기쿠만 좋아요. 강 너머 있던 여자보다 먼저

기쿠를 알고 있었던 것 같기도 하고요."

"뭐, 좋아."

바바는 그렇게 중얼거리며 미소를 지어 보이다가 느닷없이 왼손으로 얼굴을 감싸고 오열하기 시작했다. 연극 대사처럼 일종의 리드미컬한 어조로 말했다. "나 우는 거 아냐. 가짜 울음이야, 거짓 눈물이라고. 에라이! 다들 그렇게 말하며 웃어도 돼. 난 태어날 때부터 죽을 때까지 미친 소리를 계속할 거야. 나는 유령이야. 아아, 나를 잊지 말아줘. 난 재주가 있어. 〈황성의 달〉을 작곡한 사람이 누군데? 다키 렌타로가 내가 아니라고 하는 녀석이 있어. 그렇게까지 사람을 의심해야만 하나? 거짓말이라고 쳐. 아니지, 거짓말이 아니야. 옳은 건 옳다고 주장해야지. 절대로 거짓말이 아니야."

나는 홀로 비틀비틀 밖으로 나왔다. 비가 내리고 있었다. 거리에 비가 내리는군, 아아, 이건 아까 다자이가 중얼거렸던 말이잖아. 그래, 이해해줘, 피곤해서 말이야. 아! 사타케를 따라 했네. 쳇! 아아, 혀 차는 소리까지 바바를 닮아가는 것 같아. 그러다가 나는 황량한 의심에 사로잡히기 시작했다. 나는 대체 누구인가, 하고 생각하자 섬뜩해졌다. 나는 내 그림자를 도둑맞았다. 뭐가 융통성의 극치지? 나는 곧장 앞으로 달리기 시작했다. 치과, 새 매장, 군밤 가게, 빵집, 꽃집, 가로수, 헌책방, 양옥집. 뛰면서 나는 내가 뭔가 중얼거리고 있다는 것을 깨달았다. 달려라, 전차. 달려라, 사노 지노. 달려라, 전차. 달려라, 사노 지로. 엉터리 가락을 붙여 부르고 또 불렀다. 아, 이건 내 창작이다. 내가 지은 유일한 시다. 이렇게 하찮을 수가! 머리가 나빠서 안 되는 거다. 하찮아서 안 되는 거야. 불빛, 폭음, 별, 나뭇잎, 신호, 바람, 아악!

# 4

"사타케, 어젯밤에 사노 지로가 전차에 치여 죽은 거 알고 있어?"

"알아. 오늘 아침 라디오 뉴스로 들었어."

"그 녀석, 잘도 재난에 걸려들었어. 나 따위는 목이라도 매달아야 끝이 날 것 같은데."

"네가 가장 오래 살 거야. 내 예언은 잘 들어맞는단 말이야, 바바."

"왜?"

"여기 200엔. 펠리컨 그림이 팔렸어. 사노 지로 씨랑 놀고 싶어서 부지런히 이만큼 모았는데."

"나 주라."

"좋아."

"기쿠, 사노 지로는 죽었어. 아, 사라졌구나. 아무리 찾아
도 없을 거야. 울지 마."

"네."

"100엔 줄게. 이걸로 예쁜 기모노와 허리띠를 사면 분명
사노 지로를 잊게 될 거야. 물은 어디에 담느냐에 따라 달라
지지. 어이, 사타케. 오늘 밤만큼은 둘이서 사이 좋게 놀자.
내가 좋은 곳으로 안내할게. 일본에서 최고로 좋은 곳. 이렇
게 서로 살아 있다는 건 뭔가 애틋한 일 같기도 해."

"사람은 누구나 다 죽는 거지."

만원(滿願)

지금부터 4년 전 이야기다. 내가 이즈의 미시마에 있는 아는 사람의 집 2층에서 여름을 보내며 『로마네스크』라는 소설을 쓰던 무렵의 이야기다. 어느 날 밤, 술에 취해 자전거를 타고 동네를 달리다가 다쳤다. 오른발 복사뼈 위가 찢어졌는데 상처는 깊지 않았으나, 그래도 술을 마신 터라 출혈이 심해서 허겁지겁 의사에게 달려갔다. 서른두 살의 동네 의사는 덩치가 크고 살이 피둥피둥 찐 게, 꼭 사이고 다카모리*를 닮았는데, 몹시 취해 있었다. 나처럼 술에 취해 비틀비틀 진찰실에 나타난 게 우스워 치료를 받으면서 키들키들 웃고 말았다. 그러자 의사도 낄낄거리기 시작했고,

---

* 사쓰마번 출신의 무사로 에도막부를 타도하고 메이지유신을 성공으로 이끌었다.

마침내 참다못한 우리는 한목소리로 한바탕 웃어댔다.

　그날 밤부터 우리는 친해졌다. 의사는 문학보다는 철학을 좋아했다. 나도 철학 쪽을 이야기하는 게 마음이 편했던지라 대화는 금세 활기를 띠었다. 의사의 세계관은 원시 이원론이라 할 만한 것이었는데, 세상사를 모두 선인과 악인의 싸움이라 여기는 태도가 꽤나 시원시원하고 분명했다. 나는 사랑이라는 유일신을 믿고자 내심 애쓰는 중이었으나, 그런 와중에도 의사의 선인 악인 설을 들으니 답답한 가슴이 뻥 뚫리는 상쾌함을 느꼈다. 가령, 이른 저녁 내 방문을 환대하기 위해 곧바로 부인에게 맥주를 내오라고 하는 의사 본인은 선인이고, 오늘 저녁은 맥주 말고 "브리지(트럼프 놀이의 일종) 어때요?" 하고 웃으며 제안하는 부인은 악인이라는 의사의 예증에는 나도 순순히 동의했다. 부인은 작은 몸집에 얼굴은 좀 동글동글했지만, 살결은 희고 고왔다. 아이는 없었으나, 부인의 남동생인, 누마즈의 상업학교에 다니는 얌전한 소년 한 명이 2층에 있었다.

　의사 집에서는 다섯 종류의 신문을 구독하고 있어서, 나는 그걸 읽으려고 거의 매일 아침, 산책길에 들러 삼십 분에서 한 시간가량 그 집에 머물렀다. 뒷문으로 돌아가 방 툇마루에 걸터앉아 부인이 내온 차가운 보리차를 마시며, 바람에 팔락이는 신문을 한 손으로 단단히 여며 쥐고 읽었다. 툇마루에서 4미터도 채 떨어지지 않은 푸른 초원 사이로 낙낙한 개울물이 시나브로 흐르고, 그 개울 따라 난 좁다란 길을 매일 아침, 우유 배달 청년이 자전거를 타고 지나가며, "안녕하세요!" 하고 잠시 머무는 내게 인사했다. 그 시각에 약을 타러 오는 젊은 여자가 있었다. 간편한 여름 원피스에 게다를 신은, 청결한 느낌의 사람이었는데, 의사와 자주 진찰실에서 서로 웃었고, 때로는 의사가 현관까지 그 사람을 배웅하며,

"사모님, 조금만 더 참아보세요!"

하고 큰 소리로 나무라기도 했다.

어느 날, 의사 부인이 내게 그 이유를 들려주었다. 소학교 선생의 부인인데, 선생은 3년 전에 폐가 안 좋았다가 요즘에 부쩍 좋아졌단다. 의사는 젊은 부인에게 지금이 중요한 시기라며 열심히 당부했고, 부인은 그것을 철저히 지켰다고 그런데도 가끔, 측은히 물어올 때가 있는데, 그때마다 의사는 마음을 독하게 먹고 "사모님, 조금만 더 참아보세요!" 하고 언외의 의미를 담아 나무란다고 한다.

8월의 끝 무렵, 나는 아름다운 장면을 보았다. 아침에 의사 집 툇마루에서 신문을 읽고 있는데 내 옆에 비스듬히 앉아 있던 부인이 나직이 속삭였다.

"아아, 기쁜가 봐요."

문득 고개를 드니 바로 눈앞의 오솔길을 원피스 차림의 청결한 모습이 방방 뛰듯이 걸어갔다. 하얀 양산을 빙그르르 돌렸다.

"오늘 아침, 허락이 났거든요."

부인은 다시 속삭였다.

3년, 말이 쉽지 가슴이 벅차올랐다. 세월이 거듭될수록 나는 그 여인의 모습이 아름답게 느껴진다. 의사 부인이 뒤에서 조종했을지도 모르지만.

부악백경(富嶽百景)

후지산의 꼭지각을 보면 히로시게가 그린 후지산은 85도, 분초가 그린 후지산도 84도 정도이다. 그런데 육군의 실측도에 의해 동서남북 단면도를 만들어보니 동서종단은 꼭지각이 124도이고 남북은 117도였다. 히로시게와 분초의 그림뿐만이 아니다. 대다수의 후지산 그림은 예각이다. 꼭대기가 좁고 높고 가냘프다. 호쿠사이 그림에 이르러서는 후지산의 꼭지각이 거의 30도 정도로 마치 에펠탑 같다. 하지만 실제 후지산은 둔각도 그런 둔각이 없을 만큼 평평하게 펼쳐져 있다. 동서 124도, 남북 117도, 결코 호리호리하게 쭉 뻗은 산이 아니다. 이를테면 내가 인도나 다른 나라에서 갑자기 독수리에게 채여 일본의 누마즈 부근 해안에 홀연히 떨어져 문득 후지산을 발견하게 된다 한들 그리

경탄하지는 않으리라. 일본이라는 나라의 후지야마라는 산을 지레 동경한 탓에 '원더풀'해 보일 뿐, 그런 통속적인 선전을 전혀 알지 못하는 소박하고 순수한 마음에는 과연 얼마만큼 호소력이 있을는지, 그러고 보면 다소 쓸쓸한 산이다. 낮다. 산자락이 넓게 퍼져 있는 산치고는 낮다. 그 정도 산자락을 가진 산이라면 적어도 1.5배는 더 높아야 한다.

주코쿠 고개에서 바라본 후지산만큼은 높았다. 정말 좋았다. 처음엔 구름이 산봉우리를 가려서 능선의 경사도로 미루어 얼추 저쯤이 정상이겠거니 싶은 구름에 한 점 표시해 뒀는데, 그러는 사이 구름이 걷히고 보니 아니었다. 내가 표시해 둔 곳보다 배는 높은 곳에 푸른 산꼭대기가 떡하니 나타나는 게 아닌가! 놀랐다기보다 왠지 멋쩍어 깔깔 웃었다. 제법이구나 싶었다. 사람은 완벽한 늠름함과 맞닥뜨리면 일단 주접스럽게 깔깔 웃고 보는 모양이다. 좀 이상한 소리 같긴 한데, 온몸의 나사가 마구 헐거워져 허리띠를 풀어 헤치고 웃어야 할 느낌이랄까. 그대들이 만약 연인을 만났는데, 그 연인이 만나자마자 깔깔 웃는다면 경사스러운 일일 테다. 그러니 연인의 결례를 나무라지 마라. 연인은 그대의 완벽한 늠름함을 온몸으로 느끼고 있는 걸 테니.

도쿄의 아파트 창문에서 보는 후지산은 답답하다. 겨울에는 또렷이 잘 보인다. 작고 새하얀 세모가 지평선에 삐죽 튀어나와 있는데, 그게 바로 후지산이다. 특별할 것 없는 그저 그런 크리스마스 장식용 과자 같다. 거기다 산마루 아래가 왼쪽으로 치우쳐 불안하다. 배 뒷부분부터 서서히 침몰해가는 군함의 모습을 닮았다. 삼 년 전 겨울, 어떤 사람이 내게 뜻밖의 사실을 털어놓아 망연자실했다. 그날 밤, 아파트 방구석에서 혼자 벌컥벌컥 술을 마셨다. 밤새도록 퍼마셨다. 새벽녘, 소변을 보러 화장실에 갔는데 네모진 창문의 철망 사이로 후지산이 보였다. 작고 새하얗고 왼쪽으로 살짝 기운 후지산을 잊을 수 없다. 창문 아래 아스팔트 길을 생선 장수가 자전거를 내달리며, "오! 오늘 아침은 후지산이 딴 때보다 잘 보이네, 아이고 추워!" 하고 중얼거렸고, 나는 어두컴컴한 화장실 안에 서서 창문 철망을 쓸어내리며 엉엉 울었다. 그런 기억은 두 번 다시 떠올리고 싶지 않다.

1938년 가을의 초입, 마음을 새로이 다잡을 각오로 나는 가방 하나만 달랑 메고 여행을 떠났다.

고슈. 이곳 산들의 특징은 능선의 기복이 이상하리만치 공허하고 완만하다는 점이다. 고지마 우스이의 『일본 산수

론』에도 '이곳 산들은 서로 어울리기를 싫어하여 이승에서 신선놀음하는 것만 같다'라고 쓰여 있다. 고슈의 산들은 어쩌면 특별할지도 모른다. 고후시에서 버스를 타고 한 시간 걸려 미사카 고개에 도착했다.

미사카 고개, 해발 1,300미터. 이 고개 정상에 '천하다옥(天下茶屋)'이라는 작은 찻집이 있는데, 이부세 마스지 씨가 초여름 무렵부터 이곳 2층 방에 틀어박혀 일을 하고 있다. 나는 이 사실을 알고 이곳에 왔다. 이부세 씨의 작업에 방해만 되지 않는다면 옆방이라도 빌려 나도 이곳에서 잠시 신선놀음이나 할까 싶었다.

이부세 씨는 작업 중이었다. 나는 이부세 씨의 양해를 구해 당분간 찻집에 머물게 되었고, 그날부터 싫어도 매일 후지산과 정면으로 마주해야만 했다. 이 고개는 고후에서 도카이도로 나오는 가마쿠라의 요충지로 후지산 북쪽의 대표 전망대로 알려져 있다. 여기서 본 후지산은 예로부터 후지삼경 중 하나로 꼽히지만, 나는 딱히 마음에 들지 않았다. 마음에 들지 않은 걸 넘어서 경멸했다. 너무나도 틀에 박힌 후지산이기 때문이다. 한가운데 후지산이 자리하고, 그 아래 가와구치 호수가 하얗고 청량하게 펼쳐져 있으며, 둘레의 산들이 그 양옆에 가만히 웅크려 호수를 감싸고 있다. 나는 첫눈에 당황하여 얼굴을 붉혔다. 이건 목욕탕에 그려진 페인트화다. 연극의 무대 배경이다. 아무리 봐도 주문에 맞춰 그려 놓은 경치 같아서 부끄러움을 감출 수 없었다.

내가 이 찻집에 온 지도 사흘가량 지났다. 이부세 씨의 일도 얼추 일단락된 어느 화창한 오후, 우리는 미쓰 고개에 올랐다. 미쓰 고개, 해발 1,700미터. 미사카 고개보다 조금 더 높다. 가파른 길을 기다시피 해서 한 시간쯤 오르니 미쓰 고개 정상에 도착했다. 덩굴을 헤치며 좁은 산길을 기다시피 오르는 내 모습이 썩 좋아 뵈지는 않았으리라. 이세부 씨는 등산복을 제대로 갖춰 입어 경쾌한 모습이었지만, 나는 등산복을 가져오지 않아 도테라* 차림이었다. 찻집의 도테라는 너무 깡똥해서 털이 수북한 내 정강이가 한 치가 넘게 드러났다. 거기다 찻집 할아버지에게 빌린 고무 밑창의 작업화까지 신었더니 내가 생각해도 추레하기 짝이 없어서, 약간의 궁리 끝에 허리띠를 졸라매고 찻집 벽에 걸린 낡은 밀짚모자를 써봤지만, 아무래도 이상했다. 이부세 씨는 겉모습을 보고 남을 업신여기는 사람은 결코 아니었지만, 이때

* 일반 기모노보다 길고 큼직하게 만든 솜옷.

만큼은 과연 조금 안쓰럽다는 표정을 지으면서 "남자는 외모 따위 신경 안 써도 돼."라고 작게 중얼거리며 나를 위로해주었고, 나는 이 일을 잊지 못한다. 여차여차해서 정상에 도착했는데, 갑자기 짙은 안개가 밀려오는 바람에 '파노라마대'라는 절벽 끄트머리에 서 봐도 경치가 전혀 보이지 않았다. 아무것도 안 보였다. 이부세 씨는 짙은 안개 속에서 바위에 걸터앉아 느긋하게 담배를 태우며 방귀를 뀌었다. 지루하기 짝이 없다는 모습이었다. 파노라마대에는 찻집 세 곳이 나란히 서 있었다. 그중 노부부 둘이서 운영하는 수수한 집을 골라 거기서 뜨거운 차를 마셨다. 찻집 할머니는 안타까워하며, "아이고 얄궂어라! 조금만 있으면 안개가 걷힐 것도 같은데, 후지산이 바로 저기라 선명히 보인다우." 하고는 찻집 안쪽에서 큼지막한 후지산 사진을 들고 나와 절벽 끄트머리에 서서 높게 치켜들며, "요기쯤, 이쯤에, 이렇게 크게, 선명하게, 이쯤에 보여요."라며 열심히 설명했다. 우리는 차를 홀짝이며 그 후지산을 바라보면서 웃었다. 근사한 후지산을 보았다. 짙은 안개가 하나도 원망스럽지 않았다.

그러고 나서 다음다음 날이었던가, 이부세 씨가 미사카

고개에 오른다기에 나도 고후까지 함께 갔다. 고후에서 나는 어떤 아가씨와 맞선을 보기로 되어 있었다. 이부세 씨를 따라 고후 변두리에 있는 그 아가씨의 집에 찾아갔다. 이부세 씨는 대충 입은 등산복 차림이었고, 나는 허리띠에 여름 하오리*를 입고 있었다. 아가씨네 정원에는 장미가 가득 심겨 있었다. 아가씨의 어머니가 우리를 마중 나와 응접실로 데려갔고 인사를 나누는 동안 아가씨가 들어와 얼굴을 보지 못했다. 이부세 씨와 아가씨의 어머니는 이런저런 이야기를 나눴는데 이부세 씨가 불쑥,

"오, 후지산!"

하고 중얼거리며 내 뒤에 있는, 중간에 문을 가로지르는 목재를 올려다보았다. 나도 몸을 비틀어 그쪽을 올려다봤다. 후지산 정상 분화구 조감사진이 액자 속에 담겨 있었다. 새하얀 수련꽃을 닮았다. 사진을 눈에 담고 다시 천천히 몸을 돌리면서 아가씨를 슬쩍 보았다. 나는 결심했다. 다소 어려움이 있을지라도 이 사람과 결혼해야겠다고. 액자 속 후지산이 고마웠다.

이부세 씨는 그날로 도쿄로 올라갔고, 나는 다시 미사카

* 외출할 때 입는 일본의 전통 겉옷.

로 돌아갔다. 그러고서 9월, 10월, 11월 15일까지, 미사카의 찻집 2층에서 조금씩 조금씩 일을 해나가며, 별로 좋아하지도 않는 '후지삼경 중 하나'와 진이 빠질 정도로 대담을 나누었다.

한번은 크게 웃었던 적이 있다. 대학 강사인지 뭔지를 하고 있던 낭만파 친구 하나가 하이킹을 하던 도중 내가 묵고 있는 곳에 들렀다. 그때 둘이서 2층 복도로 나와 후지산을 보면서 말했다.

"아무리 봐도 세속적이야. 후지 씨, 하고 불러야 할 것 같잖아."

"보는 내가 다 민망할 정도라니까."

나는 이런 건방진 소리를 해대며 담배를 태우고 있는데 친구가 갑자기,

"어라? 저기 스님 같은 사람은 뭐지?"

하며 턱짓했다.

나달나달한 승복 같은 옷을 걸치고 기다란 지팡이를 짚은 채, 후지산을 뒤돌아보고 또 뒤돌아보면서 고개를 올라오는 쉰 살쯤 돼 보이는 작달막한 사내가 있었다.

"떠돌이 중인가? 행색이 그렇잖아?"

나는 그 승려를 보자 어떤 향수를 느꼈다.

"언젠가 이름 있는 고승이 될지도 모르지."

"뭔 바보 같은 소리냐? 그냥 거지잖아."

친구는 차갑게 내뱉었다.

"아니, 속세를 벗어난 느낌이야. 걸음걸이도 그렇고. 옛날에 능인 법사가 이 고개에서 후지산을 칭송한 시를 지었다는데……"

내가 말하는데 친구가 갑자기 웃었다.

"야, 저기 좀 봐라. 저게 고승이냐?"

'능인 법사'는 하치라는 찻집 개가 짖어대자 혼비백산했다. 지독히도 볼썽사나운 모습이었다.

"역시 아닌가 보군."

나는 실망했다.

당황한 거지는 딱할 정도로 우왕좌왕했다. 그러다가 급기야는 지팡이를 홱 내던지고 몹시 허둥대며 쏜살같이 달아났다. 꼴사납기 짝이 없었다. 후지산도 경박하고, 법사도 경박했다. 지금 생각해도 바보 같다.

어느 날, 산자락에 길쭉하게 자리한 요시다라는 마을의 우체국에 다니는 닛타라는 스물다섯 살의 온화한 청년이,

우편물을 정리하다 내가 여기 와 있다는 걸 알게 되었다며 고개 정상에 있는 찻집을 찾아왔다. 2층 내 방에서 이야기를 나누다 자리가 무르익자 닛타가 웃으며 말했다.

"실은 친구 두어 녀석이랑 함께 찾아뵈려고 했는데, 막상 오려니까 다들 내빼지 뭡니까. 사토 하루오 선생님 소설에도 다자이 씨는 지독한 데카당*에 성격 파탄자라고 쓰여 있으니까요. 이렇게 성실하고 제대로 된 분인 줄 상상도 못 했습니다. 그래서 녀석들을 억지로 끌고 오진 못하겠더라고요. 다음번엔 다 같이 와도 괜찮겠습니까?"

"네, 뭐 상관은 없습니다만."

나는 쓴웃음을 지었다.

"그럼 그쪽은 필사적인 용기를 발휘해서 대표로 날 정찰하러 온 거군요?"

"결사대였죠."

닛타는 솔직했다.

"어젯밤에도 사토 선생님의 그 소설을 다시 읽으며 여러모로 각오를 다지고 왔습니다."

---

• 19세기 말에서 20세기 초에 파리를 중심으로 유럽에 일어난 예술의 한 경향. 일반적으로 퇴폐적 성향을 띤 사상과 인물을 일컫는다.

나는 내 방 유리문 너머로 후지산을 바라봤다. 후지산은 고요히 그 자리에 있었다. 역시 훌륭하다고 생각했다.

"좋아. 후지산은 역시 근사한 데가 있다니까. 잘하고 있어."

후지산에는 당해낼 재간이 없지 싶었다. 시시각각 마음속에 일렁이는 나의 애증이 부끄러웠다. 후지산은 역시 대단하다는 생각이 들었다. 맡은 바를 잘 해내고 있다고 생각했다.

"잘하고 있습니까?"

닛타는 내 말이 흥미로웠는지, 눈을 반짝이며 웃어 보였다.

닛타는 그 뒤로 여러 청년을 데리고 왔다. 하나같이 조용조용한 사람들이었다. 다들 나를 선생님, 이라고 불렀다. 나는 정중히 받아들였다. 내게는 내세울 만한 게 아무것도 없다. 학문도 없다. 재능도 없다. 육체도 더럽혀졌고 마음도 빈곤하다. 그렇지만 고뇌만큼은, 그 청년들에게서 선생님이라 불려도 잠자코 받아들일 수 있을 만큼의 고뇌는 겪어왔다. 단지 그뿐. 지푸라기 한 올 같은 자부심이다. 하지만 이 자부심만은 꼭 지키고 싶다. 그동안 철부지라고 불려

온 나의 내면의 고뇌를, 대체 몇 사람이나 알아줄까? 닛타와 그 후에 찾아온 단가를 잘 짓는 다나베라는 청년은 이부세 씨의 팬이라 안심이 되어, 나는 이 두 사람과 더욱 친하게 지냈다. 한번은 요시다에 따라간 적이 있었다. 정말 무서우리만치 가늘고 기다란 마을이었다. 그야말로 산기슭이랄까. 후지산이 햇빛도 바람도 전부 막아 길이만 쭉 늘어난 줄기처럼 어둡고 으스스한 마을이었다. 도로를 따라 맑은 물이 흐르고 있었다. 이런 풍경이 산기슭 마을의 특징인지, 미시마라는 마을에도 맑은 물이 졸졸 흘렀었다. 그 지방 사람들은 후지산의 눈이 녹아 흘러 내려오는 것이라고 진지하게 믿고 있었다. 요시다의 물은 미시마의 물에 비하면 수량도 적고 더럽다. 물을 바라보면서 나는 말했다.

"모파상의 소설에 어떤 아가씨가 매일 밤 귀공자를 만나러 강을 헤엄쳐 갔다는 이야기가 있어. 근데 옷은 어떻게 했을까? 설마 홀딱 벗진 않았겠지?"

"그러게요."

청년들도 생각에 잠겼다.

"수영복을 입지 않았을까요?"

"머리 위에 옷을 동여매고 헤엄쳤을까?"

청년들은 웃었다.

"아니면 옷을 입고 수영해서, 흠뻑 젖은 채로 귀공자를 만나 둘이서 난로에다 말렸을까? 그럼 돌아갈 땐 어떡하지? 겨우 말린 옷을 또 흠뻑 적셔가며 헤엄쳐야 하잖아. 걱정이군. 귀공자가 헤엄쳐 오면 좋을 텐데 말이야. 남자라면 팬티 하나만 걸치고 수영해도 그렇게 꼴사납진 않으니까. 귀공자가 맥주병인가?"

"그게 아니라, 아가씨가 귀공자한테 홀딱 빠진 거겠죠."

닛타는 진지했다.

"그럴지도 모르지. 외국 이야기에 등장하는 아가씨는 다들 용감하고 귀여워. 좋아하면 강을 헤엄쳐서라도 만나러 가니까 말이야. 일본에선 어림도 없지. 왜, 그런 연극도 있잖나? 한가운데로 강이 흐르고 양쪽 물가에서 남자와 아가씨가 애통해하는 연극 말이야. 그때 아가씨가 애통해하지 않고 헤엄쳐 가면 어땠을까? 강도 엄청 좁아 보였는데. 어푸어푸, 헤엄쳐 건너갔으면? 그런 한탄 따위는 의미가 없잖아. 동정도 안 가. 아사가오 이야기에 나오는 오이강은 큰데다가, 아사가오는 장님이니까 동정할 만도 하지만, 그래도 역시 그만한 강도 헤엄쳐 가려고 하면 못 갈 것도 없지.

오이강 말뚝만 붙잡고 하늘만 원망해봤자 무슨 소용이 있겠어. 아, 한 명 있다! 일본에도 용감한 녀석이 한 사람 있지! 엄청난 녀석인데, 알겠나?"

"있습니까?"

청년들도 눈을 반짝였다.

"기요히메. 안친을 쫓아가 히다카강을 헤엄쳤지. 미친 듯이 헤엄쳤어. 대단해. 책에서 본 바에 따르면 기요히메가 그때 겨우 열네 살이었다지?"

실없는 소리를 하며 걷다 보니 어느덧 다나베가 잘 아는 듯한 무척 허름한 변두리 여인숙에 도착했다.

거기서 술을 마시는데, 그날 밤 본 후지산이 좋았다. 밤 10시쯤, 청년들은 나만 혼자 숙소에 남겨두고 각자 집으로 돌아갔다. 나는 잠도 안 오고 해서 도테라 차림으로 밖으로 나갔다. 소름 끼치도록 달 밝은 밤이었다. 후지산이 좋았다. 달빛에 푸르스름하게 비쳐드는 산을 보고 있자니 여우에게 홀린 듯한 기분이 들었다. 후지산이 생생히 살아 움직일 것처럼 푸르렀다. 도깨비불이 타오르는 것 같았다. 도깨비불. 여우불. 반딧불. 참억새. 칡덩굴. 나는 붕 뜬 기분으로 밤길을 똑바로 걸어갔다. 게다 소리만이 내 발걸음이 아닌 다른 생물의 소리인 양, 또각, 또각, 맑고 또렷이 울린다. 슬며시 뒤를 돌아보니 후지산이 있다. 푸르스름하게 타오르며 하늘에 떠 있다. 나는 한숨을 내쉬었다. 유신 시대의 영웅. 구라마 덴구. 나는 나 자신을 그이라고 생각했다. 짐짓 있어 보이는 척하며 양손을 품속에 찔러넣고 걸었다. 내가 생각해도 꽤 괜찮은 남자 같았다. 걷고 또 걸었다. 그러다 지갑을 흘렸다. 오십 전 은화가 스무 닢 정도 있었는데, 너무 무거워서 소매 속에서 쑥 빠져버린 것이다. 이상하게도 대수롭지 않았다. 돈이 없으면 미사카까지 걸어가면 그만이다. 그대로 걸어갔다. 그러다 지금 왔던 길을 되돌아 걸어가면 지갑이 있으리라는 사실을 퍼뜩 깨달았다. 양손을 품속에 찔러넣은 채 어슬렁어슬렁 되돌아갔다. 후지산. 달밤. 유신 시대의 영웅. 흘린 지갑. 낭만적이라고 생각했다. 지갑은 길 한복판에서 빛나고 있었다. 있을 줄 알았다. 나는 지갑을 주워 숙소로 돌아가 잠자리에 들었다.

후지산에 홀린 것이다. 그날 밤, 나는 바보였다. 내 의지라고는 털끝만치도 없었다. 그날 밤 일은 지금 생각해도 이상할 정도로 맥이 빠진다.

요시다에서 하룻밤 묵고 다음 날 미사카에 돌아왔더니

찻집 아주머니는 히죽히죽 웃고 있고, 열다섯 살 난 딸은 뾰로통해 있었다. 나는 불결한 짓을 하고 온 게 아니라는 사실을 넌지시 알리고 싶어서, 묻지도 않았는데 어제 있었던 일들에 대하여 혼자서 구구절절 늘어놓았다. 묵었던 여인숙의 이름, 요시다의 술맛, 달밤의 후지산, 지갑을 흘린 일, 모두 빠짐없이 말했다. 그러고 나니 찻집 딸도 기분이 풀렸다.

"손님! 일어나 봐요!"

어느 날 아침, 밖에서 찻집 딸이 새된 소리를 지르기에 나는 마지못해 일어나 복도로 나갔다.

찻집 딸은 흥분해서 뺨이 발갛게 상기되어 있었다. 가만히 하늘을 가리켰다. 눈이다! 후지산에 눈이 내리고 있었다. 산마루가 새하얗게 빛났다. 미사카에서 보는 후지산도 우습게 봐서는 안 되겠다는 생각이 들었다.

"근사하군."

내가 칭찬하자 찻집 딸도 의기양양한 투로,

"진짜 멋지죠? 미사카에서 보는 후지산이 이래도 별로예요?"

하고 웅크리며 말했다. 전부터 이런 후지산은 세속적이라 별로라는 내 말에 찻집 딸은 내심 시무룩해 있었을지도 모른다.

"역시 후지산은 눈이 내려야 제맛이라니까!"

나는 그럴싸한 표정을 지어 보이며 전에 했던 말을 정정했다.

나는 도테라 바람으로 산을 돌아다니며 달맞이꽃 씨를 양손 가득 들고 와서 찻집 뒷마당에 뿌리며 말했다.

"이건 내 달맞이꽃이야. 내년에 또 와서 볼 테니 이쪽에다 빨랫물 같은 걸 버리면 안 돼. 알겠지?"

찻집 딸은 고개를 끄덕였다.

굳이 달맞이꽃을 고른 이유는, 후지산에는 달맞이꽃이 잘 어울린다고 믿게 된 사연이 있어서다. 미사카 고개에 있는 이 찻집은 그야말로 산속 외딴집이기에 우편물이 배달되지 않는다. 산 정상에서 버스로 삼십 분가량 내려가면, 산기슭에 가와구치 호수가 자리한 가와구치 마을이라는 문자 그대로 호젓한 동네가 있는데, 그곳 우체국에 내 앞으로 온 우편물이 보관되기에 나는 사흘에 한 번꼴로 날씨 좋은 날을 골라 그 우편물을 찾으러 가야만 한다. 이 동네 버스의 여자 차장은 관광객을 위해 특별히 풍경을 설명해주지는 않는다. 그런데 간혹 어쩌다가 불쑥 생각난 듯이 굉장히 산

문적인 어조로, "이쪽은 미쓰 고개, 저쪽은 가와구치 호수, 호수에는 빙어라는 물고기가 살고 있습니다."와 같이 성가시다는 듯, 중얼거림에 가까운 설명을 들려줄 때도 있다.

가와구치 우체국에서 우편물을 찾아서 다시 버스를 타고 고개에 있는 찻집으로 돌아오는 길이었다. 내 바로 옆자리에 얼굴이 창백하고 예순 살쯤 돼 보이는, 우리 어머니와 많이 닮은 노부인이 짙은 밤색 옷을 기모노 위에 걸친 차림으로 단정히 앉아 있었다.

"여러분, 오늘은 후지산이 잘 보이네요."

차장이 또다시 문득 생각났다는 듯이 설명이라 하기에도 뭐하고, 또 혼자 중얼거리는 한탄이라 하기에도 뭐한 말을 불쑥 내뱉었다. 가방을 둘러멘 젊은 샐러리맨, 일본 전통 머리에 비단옷을 입고 손수건으로 입을 얌전히 가린 게이샤 분위기의 여자 등이, 몸을 비틀어 차창 밖으로 고개를 쑥 내밀고는, 그 평범하기 짝이 없는 세모진 산을 새삼스럽게 바라보며, '이야'라느니, '어머'라느니 얼빠진 탄성을 내뱉는 바람에 차내가 한바탕 소란스러워졌다. 그러나 내 옆자리에 앉은 노부인은 가슴에 깊은 시름이라도 있는지, 다른 관광객들과는 달리 후지산에는 눈길 한번 안 주고, 오히려 후지산 반대쪽의 산길을 따라 난 절벽을 지그시 바라보고 있었는데, 나로서는 그 모습이 저릿할 만큼 친근하게 느껴졌다. 나 역시 후지산 같은 저런 세속적인 산 따위는 쳐다도 보기 싫다는 고상하고 허망한 마음을 노부인에게 보여주고 싶었다. 부탁한 적도 없는데, 당신의 고통과 외로움을 잘 안다는 공감의 뜻을 내비치고 싶어, 노부인에게 응석을 부리듯, 슬금슬금 다가가 노부인과 똑같은 자세로 멍하니 절벽쪽을 바라보았다.

노부인도 뭔가 내게 안도감을 느꼈는지,

"어머, 달맞이꽃."

하고 슬쩍 한마디하며 가느다란 손가락으로 길가 한쪽을 가리켰다. 버스가 슈웅, 빠르게 달리면서 얼핏 본 황금색 달맞이꽃 한 송이였지만, 꽃잎 하나하나까지 선명히 떠올랐다.

3,778미터의 후지산과 멋들어지게 대적하며, 한 치의 흔들림도 없이, 뭐랄까, 금강역초(金剛力草)라고 부르고 싶을 만큼 씩씩하게 우뚝 서 있는 그 달맞이꽃이 대견했다. 후지산에는 달맞이꽃이 참 잘 어울리는 것 같다.

10월 중순이 지나도 일은 지지부진하기만 하다. 사람이 그립다. 저물녘, 붉게 물든 새털구름, 2층 복도에서 홀로 담배를 피우며 일부러 후지산에는 눈길도 주지 않고, 그야말로 피가 뚝뚝 방울져 떨어질 것 같은 새빨간 산 단풍을 바라보고 있었다. 찻집 앞에 떨어진 낙엽을 쓸고 있는 주인아주머니에게 말을 걸었다.

"아주머니! 내일은 날씨가 좋겠죠?"

나 자신도 놀랄 만큼 들뜨고 상기된 목소리였다. 아주머니는 비질을 멈추더니 고개를 들어 의뭉스럽다는 듯 눈살을 찌푸리며,

"내일 무슨 일이라도 있어요?"

하고 묻는데, 딱히 할 말이 없었다.

"아무 일도 없어요."

아주머니는 웃음을 터뜨렸다.

"심심한가 보죠? 산에라도 다녀오지 그래요?"

"산은 올라가봤자 금방 또 내려와야 하니까 시시해요. 어딜 오르든 똑같은 후지산만 보이잖아요. 생각만 해도 답답하네요."

내 말이 이상하게 들렸던 모양이다. 아주머니는 그저 애매하게 고개를 끄덕이고는 다시 낙엽을 쓸었다.

잠자리에 들기 전, 방 커튼을 살짝 걷어 유리창 너머로 후

지산을 바라본다. 달이 뜬 밤에는 후지산이 창백하게, 물의 정령 같은 모습으로 서 있다. 나는 숨을 길게 토해낸다. 아아, 후지산이 보인다, 별이 크다, 내일은 날이 맑겠군, 하며 그것만이 삶의 소소한 기쁨인 양, 다시 살짝 커튼을 쳤다. 그대로 잠을 청하려는데, 내일 날이 좋아봤자 딱히 할 일도 없다는 걸 생각하자 우스워서, 혼자 이불속에서 쓴웃음을 지었다. 괴롭다, 일이. 단순히 펜을 놀리는 괴로움보다도, 아니, 작업은 오히려 내게 즐거운 일이다. 그 이유 때문이 아니라 나의 세계관, 예술이라는 것, 내일의 문학이라는 것, 소위 새로움이라는 것, 나는 그러한 것들에 대하여 아직도 주춤주춤하며 고민하고 있었다. 과장이 아니라 그야말로 몸부림을 치고 있다.

소박한 자연의 것, 그만큼 간결하고 선명한 것, 그 전부를 그대로 한 번에 종이에 옮겨쓰는 것. 그 외 다른 것은 없다는 생각을 하자, 눈앞에 있는 후지산의 모습도 특별하게 보인다. 그 모습은, 그 표현은 결국 내가 생각하는 '단일한 표현'의 아름다움일지도 모른다, 그런 생각들로 후지산과 약간의 타협을 본다. 하지만 역시나 후지산의 소박함에는 입을 다물 수밖에 없다. 그게 괜찮다면 호테이* 장식품이라 해도 좋을 것이다. 호테이 장식품은 도저히 못 봐주겠어서 좋은 표현이 도통 떠오르지 않는다. 후지산의 모습도 역시나 어딘가 틀려먹었다. 그래도 이건 아니지, 나는 또다시 생각이 흐트러졌다.

아침저녁으로 후지산을 바라보며 음울한 나날을 보내고 있었다. 10월의 끝, 기슭에 자리한 요시다 마을의 기녀들 한 무리가 미사카 고개에 왔다. 아마 1년에 한 번 정도 있는 자유의 날일 것이다. 자동차 다섯 대에 나눠 타고 찾아왔다. 나는 2층에서 그 모습을 보고 있었다. 자동차에서 내린 화려한 기녀들은, 마치 바구니에서 쏟아져 나오는 비둘기 떼처럼 처음에는 갈피를 잡지 못하고 꼼짝 않고 두리번대며 말없이 서로 밀치락달치락 했지만, 이윽고 슬슬 그 알 수 없는 긴장감이 풀리자 각자 흩어져 천천히 걷기 시작했다. 찻집 입구에 늘어선 그림엽서를 얌전히 고르는 이도 있었고, 잠깐 멈추어 서서 후지산을 바라보는 이도 있었다. 어둡고 쓸쓸해서 보고 있기 힘든 풍경이었다. 2층 한 남자의 안쓰

---

* 일본의 일곱 명의 행운의 신인 '칠복신' 중 하나. 배가 불룩 튀어나오고 동글 뚱글하게 생겼다.

러운 공감도 그 기녀들의 행복에는 아무런 도움도 되지 못할 것이다. 나는 그저 바라볼 수밖에 없다. 괴로워할 자는 괴로워하고 떨어져 나갈 자는 떨어져 나가라. 나와는 상관없는 일이다. 그것이 세상이다. 그렇게 애써 냉정함으로 무장하고 그들을 내려다봤지만, 나는 무척이나 괴로웠다.

후지산에게 부탁하자! 불쑥 그런 생각이 들었다. 이 녀석들 좀 잘 부탁합니다, 그런 마음으로 되돌아봤다. 차가운 창공으로 우뚝 솟아 있는 후지산. 그때의 후지산은 도테라 차림으로 호주머니에 손을 찔러넣은 채 담담히 자리를 지키는 두목처럼 보였다. 그런 후지산에게 부탁하고 나니 마음이 놓여 홀가분하게 찻집의 여섯 살짜리 남자아이와 하치라는 삽살개를 데리고, 그 기녀 무리를 내버려 둔 채 고개 근처에 있는 터널 쪽으로 놀러 갔다. 터널 입구 주위에서 한 서른 살쯤으로 보이는 가녀린 기녀가 홀로 시시한 들꽃을 말없이 뜯어 모으고 있었다. 우리가 지나는데도 돌아보지 않고 열심히 들꽃을 뜯었다. '이 여인도 마저 부탁해요.' 나는 후지산을 올려다보며 속으로 부탁하고, 아이의 손을 잡은 채 얼른 터널 속으로 들어갔다. 터널의 차가운 지하수를 얼굴과 목덜미에 몇 방울 맞으면서 내 알 바 아니라는 듯 짐짓 성큼성큼 걸어갔다.

그 무렵, 내 혼담도 별 진척이 없었다. 고향에서 일절 도와주지 않을 것이라는 사실이 명확해지자 나는 몹시 곤란해졌다. 적어도 100엔 정도는 도움을 받을 수 있으리라 제멋대로 뻔뻔스럽게 생각하며 그 돈으로 작지만 엄숙한 결혼식을 올린 다음, 아이가 태어나면서부터 드는 돈은 내가 일해서 마련하자고 생각했다. 하지만 고향 집과 두세 번의 편지를 주고받는 동안 집에서는 전혀 도와줄 마음이 없다는 사실을 알게 돼 어쩔 줄을 몰랐다. 이렇게 된 이상, 혼담이 깨져도 별수 없다는 각오로, 일단 그쪽 집에 내 처지를 다털어놓고자 혼자서 고개를 내려가 고후에 있는 아가씨 집으로 무작정 찾아갔다. 다행히 아가씨도 집에 있었다. 나는 응접실로 안내받아 아가씨와 어머님, 두 사람을 앞에 두고내 사정을 구구절절 털어놓았다. 한 번씩 연설 투로 변할 때면 잠시 입을 닫기도 했다. 하지만 비교적 솔직하게 다 털어놓았다는 생각이 들었다. 아가씨는 차분한 투로,

"그러니까 댁에서 반대를 하신다는 말씀인가요?"

하고 고개를 갸웃하며 내게 물었다.

"아닙니다. 반대는 아니고."

나는 오른쪽 손바닥을 탁자에 지그시 누르며 말했다.

"혼자 알아서 하라는 뜻인 것 같습니다."

"좋습니다."

아가씨의 어머니는 품위 있게 웃으며 말을 이었다.

"우리도 보셔서 아시겠지만, 형편이 그리 넉넉지는 못해요. 거창한 예식 같은 건 오히려 부담스러우니, 우린 그저 당신의 애정과 일에 대한 열의만 있다면, 그걸로 충분해요."

나는 감사하다는 인사도 잊은 채, 한동안 멍하니 정원을 바라보고 있었다. 눈시울이 뜨거워지는 것을 느꼈다. 어머님께 효도하리라 다짐했다.

돌아오는 길, 아가씨가 버스 정류장까지 배웅해주었다.

"어떻게 할까요? 좀더 교제해보시겠습니까?"

나는 걸으면서 꼴같잖은 말을 꺼냈다.

"아뇨, 충분해요."

아가씨는 웃었다.

"더 물어보고 싶은 건 없으신가요?"

점점 더 바보 같은 말만 지껄였다.

"있어요."

나는 무슨 질문을 받건 있는 그대로 답하자고 마음먹었다.

"후지산에는 눈이 왔나요?"

나는 맥이 빠졌다.

"내렸습니다. 꼭대기 쪽에."

그렇게 말하며 문득 앞을 바라보니 후지산이 보였다. 기분이 이상해졌다.

"뭐야. 고후 쪽에서도 후지산이 보이잖아. 날 놀리는 건가?"

말투가 거칠어져서 다시 말했다.

"방금 질문은 이치에 안 맞아요. 놀리는 것도 아니고 말이죠."

아가씨는 고개를 숙이고 키득키득 웃으며 말했다.

"미사카 고개에서 지내시니까, 후지산에 관해 묻지 않으면 실례가 아닐까 해서요."

이상한 아가씨라고 생각했다.

고후에서 돌아오니, 역시나 숨도 안 쉬어질 만큼 어깨가 딱딱하게 뭉쳐 있는 걸 느꼈다.

"좋네요, 아주머니. 역시 미사카는 좋아요. 우리 집에 온 것 같아요."

저녁 식사 후, 주인아주머니와 그 집 딸이 번갈아 가며 내

어깨를 두들겨주었다. 아주머니의 주먹은 야무지고 매웠지만, 딸의 주먹은 부드러워서 별로 시원하지 않았다. 좀더 세게, 더 세게, 하고 내가 말하자, 장작을 들고나와 그걸로 내 어깨를 탁탁 때렸다. 그렇게까지 하지 않으면, 뭉친 어깨가 풀리지 않을 만큼, 나는 고후에서 온몸으로 잔뜩 긴장했던 것이다.

고후에서 돌아온 지 이삼일이 지나도, 역시나 나는 멍하니 지냈고 딱히 일할 마음도 나지 않아 책상 앞에 앉아 낙서만 해대며, 골든 배트 담배를 일고여덟 갑이나 피우고 뒹굴거리다 "'금강석도 닦지 않으면…" 하며 창가를 부르고 또 부를 뿐, 소설은 한 줄도 쓰지 못했다.

"손님, 고후에 다녀오더니 상태가 안 좋아졌네요!"

아침에 내가 책상에 턱을 괸 채 눈을 감고 이런저런 생각을 하고 있자, 열다섯 난 찻집 딸은 내 뒤에서 도코노마•를 닦고 있다가 더는 못 봐주겠다는 듯 다소 가시 돋친 말투로 그렇게 말했다. 나는 돌아보지도 않고 대답했다.

"그래? 안 좋아졌나?"

---

• 일본식 방의 바닥을 한층 높게 만들어 벽에는 족자를 걸고 바닥에는 꽃이나 장식물을 두는 공간.

찻집 딸은 걸레질을 계속하며 말했다.

"아, 안 좋아졌어. 요 이삼일간 영 진척이 없잖아요. 전 아침마다 손님이 마구 휘갈겨 아무렇게나 널려 둔 원고지를 순서대로 정리하는 게 진짜 즐겁단 말이에요. 뭔가 잔뜩 쓰여 있으면 얼마나 기쁜데요. 어젯밤에도 제가 2층에 슬쩍 보러 간 것 아세요? 이불을 푹 뒤집어쓰고 자고 계시던데요?"

고마운 마음이 들었다. 과장해서 말하자면, 인간이 어떻게든 살아내고자 하는 노력에 대한 순수한 응원이다. 어떠한 보상도 바라지 않는 응원이다. 나는, 찻집 딸을 아름답다고 생각했다.

10월 말에 접어들자, 산의 단풍도 거뭇거뭇 지저분해지더니 돌연 어느 날 비가 내리고 태풍이 불어닥쳐 산은 점점 어둡고 앙상한 겨울 숲으로 변해버렸다. 관광객도 이제 거의 오지 않는다. 찻집도 한산해서 이따금 주인아주머니가 여섯 살배기 남자아이를 데리고 고개 아래에 자리한 후나쓰 요시다로 장을 보러 나갔다. 관광객도 없던 터라 나와 찻집 딸은 온종일 고개 위에서 조용한 나날을 보냈다. 2층에만 있기 따분하여 밖을 어슬렁어슬렁 서성이다가 뒷마당에

서 빨래를 하던 찻집 딸 옆에 다가가서는,

"심심하다."

하고 큰 소리로 말하고 씨익 웃자 찻집 딸이 고개를 푹 숙였다. 그 얼굴을 들여다보는데 깜짝 놀랐다. 울상을 짓고 있었기 때문이다. 분명 겁에 질린 표정이었다. 그럴 만도 하지, 하고 씁쓸해진 나는 오른쪽으로 휙 돌아 낙엽 쌓인 오솔길을 몹시 언짢은 기분으로 점점 거칠게 걸어갔다.

그러고선 조심하기로 했다. 찻집 딸이 혼자 있을 때는 되도록 2층 방에서 나오지 말아야겠다고 생각했다. 손님이 왔을 땐 내가 찻집 딸을 지키는 의미도 있고 하니, 2층에서 성큼성큼 내려와 찻집 한구석에 앉아 느긋하게 차를 마셨다. 한번은 새색시 차림을 한 손님이 예복을 차려입은 할아버지 두 분과 자동차를 타고 이 찻집에서 잠시 쉬어 간 적이 있다. 그날도 찻집에는 딸 혼자만 있었다. 나는 역시나 2층에서 내려와 구석에 있는 의자에 앉아 담배를 피웠다. 새색시는 소매가 길게 늘어진 기모노를 입고, 화려한 비단 오비*를 메고, 쓰노카쿠시**를 쓴 당당한 정식 예복 차림이었다. 범

---

* 기모노의 허리 부분을 감싸는 띠.
** 일본 결혼식 때 신부가 쓰는 하얀색 머리 장식.

상치 않은 손님이었기에 찻집 딸도 어떻게 대접해야 할지 몰라 새색시와 두 노인에게 차를 내가기만 할 뿐이었다. 난 뒤에서 가만히 숨어 있듯이 서서, 잠자코 새색시를 바라보았다. 평생 단 한 번 있을 경사스러운 날, 고개 너머에서 반대편에 자리한 후나쓰 요시다로 시집가는 모양인데, 가던 중에 이렇게 고개 정상에서 한숨 돌리며 후지산을 바라보고 있다니, 옆에서 봐도 간지러울 만큼 낭만적이었다. 잠시 후, 새색시는 슬며시 밖으로 나가 찻집 앞에 있는 절벽에 서서 후지산을 지그시 바라보았다. 다리를 X자로 꼬고 서 있는 모습이 대담해 보였다. 여유 있는 사람이구나 싶어 더욱이 새색시를, 후지산과 새색시를, 감상하고 있는데, 새색시가 후지산을 향해 크게 하품을 했다.

"어머!"

등 뒤에서 작은 외침이 들렸다. 찻집 딸도 그 하품을 놓치지 않고 본 모양이다. 이윽고 새색시 일행은 대기하던 자동차에 올라 고개를 내려갔지만, 새색시의 마지막 모습은 형편없었다.

"너무 익숙하잖아. 저 사람 두 번, 아니 세 번째인 게 분명해. 신랑이 밑에서 기다릴 게 뻔한데 차에서 내려서 후지산을 바라보다니, 초혼이라면 저렇게 대담한 짓은 못 하지."

"하품까지 했잖아요."

찻집 딸도 힘주어 동의를 표했다.

"그렇게 입을 쫙 벌리고 하품하다니 낯짝도 두껍지. 손님
은 저런 색시 얻으면 안 돼요!"

나는 나잇값도 못 하고, 얼굴을 붉혔다.

내 결혼 이야기도 순조롭게 진행되고 있어 어느 선배에
게 전부 신세를 지게 되었다. 결혼식도 정말 가까운 친지 두
세 분만 와달라고 했다. 조촐해도 엄숙하게, 선배네 집에서
결혼식을 올리게 되었다. 나는 그 따듯한 인정에 소년처럼
감탄했다.

11월에 접어들자 어느덧 오사카의 추위가 견디기 힘들어
졌다. 찻집에서는 난로를 꺼냈다.

"손님, 2층 너무 춥죠? 일할 땐 난로 옆에서 하시는 게 어
때요?"

주인아주머니가 말했지만 나는 사람들이 보는 앞에서는
일을 못 하는 성향인지라 거절했다. 아주머니는 걱정스러
운지 고개 아래 요시다 마을로 내려가 고타쓰를 하나 사 왔
다. 나는 2층 방에서 고타쓰에 기어들어 가 이 찻집 사람들

의 배려에 진심으로 감사했다. 하지만 벌써 3분의 2가량 눈을 뒤집어쓴 후지산의 모습과 주위 산들의 앙상한 나무들을 보면서, 더는 이 고개에서 시리도록 차가운 추위를 견디는 것도 무의미한 것 같아 산을 내려가기로 결심했다. 내려가기 하루 전날, 나는 도테라를 두 겹이나 껴입고, 찻집 의자에 앉아 뜨거운 차를 마시고 있었는데, 겨울 외투 차림에 타이피스트처럼 보이는 젊고 지적인 아가씨 두 명이 꺄르륵꺄르륵, 터널 쪽에서 웃으며 걸어오더니, 문득 눈앞에 새하얀 후지산을 보고 멀거니 멈춰 서서는 속삭속닥 이야기를 주고받는 듯했다. 그러고는 그중 한 아가씨(안경을 쓰고 피부가 하얀)가 생글생글 웃으며 내게 다가왔다.

"실례합니다. 사진 좀 찍어주시겠어요?"

나는 허둥지둥했다. 기계에 어두운 데다 사진에는 흥미가 없었다. 더군다나 도테라를 두 겹이나 껴입어 찻집 사람들조차 산적 같다고 놀린 마당에 도쿄에서 온 세련된 아가씨가 최신식 일을 부탁하니 속으로 크게 당황했다. 하지만 다시 마음을 가다듬고, 이런 누추한 모습이라도 역시 보는 사람에 따라서는, 어딘가 고상하게 사진기 셔터쯤이야 척척 다루는 사람처럼 내비칠 수도 있지 않을까, 내심 조금 들

뜬 마음으로 거들어주었다. 나는 평정심을 갖추고 아가씨
가 건넨 카메라를 받아 들고서 애써 태연한 말투로 셔터 누
르는 법을 슬쩍 묻고는 부들부들 떨면서 렌즈를 들여다봤
다. 가운데엔 커다란 후지산, 그 아래엔 자그마한 양귀비 두
송이. 두 사람이 하나로 맞추기라도 한 듯 빨간 외투를 입고
있다. 둘은 서로 꽉 끌어안다시피 꼭 붙어 자못 진지한 표
정을 지어 보였다. 나는 우스워서 견딜 수 없었다. 카메라를
든 손이 계속 떨렸다. 웃음을 참고 렌즈를 들여다보니 양귀
비꽃이 드디어 새침한 모습으로 자리를 잡았다. 아무래도
초점을 맞추기 힘들어 두 사람의 모습을 렌즈에서 추방시
키고 오롯이 후지산만을 렌즈에 가득 담았다. 후지산, 안녕,
그동안 고마웠어요. 찰칵.

"네, 다 찍었습니다."

"고맙습니다."

두 사람이 한목소리로 인사했다. 돌아가서 현상해보면
깜짝 놀랄 것이다. 후지산만 큼지막하게 찍혀 있고, 두 사람
의 모습은 온데간데없을 테니까.

그다음 날, 산에서 내려왔다. 우선 고후에 있는 싸구려 여
관에서 하룻밤을 자고, 이튿날 아침 여관 복도의 더러운 난

간에 기대어 후지산을 바라보니, 고후의 후지산은 다른 산들의 뒤편에서 3분의 1가량 얼굴을 내밀고 있다. 꽈리 열매 같은 모습이었다.

여학생

아침에 눈을 막 떴을 때의 기분은 흥미롭다. 숨바꼭질할 때, 깜깜한 벽장 속에 가만히 웅크려 숨어 있는데, 갑자기 술래가 문을 활짝 열어젖혀 햇빛이 쏟아져 들고, '찾았다!' 소리 지르는 그때 그 순간의 눈부심, 그리고 운 나쁘게 들켰다는 묘한 불쾌감과 놀란 가슴을 안고 옷을 가다듬으며 약간 멋쩍은 기색으로 벽장에서 나올 때, 분해서 울컥 화가 치밀어오르는 그 느낌, 아니, 다르다, 그런 느낌도 아니다, 뭐랄까, 그보다 더욱 참을 수 없는 느낌이다. 상자를 열면 그 속에 또 작은 상자가 있고, 그 작은 상자를 열면 또 그 속에 더 작은 상자가 있고, 그 작은 상자를 열면 또다시 작은 상자가 있고, 그 작은 상자를 열면 또 작은 상자가 있어서, 그렇게 일곱 개고 여덟 개고 열어보았는데도 마지막에는 주사위 크기의 조그만 상자가 나와 그것을 슬쩍 열어보니 아무것도 없는 듯한, 텅 비어 있는, 그런 허망함에 가깝다. 잠에서 번쩍 깬다는 건 거짓말이다. 물이 탁하게 흐려지는 가운데 전분이 점점 밑으로 가라앉아 조금씩 물이 맑아질 때쯤 되어서야 가까스로 지친 눈이 떠진다. 아침은 어쩐지 모르는 척하고 싶다. 슬픈 일들이 가슴 가득 떠올라 견딜 수가 없다. 진짜 싫다. 아침의 나는 가장 추하다. 두 다리도 나른해서 더는 아무것도 하고 싶지가 않다. 잠을 푹 못 잔 탓일까? 아침이 가장 활기차다 따위의 말은 거짓말이다. 아침은 잿빛이다. 언제나 그렇다. 가장 허무하다. 아침 잠자리에서 깬 나는 늘 염세적이다. 다 싫다. 갖가지 추한 후회뿐이다. 한꺼번에 와르르 가슴 가득 밀려와 몸부림치게 만든다.

아침은 심술궂다.

"아빠." 하고 작은 소리로 불러본다. 괜히 부끄럽고도 기쁜 마음에 일어나 얼른 이불을 갰다. 이불을 들어 올리며 웃차, 하고 소리 낸 순간 흠칫했다. 지금까지 난 웃차 같은 이런 이상한 소리를 내는 여자애가 아니었는데 싶었다. 웃차, 라니 할머니 소리 같아서 구리다. 어째서 그런 소리를 냈을까. 내 몸속 어딘가에 할머니가 들어앉아 있는 것 같아 불쾌하다. 앞으로는 조심해야겠다. 남의 꼴사나운 걸음걸이나 욕하고 있다가, 문득 나도 그렇게 걷고 있다는 걸 알아차렸을 때처럼 몹시 풀이 죽어버렸다.

아침에는 늘 자신이 없다. 잠옷 바람으로 화장대 앞에 앉는다. 안경을 쓰지 않고 거울을 들여다보면 얼굴이 조금 흐릿해서 나름 예쁘장하게 보인다. 내 얼굴 중에선 안경이 가장 싫지만, 다른 사람은 모르는 안경의 좋은 점도 있다. 나는 안경을 벗고 멀리 보는 것을 좋아한다. 온 풍경이 흐려서 꿈처럼, 한 폭의 그림처럼 근사하다. 더러운 것이라곤 하나도 보이지 않는다. 큰 것만이, 쨍하고 강렬한 색과 빛만이 눈에 들어온다. 안경을 벗고 사람 보는 것도 좋다. 상대방의 얼굴이 모두 상냥하고 예쁘게 웃어 보이는 것 같다. 게다가 안경을 벗고 있을 때는 결코 남과 싸우거나 욕하고 싶지도 않다. 그저 가만히 멍하니 있을 뿐. 그리고 그럴 때의 내 모습이, 다른 사람 눈에도 착한 사람으로 비치리라 생각하면, 더욱이 마음 놓고 응석을 부리고 싶어진다. 마음도 한없이 부드러워진다.

그래도 역시 안경은 싫다. 안경을 쓰면 얼굴이라는 느낌이 사라진다. 얼굴에서 나오는 온갖 정서, 낭만, 아름다움,

격렬함, 나약함, 천진난만함, 애수, 그런 것들을 모두 안경이 가로막아 버린다. 더구나 눈으로 대화를 나누는 것도 이상하게 힘들어진다.

안경은 괴물이다.

안경 낀 내 모습이 싫어서인지 아름다운 눈이 최고라고 생각한다. 코가 없어도 입이 가려져 있어도, 눈을 보고 있으면, 좀더 아름답게 살아야겠다고 다짐하게 되는 그런 눈이면 좋겠다고 생각한다. 내 눈은 크기만 할 뿐, 아무것도 없다. 가만히 내 눈을 들여다보고 있으면 맥이 빠진다. 엄마조차도 보잘것없는 눈이라고 한다. 이런 눈을 동태눈이라고 하는 걸까. 이런 생각이 줄줄이 이어지면 힘이 풀린다. 이런 눈이라니 정말 너무한다. 거울을 볼 때마다 촉촉한 눈이었으면 좋겠다고 간절히 바란다. 파란 호수 같은 눈, 푸르른 초원에 누워 하늘을 바라보는 듯한 눈, 이따금 구름이 흐르고, 새의 그림자까지 생생히 비치는, 그런 아름다운 눈을 가진 사람들을 많이 만나고 싶다.

아침에 오늘부터 5월이라고 생각하니 왠지 기분이 조금 들떴다. 역시 기쁘다. 이제 여름도 얼마 남지 않았다. 뜰에 나가면 딸기꽃이 보인다. 아버지가 죽었다는 사실이 이상하다. 죽어 없어진다는 건 이해하기 힘든 일이다. 납득이 안 간다. 언니, 헤어진 사람, 오랫동안 만나지 못한 사람들이 그립다. 어쩐지 오늘 아침엔 지나간 일, 오래전에 헤어진 사람들이 바로 가까이에서 나는 단무지 냄새처럼 시시하게 느껴져서 견딜 수가 없다.

자피와 가와(불쌍한 개라서 그렇게 부른다)•가 서로 뒤엉켜 달려왔다. 두 마리를 앞에 나란히 앉혀두고 자피만 귀여워했다. 자피의 새하얀 털은 눈이 부시도록 아름답지만, 가와는 더럽다. 자피만 예뻐하면, 가와가 울상을 짓는 게 한눈에 보인다. 가와가 한쪽 다리를 못 쓴다는 것도 잘 안다. 가와를 보고 있으면 슬퍼서 싫다. 딱하고 불쌍해서 견딜 수가 없는 마음에 일부러 심술궂게 구는 거다. 가와는 떠돌이 들개처럼 보여서 개장수한테 언제 붙잡혀 갈지 모른다. 가와는 다리를 저니까 잘 도망치지도 못할 것이다. '가와야, 어서 산속이라도 들어가. 넌 누구에게도 사랑받지 못할 테니 빨리 죽는 게 나을 거야, 난 너뿐만 아니라 다른 사람에게도 못된 짓을 하는 사람이야. 사람을 골탕 먹이고 슬슬 긁어대지. 정말 못된 사람이야.' 툇마루에 걸터앉아 자피의 머리를

• '불쌍한'을 뜻하는 일본어는 가와이소우나(かわいそうな)이다.

쓰다듬으며 눈에 스미는 푸른 잎을 보고 있자니, 속상해서 땅바닥에 주저앉고 싶어졌다.

울고 싶었다. 눈에 힘을 주어 충혈시키면 눈물이 좀 날까 해서 해봤지만 소용없었다. 이젠 눈물이 메마른 여자가 되었는지도 모른다.

포기하고 방 청소를 시작했다. 청소하다가 문득 도진 오키치˙의 노래를 부른다. 잠시 주위를 환기하고 싶은 기분이었다. 평소라면 모차르트나 바흐에 열중하고 있어야 할 내가 무의식적으로 그런 노래를 부른 것이 우스웠다. 이불을 들어 올리면서 웃차 소릴 내질 않나, 청소를 하면서 도진 오키치 노래를 부르질 않나, 나도 이제 끝난 건가 싶었다. 이러다가 잠꼬대로 뭐라 지껄여댈지 불길하다. 하지만 그것도 왠지 웃겨서 비질을 멈추고 혼자 웃었다.

어제 바느질한 새 속옷을 입는다. 가슴에 작고 하얀 장미 꽃을 수놓았다. 상의를 입으면 이 자수가 보이지 않게 된다. 아무도 모른다. 나만의 자랑거리다.

---

˙ 도진(唐人, 서양 사람이라는 뜻)에게 몸을 팔았다는 뜻에서 도진 오키치로 불렸다. 본명은 사이토 기치. 일본 개화기 당시 최초의 영사였던 해리스의 시중을 들었던 게이샤로, 비극적 인생을 살다가 자살로 생을 마감했다. 현대에 와서 그녀의 삶을 재조명하는 영화나 가요 등이 많이 나왔다.

엄마는 누군가의 혼담을 위해 애쓰느라 이른 아침부터 나갔다. 내가 어릴 적부터 엄마는 남을 위해서라면 뭐든 열심이라 이젠 익숙하지만, 정말 놀랍도록 계속 움직이는 엄마가 감탄스럽다. 아빠는 공부에만 매달렸기 때문에 엄마는 아빠 몫까지 도맡아야 했다. 아빠는 사교랑은 거리가 멀었지만, 엄마는 마음 맞는 사람들과 곧잘 모임을 만들었다. 두 사람은 완전히 딴판이었지만, 서로 존경하고 있었던 듯하다. 추한 데가 없는, 아름답고 편안한 부부라고나 할까. 아아, 건방지다, 건방져.

된장국이 데워질 때까지 부엌 입구에 걸터앉아 앞에 있는 잡목숲을 멀거니 바라보고 있다. 그러자 옛날에도, 그리고 앞으로도 부엌 입구에 걸터앉아 같은 자세로, 심지어 똑같은 생각을 하면서 앞에 있는 잡목숲을 바라봤고, 앞으로도 바라보게 되리라는 느낌이 들었다. 과거, 현재, 미래가 한순간처럼 느껴지는 묘한 기분이 들었다. 종종 있는 일이다. 누군가와 방에 앉아 이야기를 나누고 있다. 눈이 테이블 구석에 고정된 채로 움직이지 않는다. 입만 움직이고 있는데 이럴 땐 이상한 착각이 든다. 언젠가 이런 식으로 똑같은 이야기를 나누면서 역시나 테이블 구석을 바라보고 있고,

또 앞으로도 지금과 같은 일이 고스란히 내게 다가올 것이라고 믿는 거다. 어떤 먼 시골 들길을 걷고 있어도, 이 길은 분명 언젠가 왔던 길이라는 생각이 든다. 걸으면서 길가에 난 콩잎을 잡아 뜯을 때도 역시나 이 길의 이쯤에서 이 잎을 잡아 뜯은 적이 있는 것 같다. 그리고 앞으로도 몇 번이고 이 길을 걸으며 이쯤에서 콩잎을 잡아 뜯을 거라고 믿는 것이다. 또 이런 일도 있었다. 한번은 뜨거운 탕에 들어갔다가 문득 손을 보았다. 그랬더니 앞으로 몇 년이 지나서 탕에 갔을 때도 지금 무심히 손을 봤던 순간을, 그때도 틀림없이 지금과 똑같이 느끼게 되리라는 생각이 들었다. 그런 생각을 하니 어쩐지 침울해졌다. 또 어느 날 저녁, 혼자서 밥을 그릇에 푸고 있을 때, 영감(靈感)이라고 하면 좀 지나칠지도 모르지만, 뭔가 온몸으로 획 지나가는 것을 느꼈다. 뭐랄까, 철학의 꼬리라고 말하고 싶은데, 머리도 가슴도 구석구석 투명해지고, 뭔가 삶이 편안해지는, 고요히 소리 없이 묵이 쑤어질 때처럼 유연함을 지닌 채, 그대로 파도를 따라 아름답고 가볍게 살아갈 수 있을 것 같았다. 이는 철학의 문제가 아니다. 길고양이처럼 소리도 내지 않고 살아갈 것이라는 예감 따위, 반갑다기보다 도리어 두려웠다. 그런 기분이 오래 지속되면, 신들린 사람처럼 되어버리는 건 아닐까? 그리스도. 하지만 여자 그리스도라니, 내키지 않는다.

결국은 내가 한가하고 생활하는 데 어려움이 없으니까 매일 수백, 수천 가지의 감수성이 제대로 처리되지 않아 멍하니 있는 사이에 그것들이 도깨비 같은 몰골로 변해 둥둥 떠다니는 게 아닐까.

식당에서 홀로 밥을 먹는다. 올해 처음 오이를 먹는다. 오이의 푸른 빛깔에서 여름이 온다. 5월의 푸른 맛에는 가슴이 텅 빈 듯한 쓰라린 서글픔이 있다. 혼자 식당에서 밥을 먹으니 괜스레 무작정 여행을 떠나고 싶어졌다. 기차에 오르고 싶다.

신문을 읽는다. 정치가 고노에 씨가 실려 있다. 고노에 씨는 좋은 남자일까? 나는 이런 얼굴을 좋아하지 않는다. 이마가 못생겼다. 신문에서는 책 광고가 가장 즐겁다. 한 글자, 한 줄에 100엔, 200엔 하는 광고료를 내야 하니 다들 열심이다. 한 글자 한 구절로 최대의 효과를 거두기 위해 끙끙거리며 쥐어짜 낸 명문장이다. 이렇게 돈이 많이 드는 문장은 세상에 얼마 없을 것이다. 뭔가 속 시원하다. 통쾌하다.

밥을 다 먹고 문단속을 한 뒤 학교에 갔다. 비가 오진 않을 것 같지만, 그래도 어제 엄마가 준 좋은 우산을 어떻게든 가지고 다니고 싶어서 챙겼다. 이 우산은 엄마가 오래전 처녀 시절에 썼던 거다. 재밌는 물건을 찾아서 만족스럽다. 이런 우산을 들고 파리의 시내를 걷고 싶다. 틀림없이 지금처럼 전쟁이 끝났을 때는 이런 꿈을 간직한 듯한 고풍스러운 우산이 유행하고 있으리라. 이 우산에는 보닛 풍 모자가 어울릴 것이다. 핑크빛 옷자락이 길게 내려오고 목이 크게 파인 기모노에 검은 실크 레이스로 짠 긴 장갑을 끼고, 커다랗게 챙이 넓은 모자에는 아름다운 보랏빛 제비꽃을 단다. 그러고는 짙은 초록빛 계절에 파리 레스토랑으로 점심을 먹으러 간다. 무심한 듯 가볍게 턱을 괴고 바깥을 오가는 사람의 물결을 보고 있는데, 누군가가 내 어깨를 살며시 두드린다. 갑자기 음악, 〈장미의 왈츠〉가 흐르고. 아아, 이상하다, 이상해. 현실은 이 낡고 기이한 모양의 길쭉한 우산 한 자루. 청승맞고 불쌍하다. 성냥팔이 소녀여, 어디 풀이라도 좀 잡아 뜯고 갈까요?

　나가는 길에 우리 집 문 앞에 있는 잡초를 뽑아 어머니를 위한 근로봉사를 한다. 오늘은 뭔가 좋은 일이 일어날지도 모른다. 같은 풀인데도 어쩜 이렇게 뽑아내고 싶은 풀과 남겨두고 싶은 풀 등 여러 가지가 있을까. 고운 풀과 그렇지 않은 풀, 모양은 조금도 다르지 않은데, 왜 가여운 풀과 미운 풀로 확연히 나뉠까? 이유는 없다. 여자의 호불호란 건 정말 알 수 없으니까. 10분간의 근로봉사를 마치고 정거장으로 서둘러 갔다. 밭길을 지나는데 자꾸 그림이 그리고 싶어진다. 도중에 신사의 숲 오솔길을 지난다. 내가 혼자서 찾아둔 지름길이다. 숲속 오솔길을 걷다가 문득 아래를 보니 두 치 정도 되는 보리가 여기저기 뭉치로 자라고 있다. 파릇파릇한 보리를 보고, 아아, 올해도 군인이 지나갔구나, 하고 깨달았다. 지난해에도 많은 군인과 말들이 찾아와 이 신사의 숲속에서 쉬다 갔다. 얼마 후에 다시 그곳을 가보니 보리가 오늘처럼 무럭무럭 자라고 있었다. 하지만 보리는 그 이상 자라지 못했다. 올해도 군인의 말 여물통에서 흘러나와 비실비실 자란 이 보리는, 해가 전혀 들지 않는 어둑한 이 숲에서 가엾게도 딱 이만큼만 자라고 죽게 되리라.

신사의 숲 오솔길을 빠져나오자 역 근처 노동자 네댓 명과 마주쳤다. 그 노동자들을 늘 그렇듯 입에 담기도 싫은 말을 내게 토해낸다. 나는 어쩔 줄 몰라 망설였다. 그들을 성큼성큼 앞지르고 싶지만 그러려면 그 사이를 헤치고 빠져

나가야 한다. 두렵다. 그렇다고 가만히 서서 노동자들을 앞서 보내고 거리가 벌어질 때까지 기다리는 건 더욱더 담력이 필요한 일이다. 그건 실례되는 일이니 노동자들이 화를 낼지도 모른다. 몸이 딱딱하게 굳고 울상이 되었다. 나는 내 모습이 부끄러워 그들에게 웃어 보였다. 그리고 천천히 그 사람들 뒤를 따라 걸었다. 그땐 그렇게 끝났지만, 분한 마음은 전차를 타고 나서도 사라지지 않았다. 이런 하찮은 일에 태연해질 수 있도록 어서 빨리 강해지고 싶다.

전차 입구 가까이에 빈자리가 있어서 나는 살며시 내 짐을 내려놓고 치마 주름을 가다듬은 뒤 앉으려는데, 안경 쓴 남자가 내 짐을 치우고 자리에 앉아버렸다.

"저어, 거긴 제 자린데요."

내가 그렇게 말했건만, 남자는 쓴웃음을 지으며 태연히 신문을 읽기 시작했다. 곰곰 생각해보니 어느 쪽이 더 뻔뻔스러운 건지 모르겠다. 내 쪽이 더 뻔뻔스러운지도.

하는 수 없이 우산과 짐을 선반에 올려놓고, 손잡이에 매달린 채 언제나처럼 잡지를 읽으려고 한 손으로 팔락팔락 페이지를 넘기는데 불쑥 이상한 생각이 들었다.

내게서 책 읽기를 뺀다면, 이렇다 할 경험이 없는 나는 울

상만 짓고 있을 것이다. 그만큼 나는 책에 쓰인 글자들에 의
존하고 있다. 한 권의 책을 읽다 보면 어느새 그 책에 빠져
들어, 신뢰하고, 동화하고, 공감하면서 거기에 삶을 이어붙
이고 있다. 다른 책을 읽으면 또 금세 그 책에 빠져버린다.
남의 것을 훔쳐 와 내 것으로 스윽 고쳐내는, 그 약삭빠른
재주가 나의 유일한 특기다. 정말이지 이 교활한 속임수가
지긋지긋하다. 매일매일 실패에 실패를 거듭하면서 망신만
당한다면 조금은 중후해질지도 모른다. 하지만 그런 실패
조차 어떻게든 구실을 만들어내고 그럴듯한 이론을 짜내어
고육지책 같은 연극 따위를 꾸며낼 듯하다(이 말도 어느 책
에선가 읽은 적이 있다).

　정말로 나는 어느 쪽이 진짜 나인지 모르겠다. 읽을 책이
없어져 따라 할 본보기를 찾지 못하면 나는 과연 어떻게 될
까? 옴짝달싹도 못 하고 위축된 채로 코만 휭휭 풀어댈지도
모른다. 어쨌든 전차 안에서 매일 이렇게 허튼 생각만 하고
있어서는 안 된다. 몸에 꺼림칙한 온기가 남아 견딜 수가 없
다. 무언가 해야 한다고, 어떻게든 해야 한다고 생각하는데,
무슨 수를 써야 나를 단단히 붙잡을 수 있을까? 지금까지
내가 한 자아비판은 아무런 의미가 없는 듯하다. 비판을 해

봤자 싫은 것이나 약점을 깨달으면 금세 거기에 빠져들어 위로하다가 결국 뿔을 고치려다 소를 죽이는 짓은 바람직하지 않다고 결론지으니 비판이고 뭐고 소용없게 된다. 아무것도 생각하지 않는 편이 차라리 양심적이다.

이 잡지에도 '젊은 여자의 결점'이라는 표제로 여러 사람의 글이 실려 있다. 읽는 동안 내 이야기를 하는 것 같아 부끄러운 마음도 들었다. 거기다 글쓴이들은, 평소 바보 같다고 여긴 사람은 어김없이 바보 같은 소리를 하고, 사진을 보고 세련된 느낌이 드는 사람은 세련된 말을 하고 있는 게 우스워서 이따금 키득거리면서 읽어 내려간다. 종교인은 신앙을 들먹이기에 바쁘고, 교육가는 처음부터 끝까지 은혜라는 말로 도배하고. 정치가는 한시를 읊어대고, 작가는 있는 체하며 모양낸 언어를 구사한다. 모두 우쭐해하고 있다.

하나같이 뻔한 소리만 한다. 개성 없고 깊이 없는 것. 올바른 희망, 올바른 야심, 그런 것들로부터 멀리 떨어져 있다. 즉 이상이 없다. 비판은 있어도 자신의 생활과 직접 연관 짓는 적극성은 없다. 무반성, 진정한 자각, 자애, 자중이 없다. 용기 있는 행동을 했다 한들 그 모든 결과에 책임질 수 있을까? 주변 생활양식에 순응하고 이를 처리하는 데는 능하지

만, 자신과 주변 삶에 올바르고 강한 애정을 지니고 있진 않
다. 진정한 의미의 겸손이 없다. 독창성이 부족하다. 모방뿐
이다. 인간 본연의 '사랑'이란 감각이 결여되어 있다. 점잔
은 빼지만 기품이 없다. 그 밖에도 많은 내용이 쓰여 있다.
읽다가 정신이 번쩍 든 게 한두 번이 아니다. 결코 부정할
수 없다.

그런데 여기 쓰인 이야기 전부가, 뭐랄까, 낙관적이랄까,
이 사람들의 평소 생각과는 달리 그냥 써본 것 같은 느낌이
다. '진정한 의미의'라든가 '본래의'라든가 하는 형용사는
수두룩하지만 '진정한' 사랑, '진정한' 자각이란 과연 무엇
인지 명쾌하게 쓰여 있지 않다. 이 사람들은 알고 있을지도
모를 텐데. 좀더 구체적으로, 단 한 마디로, 오른쪽으로 가,
왼쪽으로 가, 권위 있게 손가락으로 정확히 집어 가르쳐주
는 편이 얼마나 고마운지 모른다. 우리는 사랑 표현법을 잃
어버렸으니, 이것도 안 된다, 저것도 안 된다고만 하지 말
고, 이래라, 저래라, 하고 힘주어 지시한다면 우린 모두 그
대로 따라 할 것이다. 사람들은 다들 자신이 없는 걸까? 잡
지에 목소리를 내는 사람들도 언제라도 어떤 경우에라도
반드시 이런 의견을 갖고 있진 않을 터이다. 그이들은 올바

른 희망, 올바른 야심을 품고 있지 않다며 꾸짖지만, 만약 우리가 올바른 이상을 좇아 행동할 경우, 과연 어디까지 우리를 지켜보고 이끌어줄 수 있을까?

우리는 자신이 가야 할 최선의 장소, 가고 싶은 아름다운 장소, 자신을 펼쳐나가야 할 장소를 어렴풋하게나마 알고 있다. 좋은 삶을 꾸려나가고 싶다고 생각한다. 그야말로 올바른 희망과 야심을 품고 있다. 기댈 수 있을 만큼 꿋꿋한 신념도 갖고 싶다고 초조해한다. 이 모두를, 소녀라면, 소녀로서의 삶 위에 구현하고자 한다면 얼마나 노력해야 할까? 물론 엄마, 아빠, 언니 오빠의 사고방식도 있다(입으로는 낡았네, 어쩌네 하지만, 결코 인생의 선배인 노인과 기혼자들을 경멸하진 않는다. 그러기는커녕 두 번, 세 번 그들의 말에 귀 기울일 것이다). 생활과 관계된 친척이라는 것도 있다. 지인도 있다. 친구도 있다. 그리고 늘 거대한 힘으로 우리를 밀어내는 '세상'이라는 것도 있다. 이 모든 것들을 헤아려보거나, 눈으로 보거나, 생각해보면, 자신의 개성을 펼치는 것 따위야 아무래도 상관없다. 그저 눈에 띄지 않고 보통 사람들이 다니는 길을 잠자코 가는 것이, 가장 현명한 일이라는 생각마저 들 것이다. 소수자를 위한 교육을 전반적으로 실시하다니, 여간 끔찍한 일이 아닐 수 없다. 학교의 교육과 세상의 규칙이란 무척 다르다는 것을 크면서 점점 알게 되었다. 학교에서 가르치는 것을 무조건적으로 지키는 사람은 바보다. 이상한 사람 취급을 받는다. 출세하지 못하고 늘 가난하다. 거짓말 안 하는 사람이 있을까? 있다면 그 사람은 영원히 패배자다. 내 친척 중에도 한 사람, 행동거지가 바르고 굳은 신념을 갖고 이상을 추구하며, 진정한 의미로서의 삶을 살아가는 사람이 있는데, 친척 모두가 그를 욕한다. 바보 취급한다. 나 역시도 그런 바보 취급을 당하면서, 패배자가 될 것을 뻔히 알면서, 엄마와 모두에게 반기를 들면서까지 내 생각을 펼칠 수는 없다. 두렵기 때문이다. 나도 어렸을 때는, 내 생각과 남의 생각이 완전히 다를 적에는 엄마에게, "왜?"라고 묻곤 했다. 그럴 때면 엄마는 단호히 말하며 화를 내셨다.

"그럼 못 써. 나쁜 사람이야."

그렇게 말씀하시고는 슬퍼하셨다.

아빠한테 물은 적도 있다. 그때마다 아빠는 그저 말없이 웃으셨다. 그러고서 나중에 엄마에게

"중심이 없는 아이로군." 하고 말씀하셨다고 한다. 나는

커갈수록 겁쟁이가 돼버렸다. 옷 한 벌 만드는 데에도 사람들 눈치를 살피게 되었다. 실은 내 개성 같은 것을 남몰래 사랑했지만, 사랑하고 싶었지만, 확실히 내 것으로 구현해 내는 일은 무서웠다. 사람들이 말하는 착한 아이가 되고 싶다고 항상 생각한다. 수많은 사람이 모였을 때 나는 얼마나 비굴해지는지. 입 밖에 내고 싶지도 않은 말을, 마음과는 완전히 동떨어진 거짓말을 잘도 재잘거렸다. 그렇게 해야 득이라고 여겼기 때문이다. 싫다. 하루빨리 도덕이 확 바뀌는 날이 왔으면 좋겠다. 그러면 이런 비굴함도, 또한 나 자신을 위해서가 아닌, 남의 생각을 위해서 하루하루를 흘려보낼 필요도 없을 것이다.

'앗, 저기 자리가 비었네.' 서둘러 선반에서 짐과 우산을 내려 잽싸게 비집고 앉았다. 오른쪽 자리엔 중학생, 왼쪽 자리엔 포대기로 아이를 업은 아주머니가 있다. 아주머니는 나이에 어울리지 않게 짙은 화장에 최신 유행하는 머리 모양을 하고 있었다. 얼굴은 예쁘장했지만, 목에 있는 거뭇한 주름 때문에 싫었다. 인간은 서 있을 때와 앉아 있을 때 하는 생각이 완전히 다르다. 왠지 못 미더운 무기력한 생각만 한다. 내 맞은편 자리에는 비슷한 또래의 샐러리맨들 네

댓 명이 멍하니 앉아 있다. 서른 살쯤 됐으려나? 다 싫다. 눈이 흐릿하고 탁하다. 패기가 없다. 만약 내가 지금 이 중 누군가에게 생긋 웃어 보인다면, 난 그 한 번의 웃음으로 질질 끌려가 그 사람과 결혼해야만 하는 파국을 맞을지도 모른다. 여자는 자신의 운명을 결정짓는 데 미소 한 번이면 족하다. 무섭다. 참 희한하다. 조심해야겠다. 오늘 아침은 유독 이상한 것들만 생각한다. 이삼일 전부터 우리 정원을 손질하러 와 있는 정원사의 얼굴이 눈에 어른거려 견딜 수 없다. 그저 정원사일 뿐인데, 얼굴의 느낌이 아무래도 남다르다. 과장해서 말하자면 사색가 같은 얼굴이다. 피부가 검고 눈빛이 좋다. 미간은 좁다. 코는 사자처럼 벌름하고 넓적하게 생긴 들창코지만, 그게 또 검은 피부와 잘 어울려 의지가 강해 보인다. 입술 모양도 그럭저럭 괜찮다. 귀는 좀 지저분하다. 손은 영락없이 정원사의 모습이었지만, 검은색 중절모를 푹 뒤집어쓴 그늘진 얼굴은 정원사로 두기엔 아깝다는 생각이 든다. 엄마에게 서너 번이나, "그 정원사 있잖아, 처음부터 정원사였을까?" 하고 물었다가 결국, 야단맞고 말았다. 오늘 짐을 싸 온 이 보자기는 마침 그 정원사가 우리 집에 온 날 엄마한테서 받은 것이다. 그날은 우리 집 대

청소 날이어서 부엌 수리공과 바닥 수리공이 다녀갔는데, 엄마도 장롱 속 물건들을 정리하다가 이 보자기가 나와 내게 주셨다. 예쁘고 여성스러운 보자기. 너무 예뻐서 묶는 것조차 아깝다. 이렇게 앉아 무릎 위에 올려놓고 몇 번이고 지그시 바라고 어루만진다. 전차 안 모든 이에게 보여주고 싶은데 아무도 보지 않는다. 이 예쁜 보자기를 그저 잠시 바라봐주기만 한다면, 나는 그 사람에게 시집을 가게 돼도 좋다. 본능, 이라는 말에 부딪히면 울고 싶어진다. 본능의 크기, 우리의 의지로는 움직일 수 없는 힘을 매번 확인하게 될 때마다 미칠 것만 같다. 어떻게 하면 좋을지 얼이 빠져버린다. 긍정도 부정도 없는, 단지 커다란 무엇이 머리 위로 푹 덧씌워지는 것 같다. 그러고선 나를 멋대로 끌고 다닌다. 끌려다니며 만족하고 있는 기분과 그것을 슬픈 마음으로 바라보고 또 다른 감정을 품은 채로. 왜 우리는 자기 자신만으로 만족하고 자기 자신만을 평생토록 사랑할 순 없는 걸까? 본능이 지금까지의 내 감정과 이성을 먹어 치워가는 것을 보는 일은 한심스럽다. 잠시라도 자신을 잊게 된 후면 실망만 있을 따름이다. 저런 나에게도, 이런 나에게도 본능이 분명히 존재한다는 사실을 알게 되는 일은 슬픈 것 같다. '엄마,

아빠!' 하고 부르고 싶어진다. 하지만 또 진실이란, 의외로 내가 싫다고 여기는 곳에 있을지도 모르니, 정말이지 한심스럽다.

어느덧 오차노미즈역이다. 플랫폼에 내려서자 아무 일 없었다는 듯 태연해졌다. 방금까지 내 머릿속을 지나간 일들을 서둘러 떠올리려 했지만, 아무것도 생각나지 않는다. 계속해서 생각해보려 했으나 초조할 뿐, 아무것도 떠오르지 않는다. 텅 비어 있다. 때때로 날 감동케 한 일, 괴롭고 부끄러운 일도 있었을 터인데 지나고 나니 아무 일도 없었던 양, 전부 그대로다. 지금, 이라는 순간은 재미있다. 지금, 지금, 지금, 이라고 손가락으로 가리키고 있는 동안에도, 지금은 저 멀리 날아가고 새로운 '지금'이 오고 있다. 다리의 계단을 터벅터벅 오르면서 어처구니없다고 생각했다. 바보 같다. 나는 사실 지나치게 행복한 상태인지도 모른다.

오늘 아침 고스기 선생님이 예뻐 보인다. 내 보자기처럼 예쁘다. 청초한 푸른빛이 잘 어울리는 선생님. 가슴에 새빨간 카네이션도 눈에 띈다. 인위적인 '꾸밈'만 없다면, 선생님을 더욱더 좋아했을 텐데. 선생님은 과하게 모양을 잡는다. 뭔가 지나치다. 저러면 분명 피곤할 텐데. 성격도 어딘가 난해한 구석이 있다. 이해할 수 없는 부분이 많다. 원래 어두운 성격인데도 불구하고 억지로 밝은 척하는 모습도 보인다. 학교 선생으로 썩히기엔 아까운 것 같다. 교실에서는 예전만큼 인기가 덜하지만, 나는, 나 혼자만은 전과 마찬가지로 선생님께 빠져 있다. 산속 호숫가의 고성에 살고 있는 귀족 아가씨 같은 느낌이다. 칭찬이 좀 과한가. 그나저나 고스기 선생님의 이야기는 왜 늘 이렇게 고지식할까? 머리가 나쁜 건 아닐까? 괜스레 슬퍼진다. 아까부터 애국심에 대해 장황하게 늘어놓고 있지만, 너무 뻔한 이야기 아닌가? 사람은 누구에게나 자신이 태어난 곳을 사랑하는 마음이 있기 마련인데. 시시하다. 책상에 턱을 괴고 멍하니 창밖을 내다본다. 바람이 세게 불어서인지 구름이 아름답다. 정원 한쪽에 장미꽃 네 송이가 피어 있다. 노란 꽃 하나, 하얀 꽃 둘, 분홍 꽃 하나. 꽃들을 멀거니 바라보면서 사람에게도 정말로 좋은 점이 있다고 생각했다. 꽃의 아름다움을 발견한 것도 인간이고 꽃을 사랑하는 것도 인간이니까.

점심시간에는 귀신 이야기가 나왔다. 야스베 언니가 들려준 제일고등학교의 7대 불가사의 중 하나, '열리지 않는 문' 이야기에는 모두 꺄꺄, 소리를 질러 댔다. 막무가내로 놀라게 하는 게 아니라 심리적인 공포를 불러일으켜 재밌다. 점심을 막 먹은 참인데도 너무 떠들어댔더니 벌써 출출해졌다. 마침맞게 단팥빵 아주머니가 캐러멜을 나눠주었다. 그러고서 다들 또 무서운 이야기 속으로 빠져들었다. 귀신 이야기는 누구에게나 흥미로운가 보다. 자극적이어서가 아닐까? 그리고 '구하라 후사노스케'• 이야기는 괴담은 아니지만 묘하게 재미있었다.

오후 미술 시간에는 모두 교정에 나가 사생화 수업을 했다. 이토 선생님은 어째서 매번 날 곤란하게 하는 걸까? 선생님은 오늘도 내게 자신의 그림 모델이 되어달라고 했다. 오늘 아침에 내가 가져온 낡은 우산 때문에 아이들의 환성으로 반이 한바탕 소란스러워지면서 결국 이토 선생님 눈에 띄어 그 우산을 들고 교정 한쪽에 핀 장미 곁에 서 있으라는 지시를 받고 만 것이다. 선생님은 이런 내 모습을 그려 이번 전시회에 내걸겠다고 했다. 딱 삼십 분만 모델이 되어주기로 했다. 조금이나마 다른 사람에게 도움이 되는 것은 기쁜 일이다. 하지만 이토 선생님과 둘이서 마주 보고 있으면 굉장히 피곤하다. 대화가 끈적끈적하고 말이 너무 많다.

• 일본 재벌가의 총수로서 제1차 세계대전 후 정계에 진출했다.

나를 너무 의식해서인지 스케치하면서 하는 이야기라곤 죄다 나에 관한 것뿐이다. 대꾸하는 것도 귀찮고 성가시다. 뭔가 좀 찜찜한 사람이다. 이상한 웃음을 흘리질 않나 선생씩이나 되면서 부끄러워하질 않나, 무엇보다 능글능글한 게 참을 수 없다.

"널 보면 죽은 동생이 생각나."

나쁜 사람 같지는 않은데 제스처가 지나치다.

제스처라면 나도 뒤지진 않는다. 한술 더 떠 뺀질거리고 얍삽하기까지 하다. 정말 못 봐주겠다.

"난 너무 폼을 잡아서 말이야. 그런 폼에 끌려다니는 허풍쟁이 괴물 같다니까."

하지만 이렇게 말하는 것 또한 폼을 잡는 게 아니면 뭔가. 이렇게 얌전히 선생님의 모델 노릇을 하면서도 점점 '자연스러워지고 싶다, 솔직해지고 싶다.'라고 기도하고 있다. 책 읽는 것 따위 이제 그만해야겠다. 관념뿐인 삶에 무의미하고 아는 체하는 모습이라니 경멸스럽다. 삶의 목표가 없다. 좀더 삶에, 인생에 적극적이어야 한다. 내겐 모순이 있어서 자꾸 생각하고 고민하는 듯하지만, 그저 감상에 지나지 않는다. 자신을 가여워하고 위로하는 데 불과하다. 그리고 나를 지나치게 평가하고 있다. 아아, 이토록 마음이 어수선한 나를 모델로 삼다니, 선생님의 그림은 틀림없이 낙선일 것이다. 아름다울 리 없으니까. 해서는 안 될 말이지만, 이토 선생님이 바보로 보인다. 어쩔 수 없다. 선생님은 내 속옷에 장미 자수가 있다는 사실조차 모른다.

가만히 같은 자세로 서 있으니 공연히 돈이 있었으면 싶다. 10엔만 있으면 좋겠는데.『퀴리 부인』이 가장 읽고 싶다. 그리고 문득 엄마가 오래 사셨으면 좋겠다는 생각도 든다. 선생님의 모델 노릇을 하다 보면 이상하게 괴롭다. 몹시 피곤하다.

방과 후엔 절집 딸인 긴코와 몰래 할리우드에 가서 머리를 했다. 다 되고 보니 부탁한 머리 모양이 아니라서 실망했다. 아무리 봐도 난 예쁜 구석이 하나도 없다. 가엾다. 몹시 풀이 죽어버렸다. 이런 곳에 몰래 와서 머리를 하다니 추잡한 암탉 한 마리 같다는 생각마저 들어서 무척 후회했다. 이런 곳까지 오다니, 스스로를 경멸하는 짓이라고 생각했다. 긴코는 호들갑을 떨었다.

"이대로 맞선이나 보러 갈까?"

그렇게 아무 말이나 내뱉더니 진짜로 자기가 맞선이라도

보는 줄 착각한 모양이었다.

"이런 머리에는 어떤 색 꽃을 꽂으면 좋을까?"라는 둥, "허리띠는 뭐가 나을까?"라는 둥 진지하게 물었다.

정말이지 아무 생각도 없는 가여운 사람.

"누구랑 맞선 보는데?"

나도 웃으면서 물었다.

"떡집은 떡집이라잖아."

긴코가 새침하게 대답했다.

"그게 무슨 말이야?"

나도 적잖이 놀라서 물으니,

"절집 딸은 절에 시집가는 게 제일 좋다는 뜻이야. 평생 먹고살 걱정 안 해도 되잖아."

하고 대답해 한 번 더 나를 놀라게 했다. 긴코는 개성이 하나도 없달까, 그래서 여성스러움이 흘러넘친다. 학교에서는 내 옆자리에 앉은 친구일 뿐, 딱히 친하다고는 할 수 없는데 긴코는 모두에게 나를 가장 친한 친구라고 말한다. 정말 귀여운 아이다. 하루걸러 편지를 보내기도 하고 내게 잘해줘서 고맙지만, 오늘은 지나치게 떠들어대서 짜증이 났다. 긴코와 헤어지고 버스에 탔다. 왠지 우울했다. 버스 안에서 맘에 들지 않는 여자를 봤다. 옷깃이 더러운 기모노를 입고 부스스한 붉은 머리를 하나로 틀어 올렸다. 손도 발도 더럽다. 더구나 남자인지 여자인지 알 수 없는 검붉은 얼굴을 하고 있다. 그리고 아아, 속이 메스껍다. 배가 아주 커다랬다. 한 번씩 혼자 히죽히죽 웃기까지 한다. 암탉. 몰래 머리를 하러 할리우드 같은 데로 가는 나도 이 여자와 다를 바 하나 없다.

오늘 아침 전차에서 옆자리에 앉았던 짙게 화장한 아주머니도 생각난다. 아아, 더러워, 지저분하다, 여자가 싫다. 내가 여자인 만큼, 여자 속에 있는 불결함을 잘 알고 있어 이가 갈릴 정도로 싫다. 금붕어를 만진 후의 그 참을 수 없는 비린내가 내 몸 전체에 배어 있는 것 같아서, 씻어도 씻어도 없어지지 않는 것 같아서, 이렇게 나도 하루하루 암컷의 체취를 발산해갈 걸 생각하면, 차라리 이대로 소녀인 채로 죽고 싶다. 문득 병에 걸리고 싶은 생각이 든다. 지독한 병에 걸려 땀을 폭포수처럼 흘려 삐쩍 야위면 나도 맑고 깨끗해질지 모른다. 살아 있는 한, 도저히 벗어날 수 없는 것일까? 진정한 종교의 의미도 이젠 제대로 알 것 같다.

버스에서 내리자 조금 안심이 되었다. 대중교통은 아무

래도 싫다. 공기가 미적지근해서 견딜 수가 없다. 대지가 좋다. 땅을 밟고 걷다 보면 내가 좋아진다. 아무래도 나는 좀 경박한가 보다. 태평한가 보다. 바꿔라, 바꿔라, 그런 가사의 노래를 작은 소리로 부르다 스스로 생각해도 한없이 태평해 보여 답답했다. 키만 멀뚱히 큰 내가 밉살스럽다. 좋은 아가씨가 되어야겠다고 생각했다.

집으로 돌아가는 시골길은 매일 다니다 보니 너무 익숙해져서 얼마나 조용한 시골인지 깨닫지 못했다. 온통 나무, 길, 밭뿐이니까. 오늘은 타지에서 시골로 온 사람 흉내를 내볼까? 그래, 나는 도쿄 간다 근방의 신발가게 아가씨로 난생처음 시골 땅을 밟은 것이다. 진짜 그렇다면 이 시골은 대체 어떻게 보일까? 근사하게? 아니면 한낱 촌구석으로? 나는 진지한 얼굴로 일부러 과장스럽게 두리번거렸다. 가로수길을 내려갈 때는 신록의 가지들을 우러러 바라보며, "아아, 어쩜." 하고 작은 탄성을 내질러도 보고, 흙다리를 건널 때는 잠시 개울을 들여다보다가 물거울에 얼굴을 비쳐 보이며, 멍멍, 개 흉내를 내며 짖어도 보고, 저 멀리 밭을 바라볼 때는 눈을 가느다랗게 뜨고 마치 황홀하다는 듯, "멋지다." 하고 중얼거리고는 한숨을 내뱉었다. 신사에서 잠시 쉬었다. 신사의 숲속은 어두워서 황급히 일어서며 "어머, 무서워라." 하고 어깨를 작게 움츠리며 허둥지둥 숲을 빠져나와서는, 숲 밖의 환한 풍경을 보고 짐짓 놀란 척을 했다. 여러 가지로 새롭다, 새로워, 하며 시골길을 바라보고 걷는데 왠지 참을 수 없이 쓸쓸해졌다. 길옆 잔디에 털썩 주저앉았다. 풀밭에 앉자 조금 전까지 들떠 있던 마음이 순식간에 사라지면서 진지해졌다. 그리고 요즘의 나에 대해 곰곰이 생각해 보았다. 요즘의 난 왜 이 모양일까? 뭐가 이토록 불안할까? 늘 무언가에 겁을 내고 있다. 얼마 전에도 누가 그랬다.

"넌 갈수록 속물 같아져."

그럴지도 모른다. 나는 분명 망가졌다. 시시해졌다. 안 된다, 틀렸다. 나약하다. 난데없이 아악, 큰 소리를 낼 뻔했다. 하지만 그런 고함으로는 내 안의 겁쟁이를 감출 수 없다. 무슨 수를 써야만 한다. 혹시 사랑에 빠진 걸까? 나는 푸른 초원에 벌렁 드러누웠다.

아빠, 하고 불러본다. 아빠, 아빠. 노을 지는 하늘이 참 예뻐요. 저녁 안개도 분홍빛이에요. 석양빛이 안개 속에 녹아들어서 안개가 이렇게 부드러운 분홍빛이 된 거겠죠? 이 분홍빛 안개가 하늘하늘 흘러 나무숲 사이로 스며들고, 길 위를 걷고, 초원을 어루만져요. 그리고 내 몸을 부드럽게 감싸 안아요. 내 머리칼 한 올 한 올까지 분홍빛을 아스라이 비추고 보드랍게 쓰다듬어 줘요. 무엇보다 이 하늘이 무척이나 아름다워요. 태어나 처음으로 머리를 숙이고 싶을 정도예요. 전 지금 하느님을 믿어요. 지금, 이 하늘은 무슨 빛일까요? 장미, 불, 무지개, 천사의 날개, 대가람(大伽藍)? 아니, 아니에요. 더, 더, 성스러워요.

'모두를 사랑하고 싶다'는 생각이 간절히 들었어요. 물끄러미 하늘을 올려다보니 점점 하늘이 변해갑니다. 차츰 푸르스름해져요. 문득 한숨이 터져 나오고, 모든 걸 벗어던지고 싶어졌어요. 그 어느 때도 지금처럼 나뭇잎과 풀이 투명하고 아름다워 보인 적이 없어요. 가만히 풀을 어루만져봅니다.

아름답게 살아가고 싶어요.

집에 돌아오니 손님이 와 있었다. 엄마도 이미 와 계셨다. 여느 때처럼 뭔가 떠들썩한 웃음소리. 엄마는 나와 단둘이 있을 때면 얼굴은 웃고 있어도 소리는 내지 않는다. 하지만 손님과 이야기할 때는 웃음기 하나 없는 얼굴에 목소리만 한껏 높여 웃는다. 인사하고 바로 뒤쪽으로 돌아 우물가에서 손을 씻고, 양말을 벗어 발을 씻자, 생선 장수가 와서 "기다리셨죠, 매번 고맙습니다." 하고 말하고는 큼직한 생선 한 마리를 우물가에 두고 갔다. 무슨 생선인지는 모르겠지만, 비늘이 촘촘한 것으로 보아 홋카이도산인 것 같다. 생선을 접시에 옮겨놓고 다시 손을 씻는데 홋카이도의 여름 냄새가 났다. 재작년 여름방학 때, 홋카이도에 있는 언니 집에 놀러 간 일이 생각난다. 도마코마이의 언니네 집은 바닷가에서 가까운 탓인지 늘 생선 비린내가 났다. 저녁 무렵, 언니 혼자 횅댕그렁한 부엌에서 하얗고 섬세한 손으로 생선을 능숙하게 요리하던 모습도 똑똑히 떠오른다. 나는 그때 어쩐지 언니에게 응석을 부리고 싶어 견딜 수 없었다. 하지만 그 무렵 도시라는 언니의 아이가 태어났고, 언니는 이제 내 사람이 아니었다. 그런 생각을 하니 그때 문득 차가운 웃풍이 느껴졌지만, 도저히 언니의 여린 어깨를 껴안을 수 없어 죽을 만큼 쓸쓸한 심정으로, 어슴푸레한 부엌 구석에 선 채로, 정신이 아득해질 때까지 그저 가만히 언니의 하얗고 부드럽게 움직이는 손가락 끝을 바라보던 기억이 난다. 지나간 기억은 모두 그립다. 가족이란 정말 묘하다. 남은 먼 곳으로 떠나면 기억에서 차츰 희미해지고 잊히기 마련인데, 가족이란 시간이 더해갈수록 그립고 보고 싶어지니까.

우물가의 수유 나무 열매가 붉은빛을 머금고 있다. 이제 이 주일만 지나면 먹을 수 있으리라. 작년에는 재밌는 일이 있었다. 내가 저녁에 혼자서 수유를 따 먹고 있는데, 자피가 물끄러미 쳐다보길래 가여워서 한 알 주었다. 그랬더니 순식간에 먹어버렸다. 두 알을 더 주니 또 순식간에 먹어치웠다. 그 모습이 하도 재밌어서 나무를 흔들어 열매를 떨어뜨리니 열심히 주워 먹기 시작했다. 바보 같은 녀석. 수유를 먹는 개는 처음 본다. 나도 까치발을 해서 수유를 따 먹고 있고, 자피도 밑에서 주워 먹고 있다. 우스웠다. 그 일을 생각하니 자피가 보고 싶어져서,

"자피!"

하고 불렀다.

자피가 현관 쪽에서 쪼르르 달려왔다. 문득 자피가 너무 귀여운 마음에 꼬리를 꽉 쥐었더니 내 손을 부드럽게 깨물었다. 눈물이 날 것 같아 자피의 머리를 톡 쳤다. 자피는 덤덤하게 우물가의 물을 소리 내어 마셨다.

방에 들어가니 전등이 켜져 있다. 조용하다. 역시 아빠가 안 계시니 집 안 어딘가에 큰 빈자리가 생긴 것 같아 몸부림

치고 싶어졌다. 옷을 갈아입고 벗어 던진 속옷의 장미 자수에 살며시 입맞춤하고 화장대 앞에 앉았는데, 응접실 쪽에서 엄마의 웃음소리가 쏟아져 들리자 왠지 울컥했다. 엄마는 나와 단둘이 있을 때는 괜찮지만, 손님만 왔다 하면 이상하게 나와 거리를 두고 차갑게 대한다. 그럴 때마다 나는 아버지가 무척 그립고 슬프다.

거울을 들여다보니 뭐지, 싶을 정도로 얼굴에 활기가 넘친다. 얼굴은 남이다. 내 슬픔이나 괴로움, 그런 느낌과는 전혀 상관없이, 별개로 자유로이 살아간다. 오늘은 볼 터치도 안 했는데 뺨이 불그스름하다. 입술도 작고 빨갛게 빛나 예뻐 보인다. 안경을 벗고 살짝 웃어본다. 눈이 무척 예쁘다. 푸르고 맑다. 아름다운 저녁 하늘을 오랫동안 바라봐서 이렇게 눈이 아름다워진 걸까? 마음에 쏙 든다.

조금 들뜬 마음으로 부엌에 가서 쌀을 씻는데 또다시 슬퍼지고 말았다. 전에 살던 고가네이의 집이 그립다. 가슴이 쓰라리도록 그립다. 그 멋진 집에는 아빠도 계셨고, 언니도 있었다. 엄마도 더 젊었다. 학교에서 돌아오면, 엄마와 언니는 부엌이나 다실에서 유쾌하게 이야기를 나누고 있었다. 간식을 먹고, 두 사람에게 실컷 응석을 부렸다. 그러나 언니에게 시비를 걸어 야단맞으면 밖으로 뛰쳐나가 자전거로 멀리멀리 달리다가, 저녁때쯤 돌아와서 즐겁게 밥을 먹었다. 정말이지 행복했다. 나 자신을 주시하거나 불결하게 여기지 않았다. 나는 그저 어리광만 부리면 그만이었다. 그 얼마나 큰 특권을 누렸던가? 평온한 나날이었다. 걱정도 없고 괴로움도 없었다. 훌륭하고 좋은 아빠. 상냥한 언니. 나는 그런 언니에게 늘 찰싹 붙어 있었다. 하지만 조금씩 커가면서, 우선 나 자신이 너무 싫어졌다. 나의 특권은 어느새 사라지고 추한 벌거숭이가 되었다. 누구에게도 어리광을 부릴 수 없게 되면서 생각이 많아지고 괴로워하는 일이 잦아졌다. 언니는 시집가버렸고, 아빠는 이제 안 계신다. 엄마와 나, 오직 단둘만 남고 말았다. 엄마도 무척 외로울 것이다. 얼마 전에도 엄마가 이렇게 말씀하셨다.

"더는 살아갈 낙이 없어졌어. 널 봐도 솔직히 그리 기쁘지 않아. 미안하구나. 네 아빠가 안 계실 바에야 차라리 행복도 오지 않는 게 나아."

모기가 날아다니면 문득 아빠가 생각나고, 바느질할 때도 아빠가 생각나고, 손톱을 깎다가도 아빠가 생각나고, 차가 맛있을 때도 아빠가 생각난다고 했다. 내가 아무리 엄마 마음을 위로하고 말동무가 되어드려도 역시나 아버지와는 다른 것이다. 부부의 사랑이란 세상에서 가장 강하고, 피붙이를 향한 사랑보다도 더 고귀한 것임에 틀림없다. 주제넘은 생각을 한 탓에 혼자서 얼굴이 빨개져서는 젖은 손으로 머리를 쓸어 올린다. 쌀을 씻으면서 엄마가 가엾고 애처롭다는 생각에 앞으로 잘해드려야겠다고 생각했다. 이런 웨이브 진 머리 따위 당장 풀어버리고, 머리를 더 길게 길러야겠다. 엄마는 전부터 내 짧은 머리를 싫어하셨으니까 쭉 펴서 단정히 묶으면 기뻐하실 거다. 하지만 그렇게까지 해서 엄마를 위로하는 것도 싫다. 징그럽다. 생각해보면, 요즘 나의 불안은 엄마와 관계가 깊다. 엄마 마음에 쏙 드는 착한 딸이 되고 싶지만, 그렇다고 엄마의 기분을 맞춰드리는 것도 내키지 않는다. 가만히 있어도, 엄마가 내 마음을 알아주고 편히 지내면 제일 좋을 텐데. 내가 제아무리 천방지축이라 한들 세상의 비웃음거리가 될 만한 짓은 하지 않을 거고, 힘들고 외로워도 중요한 건 잘 지키며, 난 엄마와 이 집을 정말 정말 사랑하니까 엄마도 날 믿고 그저 편히 사시면 그걸로 충분할 것이다. 난 틀림없이 잘 해낼 거다. 뼈가 가루가 되도록 노력할 거다. 그게 지금의 나에게도 가장 큰 기쁨이고 살길이라고 생각하는데, 엄마는 눈곱만큼도 나를 신뢰하지 않고 아직도 어린애 취급을 한다. 내가 어린애 같은 말을 하면 엄마는 즐거워하시는데, 지난번에도 내가 우쿨렐레를 꺼내 퉁퉁 튕겨 보이자 진심으로 기뻐하셨다.

"아니, 비가 오나? 빗소리가 들리네."

엄마는 시치미 떼며 나를 놀리셨고, 내가 진짜로 우쿨렐레 따위에 열중하고 있다고 여기시는 것 같았다. 그런 엄마의 모습이 너무도 가여워 울고 싶어졌다.

'엄마, 난 이제 어른이에요. 세상이 어찌 돌아가는지 다 알고 있어요. 그러니 마음 푹 놓으시고 나랑 뭐든지 의논해요. 우리 집 형편도 다 털어놓고, 현재 이런 상태니 너도 그런 줄 알아라 하시면 절대 신발 따위 사달라고 조르지 않을 거예요. 야무지고 검소하고 알뜰한 딸이 될 거예요. 정말로 그렇게 할 거예요. 그런데……'

〈아아, 그런데〉라는 노래가 생각나서 혼자서 키득키득 웃고 말았다. 정신을 차려보니, 멍하니 냄비에 두 손을 넣은 채, 바보처럼 이런저런 생각에 빠져 있었다.

'아, 안 돼. 손님께 어서 저녁상을 차려드려야 하는데. 아까 그 큼직한 생선은 어떻게 하지? 우선 세 토막 내어 된장에 버무려 두자. 그렇게 해서 먹으면 분명 맛있을 거야. 요리는 역시 감이지. 오이가 좀 남았으니 그걸로 초간장을 만들자. 그리고 내가 잘하는 달걀말이. 아, 그래, 또 하나 있지. 로코코 요리를 하자.' 이건 내가 고안해낸 거다. 각 접시에 햄과 달걀, 파슬리, 양배추, 시금치, 부엌에 남은 재료 전부를 털어 넣고, 형형색색으로 조화롭게 버무려 솜씨 좋게 담아내는 요리다. 별맛은 없지만, 손이 많이 가지 않는 데다 경제적이고, 식탁이 꽤 호화로워져 대단히 고급 요리처럼 보인다. 달걀 옆에 푸른 파슬리, 그 옆에는 붉은 산호초 모양의 햄이 고개를 내밀고 있고, 양배추의 노란 잎은 모란 꽃잎처럼, 깃털로 만든 부채처럼 접시에 깔려 있고, 초록빛 싱싱한 시금치는 마치 목장이나 호수를 떠올리게 한다. 이런 접시가 식탁에 두어 개나 오르면 손님들은 문득 루이 왕조를 떠올릴 것이다. 설마하니 그 정도는 아니겠지만, 어차피 나는 맛있는 음식 같은 건 못 만드니까, 적어도 외관만이라도 아름답게 꾸며 손님의 혼을 쏙 빼 속여야 한다. 음식은 보이는 게 다야. 대충 그렇게 얼버무린다. 하지만 이 로코코 요리에는 나름 미술에 대한 조예가 필요하다. 색채 배합에 민감하지 않으면 실패한다. 최소한 나만큼의 섬세함은 있어야 가능하다. 로코코라는 말을 얼마 전 사전에서 찾아보니, 겉보기엔 화려하지만 내용은 없는 양식이라고 정의되어 있어서 웃고 말았다. 명쾌한 답이다. 아름다움에 무슨 내용이 있을까. 순수한 아름다움은 언제나 무의미하고 도덕 따위 없다. 그렇다. 그래서 나는 로코코가 좋다.

늘 그렇지만, 요리하며 이것저것 맛보는 사이에 뭔지 모를 지독한 허무에 빠진다. 죽을 만큼 지치고 우울해진다. 노력이 포화상태에 이른 것이다. 뭐, 아무렴 어때, 라는 생각이 피어오른다. 그러다 결국, 에잇! 하고 자포자기하며 맛이고 모양이고 아무렇게나 대충 해서, 아주 언짢은 얼굴로 손님에게 내민다.

오늘 손님은 특히 우울하다. 오모리에서 온 이마이다 씨 부부와 올해 일곱 살 된 요시오. 이마이다 씨는 벌써 마흔 가까이나 됐는데 기생오라비처럼 하얘서 싫다. 왜 시키시마 같은 담배를 피우는 걸까? 궐련 담배가 아니면 왠지 불결한 느낌이 든다. 담배는 궐련이 최고다. 시키시마를 피우고 있으면, 그 사람의 인격까지 의심스러워진다. 천장에다 연거푸 연기를 내뿜으며, 허어, 허어, 과연, 따위의 말을 하고 있다. 이마이다 씨는 지금 야학 선생을 하고 있다고 한다. 몸집이 작은 부인은 매사 주뼛거리고 품위가 없다. 아무 것도 아닌 이야기에도 얼굴을 바닥에 붙이다시피 해서 몸을 뒤틀어 꺼이꺼이 웃어댔다. 웃긴 부분이 있었나? 그렇게 마구 웃어대는 게 오히려 품위 있어 보인다고 착각하고 있나 보다. 요즘 같은 세상에 이런 계급의 사람들이 가장 천박한 것은 아닐까? 가장 추잡하다. 소부르주아라고 해야 하나? 아니면 말단 관리? 그 집 자식도 이상하게 건방지다. 정직한 구석이 털끝만큼도 안 보인다. 속으로는 그렇게 생각하면서도 그런 마음을 꾹꾹 억누른 채, 공손히 인사를 하거나 웃고 이야기를 나누며, 요시오를 귀엽다고 하면서 머리를 쓰다듬는다. 이런 거짓말로 모두를 속이는 나에 비하면 이마이다 부부는 아직 나보다 순수할지도 모른다. 모두 내 로코코 요리를 칭찬하자 어쩐지 쓸쓸하고 화나고 울고 싶어졌다. 그래도 애써 즐거운 표정을 지어 보이며 나도 함께 밥을 먹었는데, 이마이다 씨 부인의 집요하고 멍청한 사탕발림에는 참을 수 없이 화가 치밀어 올라, 그래, 좋다, 더는 거짓말 안 해야지, 속으로 다짐하며,

"맛이 별로죠? 차릴 게 없어서 궁여지책으로 내놓은 거예요."

하고 있는 그대로 솔직하게 말하자 부인은,

"궁여지책이라뇨, 예의가 참 바르기도 하지."

하고 말하며 손뼉을 치며 호들갑을 떨었다. 나는 분해서 젓가락과 밥그릇을 내던지고 엉엉 울고 싶었다. 꾹 참고 억지로 웃어 보이자 엄마까지 한술 더 뜨며 말씀하셨다.

"애가 크면서 엄마를 얼마나 잘 돕는지 몰라요."

엄마는 내 서러움을 뻔히 알면서도 이마이다 씨네 기분을 맞추려고 그런 실없는 소리를 하고는 호호거리며 웃으셨다. 엄만 저렇게까지 하면서 이마이다 씨 같은 사람의 비위를 맞추고 싶을까? 손님과 마주하고 있을 때의 엄마는 엄마가 아니다. 그저 연약한 여자다. 아버지가 돌아가셨다고 이다지도 비굴해지다니. 한심하단 생각에 아무 말도 할 수 없었다.

'어서 돌아가세요. 우리 아빤 훌륭한 분이에요. 자상하고 성품도 좋아요. 아빠가 안 계신다고 그런 식으로 우리를 우습게 볼 거면 지금 당장 돌아가요.'

이마이다 씨에게 기필코 이렇게 말해야겠다고 생각했다. 하지만 역시 난 용감하지 못해서 요시오에게 햄을 잘라주고 부인에게 장아찌를 퍼주는 봉사를 하고 만다.

식사가 끝나고 나는 곧장 부엌으로 가 설거지를 시작했다. 얼른 혼자가 되고 싶었기 때문이다. 도도하게 구는 게 아니라, 저런 사람들과는 그 이상 억지로 이야기를 나누거나 함께 웃어댈 필요가 없어 보여서다. 저런 사람들에게까지 예의를, 아니, 알랑방귀를 뀔 필요가 전혀 없다. 싫다, 더 이상은 못 한다. 나도 하는 데까진 했다. 내가 꾹 참고 상냥하게 구는 태도를 엄마도 흐뭇하게 보고 있었으니까. 이미 충분하다. 사람들과 어울릴 때는 사람들과 어울리는 나와 진짜 나를 분명히 구분 짓고 그저 좋게 좋게 처신하는 게 좋은 건지, 아니면 남에게 욕을 얻어먹더라도 언제나 나 자신을 잃지 않고 애써 감추려 하지 않는 게 좋은 건지는 잘 모르겠다. 평생을 자기만큼 연약하고 따뜻한 사람들 속에서 살아갈 수 있는 사람들이 부럽다. 고생 따위 하지 않고도 일생을 살아갈 수만 있다면, 사서 고생할 필요도 없을 텐데.

내 마음을 죽이고 다른 사람을 위해 애쓰는 건 분명 좋은 일일 테지만, 앞으로 매일같이 이마이다 부부 같은 사람들에게 억지로 웃거나 맞장구를 쳐야 한다면, 난 미쳐버릴지도 모른다. 나 같은 건 감옥에서 버틸 수도 없을 거라는 우스꽝스러운 생각마저 문득 들었다. 감옥은커녕 하인도 될 수 없다. 부인도 될 수 없다. 아니, 부인의 경우는 다를 것이다. 한 사람을 위해 평생을 바치겠다는 각오만 되어 있다면, 아무리 괴롭고 몸이 부서지도록 일해도, 충분히 보람차고 희망이 있으니까 나도 훌륭히 해낼 수 있으리라. 당연하다. 아침부터 밤까지 다람쥐 쳇바퀴 돌듯 일할 것이다. 빨래도 척척 해낼 수 있다. 때가 잘 지지 않는 빨래만큼 불쾌한 건 없겠지만. 너무 초조해서 히스테리 상태에 빠진 것처럼 불안에 떨지도 모른다. 죽어도 죽는 게 아닐 것이다. 더러운 빨래를 하나도 남김없이 몽땅 빨아서 빨랫줄에 걸고 나서야 죽어도 여한이 없다고 생각할 게 뻔하다.

이마이다 씨가 볼일이 있다면서 엄마를 데리고 나갔다. 가잔다고 쫄래쫄래 따라가는 엄마도 엄마지만, 이마이다 씨가 엄마를 이용하는 건 이번이 처음이 아니다. 이마이다 부부의 뻔뻔스러움이 가증스러워서 한 대 때려주고 싶은 기분이다. 문 앞까지 배웅하고 혼자 멍하니 땅거미 진 길을 바라보고 있노라니 울고 싶어졌다.

우편함에는 석간신문과 편지 두 통이 들어 있었다. 한 통은 마쓰자카야 백화점에서 엄마 앞으로 보내온 여름 상품 안내장, 또 한 통은 사촌인 준지가 내게 보내온 편지다. 이번에 마에바시 연대로 전임하게 되었는데, 엄마에게도 안부 전해달라는 간단한 내용이었다. 장교라고 해서 딱히 근사하게 사는 건 아니겠지만 그래도 쓸데없는 시간 낭비 없이 규칙적으로 생활하는 규율이 부럽다. 늘 몸이 딱딱 움직일 수 있게끔 정해져 있으니 마음은 편할 것 같다. 나처럼 아무것도 하고 싶지 않으면 아무것도 안 해도 되고, 나쁜 일을 마음껏 할 수 있는 상태에 있고, 또 공부하고 싶으면 무한이라 해도 좋을 만큼 공부할 시간이 있고, 욕심을 부리면 좀 과한 바람이라도 이루어질 것 같다고 생각하는 사람한테는, 여기서 여기까지라는 노력의 한계를 정해주는 것이 얼마나 큰 도움이 되는지 모른다. 꽁꽁 속박해주는 게 오히려 감사할 지경이다. 전쟁터에서 싸우는 군인들의 욕망은 단 하나, 푹 자보고 싶은 것뿐이다, 라고 어떤 책에 쓰여 있었지만, 나는 그런 군인의 노고가 딱하면서도 몹시 부러웠다. 돌고 도는 어수선한 번뇌와 뿌리도 이파리도 없는 생각의 홍수와 깨끗이 헤어지고, 잠이나 실컷 자고 싶다고 갈망하는 상태는 그야말로 때 묻지 않고 순수한 것 같아 상쾌하다. 나 같은 사람도 군대 생활로 몸이 실컷 단련되면 좀더 야무지고 아름다운 소녀가 될 수 있을지도 모른다. 굳이 군대 생활을 하지 않아도 신짱처럼 솔직한 사람도 있는데, 그에 비하면 난 글러 먹은 여자다. 나쁜 아이다. 신짱은 준지의 남동생으로 나이는 나와 같은데, 어쩜 그렇게 착한지 모른다. 나는 친척 중에서, 아니 세상에서 신짱이 제일 좋다. 신짱은 앞이 안 보인다. 아직 어린데 실명하다니 대체 무슨 일이란 말인가? 이렇게 고요한 밤에 방에 혼자 있으면 어떤 기분일까? 사람은 쓸쓸하면 책을 읽거나 풍경을 바라보며 감정을 대충 달랠 수 있지만 신짱은 그럴 수 없다. 지금껏 그 누구보다 열심히 공부하고 테니스도 수영도 잘했는데 얼마나 외롭고 괴로울까? 어젯밤에도 신짱이 생각나서 마루에 누워 오 분 동안 눈을 감고 있었다. 고작 오 분만 이러고 있는 것도 길고 답답하게 느껴지는데, 신짱은 아침이고 낮이고, 며칠이고 몇 달이고 아무것도 볼 수 없다. 불평도 하고 짜증도 내고 좀 막말해도 좋을 텐데, 신짱은 아무 말도 하지 않는다. 신짱이 불평하거나 험담하는 소릴 한 번도 들어본 적이 없다. 늘 밝은 말투에 담담한 표정이다. 그래서 더 가슴이 아프다.

　이런저런 생각을 하면서 방 청소를 하고 목욕물을 데웠다. 물이 데워지는 동안 귤 상자 위에 앉아 석탄 불빛에 의지해 학교 숙제를 모두 끝냈다. 그런데도 아직 물이 데워지지 않아 『묵동기담』*을 다시 읽어본다. 더럽고 역겨운 내용은 아니다. 하지만 거드름 피우는 작가의 모습이 군데군데 눈에 띄어 역시 예스럽고 미덥지 못한 느낌을 준다. 나이 탓일까? 하지만 외국 작가들은 아무리 나이가 들어도 담대하고 달콤하며 대상을 사랑한다. 그래서 오히려 고의적인 느낌이 없다. 그런데 이 작품은 일본에서 꽤나 호평을 받고 있지 않은가? 비교적 거짓 없는 조용한 체념이 작품의 심연에서 느껴져 뭔가 속이 시원해진다. 작가의 작품 중에서도 이 소설이 가장 성숙한 느낌이 들어서 좋다. 작가는 책임감이 매우 강한 사람인 듯하다. 일본의 도덕관에 굉장히 얽매여 있기 때문에 오히려 독자에게 반발심을 불러일으킴으로써 묘하고 강렬한 인상을 주려는 작품이 많은 것 같다. 애정이 깊은 사람에게는 흔히 자기를 실제 이상으로 악인처럼 보이게 하는 악취미가 있게 마련이다. 일부러 무시무시한 도깨비 탈을 쓰고 작품을 약하게 만든다. 하지만 『묵동기담』에는 쓸쓸하면서도 강한 힘이 있다. 그래서 나는 이 소설을

---

• 나가이 가후의 소설로 화류계 여성 오유키와 작자를 상기시키는 문사(文士)의 담담한 교류를 그려낸 작품이다.

좋아한다.

목욕물이 데워졌다. 욕실에 전등을 켜고서 옷을 벗고 창문을 활짝 열어젖힌 뒤 가만히 욕조에 몸을 담근다. 푸른 산호수가 창문으로 들여다보이고 잎사귀 하나가 전등 불빛을 받아 환하게 빛나고 있다. 하늘에는 별이 반짝반짝. 몇 번이고 다시 봐도 반짝반짝. 고개를 뒤로 젖혀 멍하니 있으니, 내 몸의 하얀 속살을 애써 보려고 하지 않아도 어렴풋이 시야로 들어왔다. 그렇게 가만히 있자니 어릴 때의 속살과는 다르게 느껴졌다. 참을 수 없이 고통스러웠다. 내 뜻과는 전혀 상관없이 몸이 저절로 자라는 게 견딜 수 없이 당혹스럽다. 빠르게 어른이 되어가는 자신을 어찌할 수 없어 서글프다. 그냥 그러려니 하며, 가만히 내가 어른이 되어가는 모습을 두고 볼 수밖에 없는 걸까? 언제까지나 인형 같은 몸이었으면 싶다. 물장구를 치며 아이처럼 굴어 봐도 왠지 마음이 무겁다. 더는 살아갈 이유가 없는 것 같아 답답해진다. 마당 너머 들판에서 울먹이며, "누나!" 하고 부르는 다른 집 아이의 소리가 들려와 흠칫했다. 나를 부른 건 아니지만, 지금 저 아이가 애처롭게 불러대는 그 '누나'가 부러웠다. 내게도 저렇게 나를 간절히 찾으며 어리광부리는 동생이 한

명이라도 있었더라면, 이렇게 하루하루를 보잘것없이 갈팡질팡하며 살고 있지는 않을 것이다. 삶의 의욕도 생길 테고 일생을 동생에게 헌신하며 살아갈 각오도 있다. 어떤 괴로운 일이 닥쳐도 참아낼 수 있는데. 그런 생각을 하니 나 자신이 몹시 가여워졌다.

목욕을 마치고 왠지 오늘 밤은 별이 보고 싶어 마당으로 나갔다. 별빛이 내리는 것 같다. 아아, 어느덧 여름이 다가왔다. 개구리가 여기저기서 운다. 바람에 보리가 사락사락 흔들리는 소리가 들린다. 몇 번을 쳐다봐도 별이 총총히 빛나고 있다. 작년에, 아니다, 재작년에 있었던 일이다. 내가 산책하고 싶다고 졸라대자 아빠는 편찮으신데도 함께 산책을 나서주셨다. 늘 젊으셨던 아빠는 〈너는 백까지 나는 아흔아홉까지〉라는 독일 노래를 가르쳐주기도 하고, 별 이야기를 해주거나 즉흥시를 지어 보이기도 했다. 지팡이를 짚고 침을 퉤퉤 뱉거나 눈을 깜빡거리며 함께 걸어주시던 좋은 아빠. 가만히 별을 바라보고 있자니 아빠가 또렷이 떠오른다. 그로부터 한 해, 두 해가 지날수록 나는 점점 더 못된 딸이 되어갔다. 혼자만의 비밀이 가득한 아이가 되고 말았다.

방으로 돌아와 책상 앞에 앉아 턱을 괸 채 책상 위의 백합을 바라본다. 좋은 향이 난다. 백합 향기를 맡고 있으면 이렇게 혼자서 심심해할 때도 전혀 불쾌한 마음이 일지 않는다. 이 백합은 엊저녁에 역까지 산책 갔다가 돌아오는 길에 꽃집에서 한 송이 사 온 건데, 그때부터 내 방은 완전히 다른 방처럼 싱그럽고, 방문을 스르르 열면 백합 향이 훅 풍겨오면서 얼마나 마음이 편안해지는지 모른다. 이렇게 가만히 보고 있노라면 정말이지 솔로몬의 영화,* 그 이상이라는 것을 실감하며 온몸의 감각으로 수긍하게 된다. 문득 작년 여름에 갔던 야마가타가 생각난다. 산에 올랐을 때, 절벽 중턱에 백합이 흐드러지게 피어 있어서 놀라 넋을 잃고 말았다. 하지만 그 가파른 절벽에는 도저히 기어오를 수 없다는 걸 잘 알기에 아무리 아름다워도 그저 바라볼 수밖에 없었다. 그때 마침 근처에 있던 생판 모르는 한 광부가 말없이 절벽을 기어오르더니 눈 깜짝할 사이에 두 손에 차고 넘칠 정도로 백합을 꺾어와 내게 건넸다. 조금도 웃지 않고 몽땅 내게 들려주었다. 그야말로 한 아름, 한가득히. 어떤 거창한 무대에서도 결혼식장에서도 이렇게나 많은 꽃을 받은 사

* 신약성서 마태오 제7장 29절 '그러나 온갖 영화를 누린 솔로몬도 이 꽃 한 송이만큼 화려하게 차려입지 못하였다.'

람은 없을 것이다. 꽃 때문에 어지러울 수도 있다는 걸 그때 처음 알았다. 그 새하얗고 커다란 꽃다발을 두 팔 벌려 가까스로 껴안으니 앞이 하나도 보이지 않았다. 친절하고 성실하고 젊고 진중해 보이는 그 광부는 지금 어떻게 지내고 있을까? 위험한 곳까지 올라가 꽃을 꺾어다 준, 단지 그뿐이었지만, 백합을 볼 때면 어김없이 그 광부가 생각난다.

책상 서랍을 열고 뒤지다가 작년 여름에 쓰던 부채가 나왔다. 하얀 종이 위에 겐로쿠 시대의 여인네가 질펀하게 앉아 있고 그 옆에 푸른 꽈리 두 개가 그려져 있다. 이 부채를 보니 작년 여름이 안개처럼 피어오른다. 야마카타에서의 생활, 기차 안, 유카타, 수박, 강, 매미, 풍경(風磬). 문득 이러한 것들을 가지고 기차를 타고 싶어졌다. 부채를 펼칠 때의 느낌이 좋다. 부챗살이 펼쳐지는 순간 마음이 가벼워진다. 부채를 빙글빙글 돌리며 놀고 있는데 엄마가 돌아오셨다. 기분이 좋아 보인다.

"아휴, 피곤해라."

말은 그렇게 하시지만 별로 피로해 보이진 않는다. 원체 남의 일 봐주기를 좋아하다 보니 어쩔 수 없다.

"무슨 말들이 그리도 복잡한지."

엄마는 중얼거리며 옷을 갈아입고 욕실로 들어가셨다.

목욕을 마치고 둘이서 차를 마시는데, 엄마가 평소와는 다르게 싱글벙글 웃더니 말을 꺼내셨다.

"너 얼마 전부터 〈맨발의 소녀〉 보고 싶다고 노래를 불렀지? 그렇게 가고 싶으면 가야지. 대신 오늘 밤은 엄마 어깨 좀 주물러주렴. 대가를 치르고 보면 더 재밌겠지?"

나는 뛸 듯이 기뻤다. 꼭 보고 싶은 영화였지만, 요즘 계속 놀기만 해서 차마 말을 못 꺼내고 있었다. 그걸 엄마가 눈치채고 내가 영화를 보러 갈 수 있게끔 일부러 핑곗거리를 만들어주신 것이다. 정말 기쁘고 엄마가 좋아서 절로 웃음이 나왔다.

밤에 엄마와 이렇게 단둘이 오순도순 이야기하는 것도 무척 오래간만의 일이다. 엄마는 워낙 사람들과 교류가 많으니까. 엄마도 사람들에게 바보 취급당하지 않으려고 애쓰다 보니 그렇게 된 것이리라. 어깨를 주무르니 엄마의 피로가 내 몸에도 전해졌다. 더 잘해드려야지, 라고 생각했다. 아까 이마이다 씨가 와 있을 때, 속으로 엄마를 원망했던 게 부끄러웠다. 죄송해요, 하고 입속으로 작게 말해보았다. 나는 항상 나만 생각하며, 엄마에겐 응석을 부리고 거칠게 굴었다. 엄마는 그때마다 얼마나 가슴이 아프고 괴로우셨을까? 그런 건 나 몰라라 했던 나다.

아빠가 돌아가신 후로 엄마는 무척 쇠약해지셨다. 난 힘들고 괴롭다며 늘 엄마에게 매달리는 주제에 엄마가 조금이라도 내게 기댈라치면, 기분 나빠하며 못 볼 것이라도 본 것처럼 굴었다. 정말 제멋대로다. 엄마도 나도 똑같이 약한 여자였던 거다. 앞으로는 엄마와 둘만의 삶에 만족하며 늘 엄마 입장에서 생각하고, 옛날이야기도 하고, 아빠 이야기도 하면서, 단 하루만이라도 오직 엄마를 위한 날을 만들어드리고 싶다. 그리하여 진정한 삶의 보람을 만끽하고 싶다. 속으로는 엄마를 걱정하고 착한 딸이 돼야지 하는데, 실상은 말과 행동이 따로 노는 어린애일 뿐이다. 더군다나 요즘의 나는 아이같이 순수한 구석이 하나도 없다. 추잡한 수치심만 가득하다. 고통스럽다, 괴롭다, 쓸쓸하다, 슬프다, 그게 다 대체 무엇일까? 한마디로 말하면 죽음이다. 뻔히잘 알면서도 그와 비슷한 명사 하나, 형용사 하나, 입 밖으로 꺼낼 수 없다. 그저 어쩔 줄 몰라 하다가 마지막에는 버럭 화를 내버리고 마는, 마치 무언가와 같다. 옛날 사람들은 여자들을 두고, 노예라는 둥, 자신을 무시하는 벌레라는 둥, 인형이라는 둥 욕을 해댔지만, 그녀들은 지금의 나보다 좋은 의미에서의 여성스러움과 마음의 여유를 지녔고, 참아야 할 때와 따라야 할 때를 분명히 아는 지혜를 가졌으며, 순수한 자기희생의 아름다움도 알고, 보수를 받지 않는 봉사의 기쁨도 알고 있었다.

"아아, 시원하다. 안마 천재네."

엄마는 여느 때처럼 나를 놀린다.

"그렇죠? 영혼을 담았으니까요. 근데 전 안마만 잘하는 게 아니에요. 그것만으론 안 되죠. 더 잘하는 것도 있어요."

생각하는 바를 있는 그대로 솔직하게 말하고 나니까 내 귀에도 제법 상쾌하게 울려 퍼졌다. 지난 2, 3년 동안은 이렇게 천진한 말을 내뱉은 적이 한 번도 없었다. 제 분수를 정확히 알고 포기했을 때, 비로소 편안하고 새로운 자신이 태어나는지도 모른다.

오늘 밤은 엄마에게 여러 가지로 감사한 것도 있고 해서, 안마가 끝난 후 덤으로 『사랑의 학교』*를 조금 읽어드렸다. 엄마는 내가 이런 소설을 읽고 있다는 사실을 알면 안심한

---

* 이탈리아 작가 에드몬드 데 아미치스의 작품으로 초등학교 4학년인 엔리코의 눈을 통해 학교와 마을, 국가에서 벌어지는 여러 가지 일들을 묘사한 이야기다.

표정을 지으시는데, 얼마 전에는 내가 케셀의 『메꽃』*을 읽고 있자 책을 슬쩍 빼앗아 표지를 힐끗 보시고는 아주 어두운 표정을 지으셨다. 아무 말 없이 책을 그대로 돌려주긴 하셨지만, 나도 왠지 찜찜한 기분이 들어 더는 읽고 싶지 않았다. 엄마는 『메꽃』을 읽어본 적이 없을 텐데, 그냥 감으로 아시는 듯하다. 밤의 적막 속에서 혼자 소리 내 『사랑의 학교』를 읽고 읽자니, 내 목소리가 너무 크게 웅웅 울려 퍼지고, 실없어 보이기도 해서 부끄러웠다. 사방이 너무 조용해서 더 바보처럼 느껴졌다. 『사랑의 학교』는 언제 읽어도 어릴 때 받은 감동과 조금도 변함없는 감정이 되살아나면서 마음까지 덩달아 맑고 순수해지는 듯하여 역시나 좋았지만, 아무래도 소리 내 읽는 것과 눈으로 읽는 건 느낌이 사뭇 달라 입을 다물었다. 하지만 엄마는 엔리코나 가론 이야기에선 고개를 숙이고 우셨다. 우리 엄마도 엔리코의 엄마처럼 훌륭하고 아름다운 엄마다.

엄마는 어느새 잠드셨다. 오늘 아침 일찌감치 외출하셨으니 피곤할 만도 하다. 이불을 바로 덮어드리고 이불자락을 톡톡 두드려드렸다. 엄마는 늘 잠자리에 들면 바로 눈을

• 유부녀의 이상 심리를 그린 작품이다.

감는다.

그리고 나는 욕실에서 빨래를 했다. 요즘은 이상한 버릇이 생겨 자정 무렵에 빨래를 시작한다. 대낮에 빨래나 하면서 시간을 때우는 게 아깝다는 생각이 드는데, 그 반대일지도 모르겠다. 창문 너머로 달님이 보인다. 쭈그리고 앉아 빨래를 하면서 달님에게 살며시 웃어 보였다. 달님은 모르는 체하고 있다. 문득 지금 이 순간에도 어디선가 외로운 소녀가, 나처럼 이렇게 빨래하면서 달님에게 살며시 웃어 보이진 않을까? 아니, 틀림없이 그럴 것이라 믿고 싶다. 머나먼 시골 산꼭대기에 있는 외딴집, 깊은 밤, 말없이 뒤꼍에서 빨래를 하고 있는 한 외로운 소녀가 지금 있는 거다. 그리고 파리의 뒷골목에 있는 낡은 아파트에서, 역시나 나처럼 한 소녀가 홀로 말없이 빨래를 하며 달님에게 웃음 짓는 모습이 손톱만큼도 의심할 여지도 없이, 망원경으로 들여다보는 것처럼 색채도 선명하게 떠오르는 거다. 우리 모두의 고통을, 그 누구도 모르는 채로. 어른이 되면 우리의 괴로움과 쓸쓸함은 그저 어린 날의 치기에 불과한 것이었다고, 나중에는 아무렇지 않게 추억할 수 있게 될지도 모르지만, 어른이 될 때까지의 이 길고 외로운 시기를 어떻게 살아가면 좋을까? 아무도 가르쳐주지 않는다. 그저 내버려 두는 수밖에 없는 홍역 같은 병일까? 하지만 홍역으로 죽는 사람도 있고, 홍역으로 눈이 머는 사람도 있다. 내버려 둬선 안 된다. 우리는 이렇게 매일 울적해하거나 화를 내기도 하는데, 개중에는 발을 헛디뎌 추락하는 바람에 돌이킬 수 없는 몸이 되어 일생을 엉망진창으로 보내는 사람도 있다. 또 눈 딱 감고 그냥 자살해버리는 사람도 있다. 일이 벌어진 뒤에야 세상 사람들이 아아, 조금만 더 살아보면 알게 될 텐데, 조금만 더 자라 어른이 되면 자연스레 알게 될 텐데, 하며 유감스러워하지만, 당사자는 괴롭고 고통스러운데도, 간신히 참아내며 세상으로부터 뭔가를 들어보려고 열심히 귀를 기울여도, 역시나 두루뭉술한 교훈만 되풀이하며 대충 어르고 달랠 뿐이다. 우리는 늘 부끄럽고 무책임한 말에 속고 있다. 우리는 결코 찰나주의는 아니지만, 사람들은 너무 먼 산을 가리키며, 저기까지만 가면 반드시 좋은 전망이 나올 것이라고 말한다. 분명 거짓이 아니라는 건 알겠지만, 지금 이렇게 극심한 복통을 앓고 있는데, 그 복통에 대해서는 본체만체하며, 자자, 조금만 참아, 저 산꼭대기까지만 올라가면 되니까, 하고 말하는 게 전부다. 분명 누군가는 틀렸다. 나쁜 건 바로 당신이다.

빨래를 끝내고 욕실 청소를 한 뒤 살며시 방문을 열자 후
욱 밀려드는 백합 향기가 시원했다. 마음속 깊은 곳까지 투
명해져 숭고한 허무 상태가 되었다. 조용히 잠옷을 갈아입
는데, 주무시는 줄만 알았던 엄마가 눈을 감은 채로 불쑥 말
을 꺼내셔서 깜짝 놀랐다. 엄마는 종종 이렇게 나를 놀라게
한다.

"여름 신발이 필요하대서 오늘 시부야에 간 김에 보고 왔
어. 신발도 비싸졌더라."

"괜찮아, 그렇게 갖고 싶지도 않아요."

"그래도 필요한 거잖니?"

"네."

내일도 또 똑같은 날이 올 것이다. 평생, 행복은 오지 않는
다. 그건 알고 있다. 그러나 분명 올 것이다, 내일은 꼭 오리
라, 하며 믿고 자는 게 좋을지도 모른다. 일부러 크게 쿵, 소
리를 내며 이불에 쓰러진다. 아아, 좋다. 이불이 차가워 등
이 시원하다. 기분이 좋아졌다. 행복은 하룻밤 늦게 온다,
라는 말이 어렴풋이 떠오른다. 행복을 손꼽아 기다리다가
끝내 참지 못하고 집을 뛰쳐나왔는데, 이튿날 근사한 행복

의 소식이, 버린 집을 찾아왔지만, 때는 이미 늦었다. 행복
은 하룻밤 늦게 온다. 행복은…….

마당을 걷는 가와의 발소리가 들린다. 터벅터벅, 터벅터
벅, 가와의 발소리에는 특징이 있다. 오른쪽 앞다리가 조금
짧고 게처럼 O자 모양이라 발소리에도 쓸쓸함이 묻어 있
다. 대체 무얼 하길래 이런 한밤중에 마당을 서성거리고 있
을까? 가여운 가와. 오늘 아침에는 심통을 부렸지만, 내일
은 예뻐해줄 거다.

내게는, 얼굴을 두 손으로 폭 감싸지 않으면 잠들지 못하
는 슬픈 버릇이 있다. 얼굴을 감싸고 가만히 있었다.

잠에 빠져들 때의 기분은 묘하다. 붕어나 장어가 낚싯줄
을 물고 잡아당기듯, 뭔가 묵직한 납덩이 같은 힘이, 내 머
리를 힘껏 당기다가 내가 스르르 잠들라치면 다시 실을 느
슨하게 푼다. 그러면 나는 퍼뜩 정신을 가다듬는다. 또 바짝
당긴다. 까무룩 잠이 든다. 또다시 실을 조금 느슨하게 푼
다. 그것을 서너 번 되풀이하면 그제야 비로소 쭉 끌어당긴
채로 아침까지.

잘 자요. 나는 왕자님 없는 신데렐라 공주. 제가 도쿄 어디
에 있는지 아세요? 이제 두 번 다시 못 뵐 거예요.

직소(直訴)

아뢰옵니다. 아뢰옵나이다, 나리. 그자는 아주 지독해요. 맞습니다, 역겨운 놈입니다. 나쁜 놈이죠. 아아, 더는 못 참 아요. 살려두지 않을 겁니다.

네, 네. 침착하게 아뢰겠습니다. 그자를 살려둬선 안 됩니 다. 세상의 원수 놈이에요. 하나도 빠트리지 않고 낱낱이 다 말씀 올리겠나이다. 저는 그자가 있는 곳을 압니다. 당장이 라도 앞장서겠습니다. 갈기갈기 찢어 죽여주세요. 그 사람 은 제 스승입니다. 주인이죠. 하지만 저와는 동갑입니다. 서 른넷이에요. 전 그자보다 겨우 두 달 늦게 태어났을 뿐입니 다. 별반 차이도 없죠. 사람과 사람 사이에 뭐 그리 대단한 차이가 있겠습니까? 그런데 지금껏 그자에게 어쩌나 혹사 당하고 조롱당해왔는지. 아, 이젠 못 참습니다. 참을 만큼

참았어요. 제때 화내지 못한다면 인간으로 태어난 보람이 없겠죠. 제가 지금껏 그자를 얼마나 남몰래 감싸줬는지 아무도 모를 겁니다. 그자 자신조차 깨닫고 있지 못하니까요. 아니, 그자는 알고 있습니다. 똑똑히 알고 있어요. 알고 있기에 저를 더욱더 깔아뭉개는 겁니다. 그자는 오만합니다. 저한테 큰 신세를 지고 있는 게 분한 거예요. 그자는 어리석게도 자만심이 강합니다. 내게 신세 지고 있단 사실을 굉장한 약점이라도 되는 양 믿고 있습니다. 그자는 남들한테 혼자서 뭐든 다 할 수 있는 사람처럼 보이고 싶어 안달이 났어요. 어리석긴. 세상은 그런 게 아닌데 말이죠. 이 세상에 발붙이고 살아가려면 누군가에게는 굽실굽실 머리를 조아리지 않으면 안 되고, 죽을힘을 다해 한 발짝 한 발짝 남을 짓밟고 가는 것밖엔 달리 방법이 없다고요. 그자가 대체 뭘 할 수 있겠습니까? 아무것도 못 합니다. 제 눈에는 그냥 애송이예요. 만약 제가 없었으면 그자는 분명 이미 오래전에 저 무능하고 멍청한 제자들과 어느 들판에서 객사했을 겁니다. '여우에게는 굴이 있고, 새에게는 보금자리가 있지만, 사람의 아들에게는 머리 둘 곳조차 없다.'● 그래, 맞아. 딱 그

● 신약성서 마태오 제8장 20절.

거예요. 제대로 자백하고 있지 않습니까? 베드로가 뭘 할 수 있겠어요? 야고보, 요한, 안드레, 도마 등 백치 패거리가 줄줄이 그자 뒤꽁무니를 따라다니며 소름 돋는 사탕발림이나 하면서, 천국이니 뭐니 그딴 터무니없는 소리를 미친 듯이 믿고 열광하는 것밖에 더 합니까? 그 천국이 가까이 오기라도 하면 저놈들 모두 우대신, 좌대신이라도 될 작정인지 원, 바보 같은 놈들. 그날 먹을 빵도 없어 내가 챙겨주지 않으면 보나 마나 굶어 죽을 텐데. 나는 그자에게 설교를 시켜놓고는 군중한테서 몰래 헌금을 뜯어냈으며, 또 마을 부자한테서 공물을 거둬들이고, 잠자리서부터 먹고 입는 것까지 번거로움을 마다하지 않고 마련해주었는데, 그자는 물론 바보 제자들까지도 내게 고맙다는 인사 한마디 하지 않았어요. 고맙다는 말은커녕 그자는 내가 이렇게 뒤에서 매일매일 고생하는 것도 모르는 체합니다. 항상 사치스럽기 짝이 없는 소리만 하고 빵 다섯 개와 생선 두 마리밖에 없을 때조차, 눈앞에 있는 모든 군중에게 먹을 것을 주어라, 따위의 생억지를 쓰는 통에 나는 뒤에서 참으로 고생스럽게 변통하여 겨우겨우 그 명 받은 음식을 장만할 수 있었습니다. 말하자면 전 그자의 기적을 도우며 위험천만한 마술

조수를 지금까지 몇 번이고 해온 거죠. 전 이래 봬도 결코 쩨쩨한 사내는 아닙니다. 되레 취미가 고상한 남자죠. 전 그 자를 아름다운 사람이라고 생각합니다. 어린아이처럼 욕심이 없어서, 제가 나날의 빵을 얻기 위해 부지런히 돈을 모아 봤자, 눈 깜짝할 새 한 푼도 남김없이 쓸데없는 일에 써버리게 하긴 하지만, 그런 것 가지고 원망하진 않습니다. 그자는 아름다운 사람입니다. 원래 전 변변찮은 장사꾼이긴 합니다만, 그래도 영적 능력이 있는 사람을 이해한다고 생각합니다. 그러니 그자가 제가 애써 모은 푼돈을 아무리 바보같이 낭비해도 전 아무렇지 않습니다. 아무렇지 않긴 합니다만, 그렇더라도 가끔은 저한테도 다정한 말 한마디 정도는 해줘도 될 법한데, 언제나 짓궂게 대합니다. 한번은 그자가 봄날의 해변을 천천히 걷다가 문득 제 이름을 부르며 "늘 네게 신세를 지고 있다. 너의 외로움은 잘 알고 있지만, 항상 그렇게 언짢은 얼굴을 해서야 되겠느냐. 외로울 때 외로운 표정을 짓는 건 위선자나 하는 짓이다. 외로움을 남들이 좀 알아줬으면 싶어 일부러 낯빛을 바꿔 보일 뿐이니라. 진실로 신을 믿는다면 외로워도 안 그런 척 얼굴을 말끔히 씻고 머리에는 기름을 바르고 미소 짓는 게 좋을지니. 모르겠는가? 남이 외로움을 알아주지 않아도 어딘가 눈에 보이지 않는 곳에 계시는 자네의 진정한 아버지만 알아주신다면, 그걸로 충분하지 않겠는가? 아니 그런가? 외로움은 누구에 게나 존재하기 마련이도다." 하고 말해줬는데, 나는 그 말을 듣고 왠지 소리 내 울고 싶어졌습니다. "아니요, 하늘에 계신 아버지께서 알아주시지 않아도, 또 세상 사람들이 알아주지 않더라도, 그저 당신만 알아준다면 그것으로 족합니다. 전 당신을 사랑합니다. 다른 제자들이 아무리 당신을 사무치게 사랑한다고 해도 그와는 견줄 수도 없을 만큼 사랑합니다. 누구보다도 사랑합니다. 베드로나 야고보는 그저 당신을 따라다니기만 하면 뭔가 좋은 일이 생기겠지, 그런 생각에 여념이 없습니다. 하지만 전 알고 있습니다. 당신을 따라다녀 봤자 아무런 콩고물도 떨어지지 않으리라는 것을. 그런데도 전 당신을 떠날 수가 없어요. 어째서일까요? 당신이 이 세상에서 사라진다면 저도 따라 죽을 겁니다. 살아갈 수가 없어요. 제게는 늘 혼자 남몰래 생각하고 있는 일이 있습니다. 그건 당신이 저 별 볼 일 없는 제자들에게서 벗어나 하늘에 계신 아버지의 가르침이니 뭐니를 설파하는 일도 그만두고, 평범한 한 백성으로서 어머니 마리아 님과 저, 이렇게 셋이서만 조용한 일생을 오래오래 사는 겁니다. 저희 마을에는 아직 저의 작은 집이 남아 있어요. 연로하신 아버지, 어머니도 계십니다. 꽤 너른 복숭아밭도 있어요. 지금쯤이면 복숭아꽃이 피어서 아름다울 겁니다. 평생 안락하게 지내실 수 있어요. 제가 곁에서 늘 모시고 싶습니다. 좋은 부인도 얻으십시오." 제가 그리 말하자 그 사람는 엷게 웃으며 "베드로와 시몬은 어부지. 아름다운 복숭아밭도 없어. 야고보와 요한도 가난한 어부다. 그들에게는 그렇게 평생을 편히 살 수 있는 땅이 어디에도 없어." 하고 낮게 혼잣말처럼 읊조리고는 또다시 해변을 조용히 거닐었지만, 그 사람과 차분히 이야기할 수 있었던 기회는 평생에 그때 단 한 번뿐이었고, 그 후로 그는 두 번 다시 제게 곁을 주지 않았습니다. 전 그자를 사랑하고 있습니다. 그자가 죽으면 저도 따라 죽을 거예요. 그 사람은 누구의 것도 아닙니다. 제 거예요. 그자를 남에게 넘기느니, 그전에 제가 죽여버리겠어요. 아버지를 버리고 어머니를 버리고 태어난 땅을 버리고, 전 오늘날까지 그 사람을 쫓아왔습니다. 전 천국을 믿지 않아요. 신도 믿지 않죠. 그자의 부활도 믿지 않습니다. 어떻게 그자가 이스라엘의 왕이란 말입니까? 바보 같은 제자들은 그자를 하느님의 아들이라 믿고, 하느님 나라의 복음인지 뭔지를 그자로부터 전해 듣고선 한심스럽게도 소리치며 기뻐하고 있어요. 이제 곧 실망하게 되리라는 것을 저는 압니다. 자신을 높이는 자는 낮아지고, 자신을 낮추는 자는 높아지리라고 그자가 약속했지만, 세상이 어디 그리 호락호락하답니까? 그자는 거짓말쟁이입니다. 내뱉는 말 모두 하나부터 열까지 다 헛소리라고요. 저는 절대로 믿지 않습니다. 하지만 그자의 아름다움만은 믿어요. 저만큼 아름다운 사람은 이 세상에 없어요. 전 그자의 아름다움을 순수하게 사랑하고 있습니다. 그뿐이에요. 전 아무런 대가도 바라지 않습니다. 그 사람을 따라 걷다가 마침내 천국이 가까워지면, 그때야 비로소 훌륭한 우대신, 좌대신이 되어 주겠다는, 그런 야비한 근성은 갖고 있지 않습니다. 전 그저 그 사람에게서 떠나고 싶지 않을 뿐입니다. 단지 그자 곁에 머물면서 그자의 목소리를 듣고 그자의 모습을 바라볼 수만 있다면 그만입니다. 그래서 할 수만 있다면 그 사람의 설교 같은 건 이제 그만 듣고, 그자와 둘이서 평생토록 살고 싶어요. 아아아, 그렇게만 될 수 있다면 나는 얼마나 행복할까! 저는 지금 이 현세의 기쁨만을 믿어요. 다음 세상의 심판 따위 하나도 두렵지 않습니다. 그 사람은 아무런 대가를 바라지 않는 제 순수한 사랑을 왜 받아주시지 않는 걸까요? 그자를 죽여주십시오, 나리. 전 그자가 있는 곳을 압니다. 앞장서겠습니다. 그자는 저를 경멸하고 증오하고 있어요. 전 미움받고 있습니다. 전 그자와 제자들의 빵을 마련해주어 기갈을 구해주었는데 어째서 저를 이다지도 경멸하는 걸까요? 들어보십시오. 엿새 전 일입니다. 그자가 베다니아에 있는 시몬의 집에서 식사를 하고 있을 때, 그 마을에 사는 마르다 년의 여동생 마리아가 나르드 향유를 가득 채워 넣은 석고 항아리를 들고 향연장으로 슬며시 들어가서는 느닷없이 그 기름을 그 사람 머리에 부어 발까지 적셨습니다. 그래 놓고 그 무례함을 사과하기는커녕, 가만히 쭈그리고 앉아 자신의 머리카락으로 그자의 젖은 발을 정중하게 닦아드리지 뭡니까? 향유 냄새로 가득 찬 방은 풍경이 참으로 묘해졌습니다. 전 매우 화가 나서 "무례하다!" 하고 그 여동생 년한테 소리쳤습니다. "이거 봐, 옷이 다 젖으셨잖아. 게다가 이런 값비싼 기름을 쏟아붓다니 아깝지도 않아? 이 지지리도 멍청한 년아. 이 정도 기름이라면 삼백 데나리온도 더 받겠다. 기름을 팔아서 그 삼백 데나리온을 가난한 사람들에게 베풀어주면 그들이 얼마나 기뻐하겠느냐? 쓸데없는 짓 하지 마라." 하고 전 실컷 혼내주었습니다. 그러자 그 사람은 저를 똑바로 쳐다보며 "나무라지 마라. 이 여인은 내게 갸륵한 일을 했느니라. 가난한 사람에게 돈을 베푸는 것은 너희들이 앞으로 얼마든지 할 수 있는 일 아니겠느냐. 난 더 이상 베풀 수가 없게 되었느니라. 그 까닭은 말하지 않겠다. 이 여인만 알고 있다. 이 여인이 내 몸에 향유를 부어 내 장례 준비를 한 것이다. 너희도 기억해 두어라. 온 세상 어디든지 내 짧은 생애가 전해지는 곳에는 이 여인이 오늘 한 일도 마땅히 전해질 것이니라." 그렇게 말을 맺었을 때, 그자의 창백한 뺨은 약간 상기되어 붉게 물들어 있었습니다. 전 그자의 말을 믿지 않습니다. 여느 때와 다름없는 과장된 연극이겠거니 생각하고 태연히 흘려들을 수도 있었습니다만, 그보다도 그때 그 사람의 목소리에서, 또 눈동자에서 일찍이 볼 수 없었던 이상한 기운을 느끼고, 전 순간 당황했습니다. 다시금 그자의 붉게 물든 뺨과 눈물로 촉촉해진 눈동자를 곰곰이 보는데 문득 짚이는 바가 있었습니다. 아아, 불결해. 이런 말을 입 밖에 꺼내기조차 분해 미치겠어요. 이런 가난뱅이 농사꾼 계집을 사랑하는 건 아니겠지만, 설마 그런 일은 절대로 없을 테지만, 그래도 위험해, 그와 비슷한 얄궂은 감정을 품고 있는 건 아니겠죠? 그자가 저런 무식한 촌뜨기한테 특별한 사랑을 느끼다니, 그 무슨 추태란 말입니까? 돌이킬 수 없는 대추문이죠. 전 치욕이 될 법한 남의 감정은 귀신같이 감지합니다. 전 그게 천한 후각 같아서 싫지만, 얼핏 보기만 해도 남의 약점을 정확히 꿰뚫어 보는 날카로운 재능을 갖고 있어요. 그자가 미약하더라도 그 무식한 촌뜨기한테 특별한 감정을 느낀 게 틀림없습니다. 제 눈은 못 속여요. 틀림없습니다. 아아, 못 참아. 용서 못 해. 그자도 그 꼴로는 이제 다 틀렸어요. 추태의 극치예요. 그자는 이날 이때까지 여자들이 아무리 좋다고 따라다녀도 언제나 아름답고 물처럼 고요했어요. 한 치의 흐트러짐도 없었죠. 둔해진 거예요. 칠칠치 못하기는. 그자는 아직 젊으니 그럴 수도 있다고 할지 모르지만, 그렇게 따지면 나도 동갑이다 이겁니다. 게다가 난 그자보다 두 달이나 늦게 태어났다고요. 피차 젊은 건 마찬가지라는 거예요. 그래도 전 참고 있잖습니까? 그자에게 온 마음을 바치느라 지금껏 어떤 여자한테도 마음을 연 적이 없어요. 언니인 마르다는 기골이 장대해서 소처럼 덩치가 산만하고, 매사 우당탕탕 거칠게 일밖에 할 줄 모르는, 그야말로 아무것도 볼 게 없는 촌년인데, 마리아는 여리여리한 몸에 피부는 투명하고 손발은 탐스러우면서도 작고, 호수처럼 맑고 깊은 큰 눈망울은 언제나 꿈을 꾸듯 먼 곳을 바라보고 있었습니다. 그 마을 사람들 모두가 신비하게 여길 만큼 기품 있는 처녀였어요. 저도 그렇게 생각했거든요. 시내에 나가면 하얀 비단이라도 몰라 사다 줄까 하고요. 아아, 이젠 모르겠어요. 제가 대체 무슨 얘길 하고 있는 건지. 맞다, 전 분해요. 이유는 모르겠습니다. 발을 동동 구르고 싶을 정도로 원통합니다. 그 사람이 젊으면 저도 젊어요. 전 재능도 있고 집도 밭도 있는 훌륭한 청년입니다. 그런데도 전 그자를 위해 제 특권을 전부 버리고 왔습니다. 속았어요. 그자는 거짓말쟁이예요. 나리, 그자가 제 여자를 뺏어 갔어요. 아니, 아니지! 그 여자가 저한테서 그 사람을 빼앗아 간 거예요. 아아, 그것도 아니야. 제 말은 다 헛소리예요. 한마디도 믿지 마십시오. 뭐가 뭔지 모르겠어요. 죄송합니다. 아무 근거도 없는 말을 했습니다. 그런 천박한 일 따위는 추호도 없습니다. 추잡한 소릴 지껄였어요. 그래도 전 너무 분합니다. 가슴을 쥐어뜯고 싶을 만큼 분해요. 무슨 영문인지는 모르겠습니다. '아아, 질투라는 건 미치고 팔짝 뛸 듯한 악덕이다. 내가 목숨을 담보로 그 사람을 흠모하며 여기까지 따라왔는데 내겐 따뜻한 말 한마디 해주지 않더니, 그런 촌뜨기 나부랭이한 테는 볼을 붉혀가면서까지 감싸주다니. 아아, 역시 그자는 한심해. 둔해졌어. 그자는 이제 가망이 없어. 평범한 사내야. 한낱 인간이라고. 죽는대도 안타깝지 않아.' 그런 마음을 품으니 문득 무서운 생각을 하게 되었습니다. 악마에게 홀린 건지도 모릅니다. 그때부터 차라리 그자를 내 손으로 없애주어야겠다고 생각했습니다. 언젠가는 살해당할 사람이니까요. 그리고 그자 또한 일부러 자신을 죽이게끔 하려는 모습을 보였습니다. 내 손으로 죽여줄 거예요. 남의 손에 죽게 할 순 없습니다. 그자를 죽이고 저도 죽겠습니다. 나리, 질질 짜기나 하고 부끄럽습니다. 네, 이제 안 울겠습니다. 네, 네. 차분하게 말씀드리죠. 그다음 날, 저희는 드디어 동경하던 예루살렘을 향해 떠났습니다. 수많은 군중, 젊은이, 늙은이 할 것 없이 그자의 뒤를 따랐고, 마침내 예루살렘 성전에 다다랐을 무렵, 그자가 늙어빠진 한 당나귀를 길가에서 발견하고는 미소 지으며 거기에 올라타면서 "시온의 딸들이여, 두려워 마라. 보이느냐. 너희의 왕은 당나귀를 타고 오시느니라."라고 예언된 모습 그대로라며 제자들에게 환한 얼굴로 일렀지만, 저 혼자만은 어쩐지 우울했습니다. 얼마나 처량했는지 모릅니다. 기다리고 기다리던 유월절 축제에 예루살렘 성전으로 향하는 이런 게 정녕 다윗 자손의 모습이란 말인가! 그자가 한평생 염원하던 그 영광스러운 모습이 이 늙어빠진 당나귀에 올라타 타박타박 걸어가는 가련한 풍경이었던가! 전 이제 연민밖에 느낄 수 없었습니다. 실로 비참하고 어리석은 연극을 보고 있는 것 같았습니다. '아아, 이제 이 사람도 내리막길이구나. 하루 더 산들 천박한 추태만 더 보이겠는가. 꽃은 시들기 전까지만 꽃이다. 아름다울 때 꺾어버려야 한다. 그자를 제일 사랑하는 사람은 나야. 미움받아도 상관없어. 하루라도 빨리 죽여줘야겠다.' 전 마침내 이 괴로운 결심을 굳혀갈 뿐이었습니다. 군중의 수는 시시각각 늘어갔고, 그자가 지나는 길목마다 빨강, 파랑, 노랑, 형형색색의 옷가지들을 벗어 던지거나, 혹은 종려나무 가지를 꺾어와 바닥에 깔면서 환호로 맞이했습니다. 그렇게 앞서거니 뒤서거니 하며 오른쪽에서 왼쪽에서 따라붙다가 마침내 커다란 파도처럼 당나귀와 그자를 흔들며 "다윗의 자손이시여, 호산나, 찬양할지어다. 주

의 이름으로 오시는 자, 드높은 곳에서 호산나." 하고 열광
하며 저마다 노래했습니다. 베드로, 요한, 바돌로매, 여타
모든 제자는 바보 같은 놈들, 이미 천국을 눈앞에서 본 것처
럼, 마치 개선장군을 따르고 있는 것처럼 기뻐 어쩔 줄 몰라
하며 환희에 차서 서로 부둥켜안고 눈물 젖은 입맞춤을 교
환하고, 고집쟁이 베드로는 요한을 껴안은 채 엉엉 큰 소리
로 기쁨의 눈물을 흘렸습니다. 그 모습을 보고 있자니 제자
들과 함께 갖은 고난을 무릅쓰고 포교해 왔던 지난 인고의
나날들이 떠올라 저도 모르게 눈시울이 뜨거워졌습니다.
그러고 나서 그자는 성전에 들어가 당나귀에서 내리며 무
슨 생각인지 밧줄을 주워 경내에 있는 환전하는 자의 가판
과 비둘기를 파는 자의 의자에 휘둘렀고, 또 팔려고 내놓은
소와 양도 그 밧줄 채찍으로 모두 성전에서 쫓아내며, 경내
에 있는 수많은 상인을 향해 "너희들 전부 여기서 나가거
라. 내 아비의 집을 시장통으로 만들지 마라." 하고 새된 소
리로 고함을 치는 것이었습니다. 온화한 분이 이런 주정뱅
이 같은 허접한 난동을 부리다니, 아무래도 제정신이 아니
라고밖에는 생각할 수 없었습니다. 옆에 있던 사람들도 모
두 놀라 "대체 왜 이러시는 겁니까?" 하고 그자에게 묻자,

숨을 헐떡이며 대답하기를 "너희들은 이 성전을 헐어버리거라. 내가 사흘 안에 세울 테니."라고 대답했습니다. 우직한 제자들 역시도 너무나 무모한 그 말을 믿을 수 없어 멍하니 있었습니다. 하지만 전 알고 있었어요. 분명히 그자의 유치한 허세임이 틀림없다고. 그자의 신앙인지 뭔지로 이루어지지 않는 것은 없다는 기개를 사람들에게 보여주고 싶었던 게 틀림없습니다. 그렇다 치더라도 밧줄 채찍을 들어 힘없는 상인들을 내쫓는 짓이라니, 참으로 쩨쩨한 허세 아닌가요? '당신이 할 수 있는 반항이라는 게 고작 이런 겁니까? 비둘기 장사치의 의자를 넘어뜨리는 게 다입니까?' 하고 연민을 담아 묻고 싶기까지 했습니다. 이제 그 사람은 틀렸습니다. 자포자기한 것입니다. 자중자애를 잃어버린 겁니다. 자신의 힘으로는 이제 아무것도 할 수 없다는 사실을 그즈음 슬슬 깨닫기 시작한 거죠. 허점이 다 들통나기 전에 일부러 제사장에게 붙잡혀 이 세상을 하직하고 싶어진 거예요. 그렇게 생각했을 때 그자를 깨끗이 단념할 수 있었습니다. 그리고 그런 허세로 가득 찬 도련님을 지금껏 한결같이 사랑해온 자신의 어리석음도 쉽게 비웃을 수가 있었습니다. 이윽고 그자는 성전으로 몰려드는 백성들 무리 앞에서 지금까지 했던 말 가운데 가장 무례하고 오만방자한 폭언을 마구 퍼부어댔습니다. 그렇습니다. 완전히 자포자기한 거예요. 전 그 모습이 추잡스럽기까지 했습니다. 죽고 싶어서 환장했나 싶었습니다. "화를 입을지어다, 위선자 바리사이인들이여. 그대들은 술잔과 접시의 겉은 깨끗이 닦아놓지만 그 속에는 탐욕과 방종으로 가득 차 있다. 화를 입을지어다, 위선자 바리사이인들이여. 그대들은 하얗게 회칠한 무덤과 같도다. 겉은 그럴싸해 보이지만 그 속에는 죽은 자의 뼈와 썩은 오물이 가득하다. 이처럼 너희도 겉으로는 올바르게 보일지언정 속은 위선과 불법으로 가득 차 있다. 뱀 같은 자들아, 독사의 족속이여! 너희가 어떻게 게헤나의 형벌을 피할 수 있으랴! 아아, 예루살렘아! 예루살렘아! 예언자들을 죽이고 너희에게 보낸 이들을 돌로 치는 자여. 암탉이 병아리를 날개 밑에 모으듯이 내가 몇 번이나 그대들의 자녀들을 모으려 했던가. 그러나 그대들은 응하지 아니하였노라." 바보 같은 소리예요. 웃기는 소리죠. 그 말을 흉내 내는 것조차 꺼림칙합니다. 큰일 날 소리죠. 그자는 미친 거예요. 또 그 밖에 기근이 있을 것이라느니, 지진이 일어날 것이라느니, 별이 하늘에서 떨어지고 달은 빛을 잃을 것이라느니, 시체가 있는 곳에는 독수리들이 모여드는 법이라느니, 그러면 사람들은 애절하게 울부짖으며 이를 갈게 될 것이라니, 실로 터무니없는 폭언을 입에서 나오는 대로 지껄여댔던 겁니다. 이 무슨 당치도 않은 소리를 하는 건지. 교만하기 짝이 없어요. 바보 멍청이. 분수를 몰라도 유분수지. 아주 잘나셨어. 이제 그자는 죄를 면할 수 없어요. 틀림없는 십자가행. 땅땅땅!

제사장과 장로들이 대사제 가야바 댁 안마당에 몰래 모여 그자를 죽이기로 결의했다는 이야기를 어제 마을 상인에게서 들었습니다. 만약 군중 앞에서 그자를 체포하면 군중들이 폭동을 일으킬지도 모르니, 그자와 제자들만 있는 곳을 찾아내 관청에 알린 자에게는 은 삼십 냥을 주겠노라는 말도 들었습니다. '더는 지체할 수 없어. 그 사람은 어차피 죽을 것이다. 다른 사람 손으로 하역 관리들에게 넘기느니 내가 그 일을 하자. 이것이 오늘까지 내가 그자에게 바쳐온 한결같은 사랑의 마지막 인사다. 내 의무다. 내가 그자를 팔아넘기겠어. 괴롭겠지. 누가 나의 이 한결같은 사랑의 행위를 정당하게 이해해주겠는가. 아니, 이해해주지 않아도 된다. 내 사랑은 순수한 사랑이다. 남한테 이해받기 위한 사랑이 아니다. 그런 비열한 사랑이 아니야. 나는 영원히 다른 사람의 미움을 사리라. 하지만 이 순수한 사랑의 욕망 앞에서는 어떤 형벌도 어떤 지옥의 불같은 화도 문제되지 않는다. 나는 내 삶의 방식을 관철하며 살아가리라.' 전 온몸이 떨릴 정도로 굳게 결심했습니다. 저는 남몰래 기회를 노리고 있었습니다. 그리고 드디어 축제 당일이 되었죠. 저희 제자 열세 명은 언덕 위에 자리한 오래된 식당의 어두컴컴한 2층 방을 빌려서 축제의 연회를 열기로 했습니다. 모두 식탁에 앉아 저녁 만찬을 시작하려는데 그자가 벌떡 일어나서는 말없이 상의를 벗기에, 우리는 대체 무엇을 하려는 걸까 하고 의아하게 바라보았습니다. 그자는 식탁 위의 물항아리를 집어 들더니 항아리에 든 물을 방구석에 있던 작은 대야에 붓고는 순백의 수건을 허리에 차고 제자들의 발을 차례차례 씻겨주었습니다. 제자들은 영문을 몰라 어리둥절하며 쩔쩔매기만 했지만, 저는 그자의 마음을 알 수 있었습니다. '저자는 외로운 거다. 지금 극도로 마음이 약해져 무지하고 사리에 어두운 제자들한테라도 매달리고 싶은 심정인 거야. 가엾게도 저자는 피할 수 없는 자신의 운명을 알고 있는 것이다.' 그 모습을 보면서 이런 생각을 하자 갑자기 강한 오열이 목구멍으로 치솟는 것을 느꼈습니다. 불현듯 그자를 끌어안고 함께 울고 싶었습니다. 아아, 가여워라, 당신을 벌받게 할 순 없어, 당신은 늘 다정했어, 당신은 늘 옳았어, 당신은 늘 가난한 자의 편이었어, 그리고 당신은 늘 눈부실 정도로 아름다웠어, 당신은 바로 신의 아들이다, 저는 그것을 알고 있었습니다, 용서해주십시오, 전 당신을 팔아넘기려고 이삼일 동안 기회를 노렸어요, 하지만 이젠 아니에요, 당신을 팔아넘기다니 제가 어찌 감히 그런 도리에 어긋나는 짓을 생각했을까요, 안심하십시오, 이제부턴 오백 명의 관리와 천 명의 군사가 들이닥쳐도 당신 몸에 손가락 하나 대지 못하게 할 것입니다, 당신은 지금 쫓기는 몸이십니다, 위험해요, 지금 당장 여기서 도망칩시다, 베드로도 오고, 야고보도 오고, 요한도 와요, 모두 와서 우리의 다정한 주님을 지키고 평생 오래오래 살아가요, 하는 생각이 마음속 깊은 곳에서 우러나오는 사랑의 말이, 입 밖으로는 꺼낼 수 없었으나 가슴에 들끓었습니다. 지금까지 느껴본 적 없었던 일종의 숭고한 영감에 젖어 뜨거운 참회의 눈물이 기분 좋게 두 뺨을 타고 흘러내렸습니다. 이윽고 그자는 제 발도 말없이 정성스레 씻기고 허리에 찬 수건으로 부드럽게 닦아주었습니다. 아아, 그때 그 감촉이란! 맞아요, 전 그때 천국을 본 건지도 모르겠습니다. 제 다음에는 빌립의 발을, 그다음에는 안드레의 발을 씻기고, 그리고 다음에는 베드로의 발을 씻어줄 차례가 되었는데, 베드로는 아시다시피 심각하게 정직한 사람이어서 의아한 마음을 감추지 못하고 "주여, 당신은 어째서 제 발 따위를 씻어주시는 겁니까?" 하고 다소 불만스럽다는 듯 입을 비죽 내밀며 물었습니다. 그자가 "내가 하는 일을 넌 모를 거다. 나중에 짚이는 바가 있겠지."라고 온화하게 타이르며 베드로의 발치에 쭈그려 앉았지만, 베드로는 여전히 완강히 거부하며 "아닙니다. 안 될 일입니다. 영원히 제 발 따위는 씻어주지 않으셔도 됩니다. 제겐 너무 과분합니다." 하고 발을 집어넣으며 끝까지 버텼습니다. 그러자 그자는 약간 언성을 높이며 "내가 만일 네 발을 씻지 않는다면, 너와 나는 이제 아무런 관계도 아니게 된다." 하고 무척 단호하고 강하게 말하자, 베드로는 크게 당황하여 "아아, 죄송해요. 그렇다면 제 발뿐만 아니라 손도 머리도 마음껏 씻어주십시오." 하고 굽신굽신 머리를 조아리며 부탁하기에 전 저도 모르게 그만 웃음 터뜨렸습니다. 다른 제자들도 살그머니 미소 지었고 왠지 방 안이 환해진 것 같았습니다. 그 사람도 살며시 웃으며 "베드로야, 발만 씻으면 그것으로 네 몸은 깨끗해진 것이니라. 너뿐만 아니라 야고보도 요한도 더러움 없는 깨끗한 몸이 된 것이야. 그렇지만……." 하고 말하다 말고 허리를 쭉 펴더니, 잠시 고통을 참을 수 없다는 듯 아주 슬픈 눈빛을 지으며, 이내 그 눈을 질끈 감은 채로 말했습니다. "모두가 깨끗하면 좋으련만……." 뜨끔했습니다. 당했다! 나를 두고 하는 말이다. 그자를 팔아넘기려 했던 나의 어두운 속내를 꿰뚫어 보고 있었던 거다. 하지만 지금은 아니다. 난 분명 달라졌다고! 난 깨끗해졌어. 내 마음은 변했는데. 아아, 저 사람은 그걸 모른다. 모르고 있다. 아니야! 아닙니다! 목구멍까지 차오른 절규를, 저의 약하고 비굴한 마음이 침을 꼴깍 삼키듯, 삼켜버리게 했습니다. '말할 수 없어. 아무 말도 할 수 없어. 그자에게 그런 말을 듣고 보니 그래, 역시 난 깨끗해지지 않았는지 모른다.'라는 긍정하는 나약하고 비뚤어진 마음이 고개를 쳐들었고, 금세 그 비굴한 반성은 추악하고 시꺼멓게 부풀어 올라 내 오장육부를 달리더니, 거꾸로 분노하는 마음이 불꽃을 일으키며 마구마구 뿜어져 나왔습니다. '에잇, 틀렸어. 난 안 돼. 저자는 진심으로 나를 미워하고 있어. 팔자. 팔아넘기자. 저 사람을 죽이자. 그리고 나도 함께 죽는 거다.' 예전의 결의에 다시 눈을 뜨게 된 전 이제 완전히 복수의 악마가 되고 말았습니다. 그 사람은 제 마음속 두 번 세 번 완전히 뒤바뀐 대반전은 알아채지 못한 듯, 웃옷을 걸치고 매무새를 가다듬더니 천천히 의자에 앉으며 무척 창백한 얼굴로 "내가 너희들 발을 씻겨준 까닭을 아느냐. 너희는 나를 주님이라 칭송하고 또 스승이라 칭하는 듯한데, 그건 틀림없는 사실이다. 나는 너희들의 주 또는 스승이나 그럼에도 너희들의 발을 씻겨주었으니 이제부터는 너희들도 서로 의좋게 발을 씻어주도록 하라. 나는 너희들과 언제까지 함께 있을지 모른다. 그러니 지금 이 기회에 너희에게 모범을 보인 것이니라. 내가 행한 대로 너희도 그렇게 하여라. 스승은 마땅히 제자보다 뛰어나기 마련이니 내 말을 잘 듣고 잊지 않도록 하라." 그자는 몹시 우울한 어투로 말하고는 조용히 식사를 시작하다가 "너희 중 하나가 나를 팔 것이다." 하고 얼굴을 숙이고 신음하는 듯한, 흐느끼는 듯한 괴로운 목소리로 말하였기에, 제자들은 모두 깜짝 놀라며 다들 자리를 박차고 일어나 그자 주위에 모여들어, 주여, 저를 말씀하시는 겁니까? 주여, 그자가 저입니까? 하며 한바탕 소동이 일자, 그자는 죽은 사람처럼 힘없이 고개를 저으면서 "내가 지금 그자에게 빵 한 덩이를 줄 것이다. 그자는 무척 불행한 사내니라. 그자는 절대로 태어나지 말았어야 했다." 하고 뜻밖에 분명한 어조로 말하면서 빵 한 덩어리를 들고 팔을 뻗어 정확히 제 입에 척 갖다 댔습니다. 저도 이제 거칠 게 없었습니다. 부끄럽기보다 미웠습니다. 그자의 짓궂음이 새삼 미웠습니다. 이렇게 제자들이 다 보는 앞에서 버젓이 나를 욕보이는 것이 그 사람이 지금껏 해온 관례입니다. 불과 물. 그놈과 나 사이에는 영원히 화합할 수 없는 숙명이 있다. 개나 고양이한테 던져주듯 빵 조각을 내 입에 쑤셔 넣는 게 그놈의 화풀이였던가. 하하, 멍청한 녀석. 나리, 저놈은 제게, 네가 하려는 일을 신속히 하라, 하고 말했습니다. 저는 곧바로 식당에서 달려 나와 땅거미가 내린 길을 달리고 달려 지금 이곳에 온 겁니다. 그리고 황급히 이렇게 아뢰게 되었습니다. 자, 그자에게 벌을 내려주십시오. 되는대로 마음껏 벌하여 주십시오. 잡아서 몽둥이로 때리고 발가벗겨 죽이는 게 좋겠죠. 더는 못 참겠습니다. 진짜 역겨운 놈이에요. 지독한 놈이라고요. 나를 지금까지 그렇게 괴롭히더니. 하하하, 빌어먹을. 그자는 지금 기드론의 골짜기 저편 겟세마네 동산에 있습니다. 이미 저 2층 방에서 저녁 만찬도 끝나고 제자들과 함께 겟세마네 동산에 가서 지금쯤은 틀림없이 하늘에 기도를 드리고 있을 겁니다. 제자들 말고는 아무도 없어요. 아아, 작은 새가 거 참 시끄럽게도 울어대네. 오늘 밤은 왜 이렇게 새소리가 귀에 시끄럽게 달라붙는 걸까요? 제가 이곳으로 달려오는 길목에 있던 숲에서도 작은 새가 삐이삐이 울고 있었어요. 밤에 울어대는 작은 새는 잘 없는데 말이죠. 저는 아이 같은 호기심으로 그 작은 새의 정체를 한번 확인해보고 싶습니다. 멈춰서서 고개를 갸웃하고는 쳐다봤어요. 아아, 제가 무슨 말을 지껄이고 있는 거죠. 죄송합니다. 나리, 준비되셨습니까? 아아, 즐거워. 기분 좋다. 오늘 밤은 제게도 최후의 밤입니다. 나리, 나리, 오늘 밤, 지금부터 저와 그 사람이 당당히 어깨를 나란히 하고 서 있는 광경을 똑똑히 지켜봐주시기 바랍니다. 전 오늘 밤 그 사람과 나란히 하고 서 있겠습니다. 두려워할 것 없어. 비하할 필요도 없어. 난 그자와 동갑이야. 똑같이 뛰어난 젊은이라고. 아, 새소리 거 참 시끄럽네, 거슬리게. 왜 이렇게 작은 새가 시끄럽게 맴돌지? 삐이삐이삐이삐이, 뭐라고 떠들어대는 거야? 이런, 그 돈은요? 제게 주시는 건가요? 그게, 저에게, 삼십 냥을? 진짜요? 하하하하. 아니, 사양하겠습니다. 좋은 말 할 때 그 돈 넣어두시는 게 좋을 거요. 돈이 탐나서 고하는 게 아닙니다. 넣어두라니까! 아닙니다, 죄송합니다, 잘 받겠습니다. 그렇지, 난 장사꾼이었지. 돈 때문에, 난 아름다운 그 사람으로부터 얼마나 멸시받아왔던가! 잘 받겠습니다. 전 장사꾼이에요. 멸시받은 그 돈으로 그 사람에게 멋지게 복수해줄 겁니다. 이것이야말로 내게 가장 잘 어울리는 수단이지. 꼴 좋다! 은 삼십 냥에 놈은 팔린다. 나는 조금도 울지 않아. 나는 그자를 사랑하지 않아. 처음부터 털끝만큼도 사랑하지 않았어. 네, 나리. 전 거짓말만 했어요. 전 돈이 탐나서 그자를 따라다녔던 겁니다. 오오, 틀림없어요. 그자는 제게 푼돈도 벌게 해주지 않으리라는 걸 오는 밤 분명히 깨달았습니다. 장사꾼, 재빨리 배신한 거죠. 돈, 세상은 돈이 전부예요. 은 삼십 냥이라니, 얼마나 멋집니까? 잘 받겠습니다. 저는 쩨쩨한 장사꾼입니다. 탐이 나서 견딜 수가 없어요. 네, 감사합니다. 네, 네. 감사드립니다. 제 이름은 장사꾼 유다. 헤헤. 가룟 유다입니다.

달려라 메로스

메로스는 격노했다. 반드시 저 간사하고 포악한 왕을 없애겠노라 결심했다. 메로스는 정치를 모른다. 메로스는 마을의 목동이다. 피리를 불고, 양 떼와 노닐며 살아왔다. 하지만 사악함에 대해서만은 남달리 민감했다. 오늘 새벽녘, 메로스는 마을을 출발하여 들판을 가로지르고 산을 넘어 백 리쯤 떨어진 시라쿠사시로 왔다. 메로스에게는 아버지도 어머니도 안 계신다. 아내도 없다. 열여섯 살의 내향적인 여동생과 단둘이 살고 있다. 여동생은 곧 마을의 한 성실한 목동을 신랑으로 맞기로 되어 있었다. 결혼식도 얼마 남지 않았다. 그래서 메로스는 신부의 의상과 잔치 음식을 장만하기 위해 먼 도시까지 발걸음을 한 것이다. 우선 필요한 물건들을 산 다음 도시 대로변을 느긋하게 걸었다. 메로스에게는 죽마고우가 있었다. 세리눈티우스라는 친구였다. 지금은 이곳 시라쿠스에서 석공 일을 하고 있다. 이제부터 그 친구를 찾아갈 계획이다. 한동안 만나지 못해서 찾아갈 생각을 하니 기뻤다. 걷는 동안 메로스는 거리의 모습이 수상하다고 생각했다. 쥐 죽은 듯 고요하다. 벌써 해가 졌으니 거리가 어둑한 것은 당연하겠지만, 이는 단순히 밤이 돼서 그런 것이 아니다. 도시 전체가 몹시 쓸쓸하다. 매사 태평한 메로스도 차츰 불안해졌다. 길에서 마주친 젊은이들을 붙잡고, 무슨 일이 있었느냐, 2년 전 이 도시에 왔을 땐 밤인데도 모두가 노래를 부르며 떠들썩했는데, 하고 물었다. 젊은이는 고개를 저으며 대답하지 않았다. 잠시 뒤에는 한 늙은 사내를 만났다. 이번에는 좀더 말에 힘을 주어 질문했다. 역시 대답하지 않았다. 메로스는 두 손으로 늙은 사내의 몸을 흔들며 질문을 거듭했다. 사내는 주위를 살피며 낮은 목소리로 겨우 대답했다.

"왕이 사람을 죽인다오."

"왜 죽이죠?"

"악심을 품고 있다는데, 누구나 그런 악심은 지니고 있지 않소?"

"많이 죽였습니까?"

"네, 처음에는 매제를 죽이더이다. 그러고선 세자를. 그러고선 황후를. 또 그러고선 충신 알렉스를……."

"놀랍군요. 국왕이 단단히 미쳤군."

"아니, 미치지 않았어요. 사람을 믿을 수가 없다 하더군요. 근래에는 신하의 마음까지도 의심하며 조금이라도 사치스러운 생활을 하는 자는 인질로 한 사람씩 잡아간다오. 명을 거역하면 십자가에 매달아 죽여요. 오늘도 여섯이나 죽였소."

이 말을 듣고 메로스는 격노했다.

"어이없는 왕이로군! 내 살려두지 않겠다!"

메로스는 단순한 사내였다. 물건을 짊어진 채 어슬렁어슬렁 왕궁으로 갔다. 안으로 들어서자마자 순찰병에게 붙들려 수색을 당했는데, 메로스의 품속에서 단검이 나와 큰 소동이 벌어지고 말았다. 메로스는 왕 앞에 끌려갔다.

"단검으로 무얼 할 작정이었지? 똑바로 고하라!"

폭군 디오니스는 조용하게, 하지만 위엄을 갖추고 추궁했다. 왕의 얼굴은 창백했고, 미간의 주름이 새겨 넣은 듯 깊었다.

"도시를 폭군의 손아귀에서 구하고자 왔소이다."

"네깟 놈이?"

왕은 비웃었다.

"기가 찰 놈이로군. 너 따위가 내 고독을 어찌 알겠느냐."

"듣기 싫소!"

메로스는 격분하며 반발했다.

"사람의 마음을 의심하는 건 가장 수치스러운 악덕이오. 왕이 백성의 충성마저 의심하면 안 되지!"

"의심하는 것이 정당한 마음가짐이라고 내게 가르쳐준 자들은 바로 너희다. 사람의 마음은 믿을 수가 없다. 인간은 원래 사욕 덩어리지. 믿어선 안 돼."

폭군은 침착하게 중얼거리며 휴우 한숨을 내쉬었다.

"나 역시 평화를 바라고 있지만……."

"무엇을 위한 평화? 자신의 지위를 지키기 위한?"

이번에는 메로스가 비웃으며 말했다.

"무고한 사람을 죽여 놓고 무슨 놈의 평화?"

"그 천한 입 다물라!"

왕은 얼굴을 꼿꼿이 쳐들고 날을 세웠다.

"입으로는 무슨 말을 못 하겠느냐. 난 인간의 속이 빤히

다 들여다보인다. 지금 당장 네놈을 처형할 것이다. 울며불며 용서를 빌어봤자 이젠 소용없다."

"와, 제법 영리한 왕이로군. 맘껏 자만해보시오. 난 이제 죽을 각오가 돼 있어. 목숨을 구걸하는 짓 따윈 하지 않아. 다만……."

메로스는 발밑으로 시선을 떨구고 잠시 머뭇거리다가 말을 이었다.

"다만 내게 온정을 베풀 뜻이 있다면 처형까지 사흘의 말미를 주시오. 하나밖에 없는 여동생에게 짝을 맺어주고 싶소. 사흘 안에 마을에서 결혼식을 올리고 꼭 이곳으로 돌아오리다."

"어리석긴."

폭군은 쉰 소리로 낮게 웃었다.

"말도 안 되는 거짓말. 놓친 새가 돌아온단 말이냐?"

"네, 돌아오겠소."

메로스는 필사적으로 목소리를 냈다.

"난 약속은 꼭 지킵니다. 사흘만 풀어주시오. 여동생이 내가 돌아오기만을 기다릴 거요. 그렇게 날 믿지 못하겠다면, 좋소. 이 도시에 세리눈티우스라는 석공이 있어요. 내 둘도 없는 친구, 그 친구를 인질로 두고 가겠소. 내가 도망쳐서 사흘째 되는 날 저녁까지 여기 돌아오지 않으면 그 친구를 교수형에 처하시오. 부탁입니다. 그리 해주십시오."

그 말에 왕은 잔혹한 생각을 하며 가만히 웃었다. '건방진 소릴 하는군. 어차피 돌아오지 않을 게 뻔해. 이 거짓말쟁이한테 속은 척하고 풀어주는 것도 재밌겠어. 그리고 그놈 대신에 그 사내를 사흘째 되는 날 죽여버리는 것도 흥분되겠는데. 이래서 사람은 믿으면 안 된다고 슬픈 얼굴로 훈수를 두며 그 사내를 처형하는 거지. 세상에 정직한 놈들이란 놈들에게 다 똑똑히 보여줄 테다.'

"청을 들어주마. 그자를 불러들여라. 네놈은 사흘째 되는 날 일몰 전까지는 돌아오너라. 늦으면 그 대리인 놈을 반드시 죽이겠다. 조금 늦는 게 좋겠지. 그럼 네놈의 죄를 영원히 사하여 주리라."

"무슨 소리요?"

"하하. 귀한 목숨 챙기고 싶다면 좀 늦게 오라는 뜻이다. 네놈의 속내야 뻔하지 않겠느냐."

메로스는 분해서 발을 동동 굴렀다. 더는 아무 말도 하고 싶지 않았다.

죽마고우 세리눈티우스는 늦은 밤 왕궁으로 끌려왔다. 폭군 디오니스 앞에서 둘도 없는 친구가 2년 만에 상봉했다. 메로스는 모든 사정을 친구에게 털어놓았다. 세리눈티우스는 말없이 고개를 끄덕이더니 메로스를 와락 끌어안았다. 친구끼리는 그것만으로도 충분했다. 세리눈티우스는 포박을 당하고 메로스는 곧 떠났다. 초여름 밤하늘에 별들이 가득했다.

그날 밤 메로스는 한잠도 자지 않고 백 리 길을 서둘러 걸었다. 마을에 도착한 때는 다음 날 오전, 해는 이미 중천에 떠 있고 마을 사람들은 들판에서 일을 하고 있었다. 메로스의 열여섯 난 여동생도 오늘은 오빠를 대신해 양 떼를 보고 있었다. 비틀비틀 걸어오는 오빠의 기진맥진한 모습을 보고 놀란 동생은 성가실 정도로 오빠에게 질문을 퍼부었다.

"아무것도 아니야."

메로스는 억지로 웃으려고 애썼다.

"시라쿠사에 아직 볼일이 좀 남았어. 내일 네 결혼식을 올리자. 서두르는 게 좋겠다."

여동생은 뺨을 붉혔다.

"기쁘니? 예쁜 옷들도 사 왔단다. 자, 이제 마을 사람들에게 가서 알리고 오렴. 내일 결혼식이라고."

메로스는 다시 비틀비틀 집으로 돌아와 제단을 꾸미고 잔치할 자리를 마련하고는 이내 마루에 쓰러져 숨소리도 들리지 않을 만큼 깊은 잠에 빠져들었다.

눈을 떴을 땐 이미 밤이었다. 메로스는 일어나자마자 신랑 집을 찾아갔다. 그러고는 사정이 있으니 내일 결혼식을 올리자고 부탁했다. 신랑인 목동은 놀라며, 그렇게는 안 된다, 우리는 아직 아무런 준비가 안 됐으니, 포도 수확 철까지는 기다려달라고 대답했다.

메로스는 더는 지체할 수 없으니, 제발 내일 치르게 해달라고 간곡히 부탁했다. 신랑도 완강했다. 좀처럼 뜻을 굽히질 않았다. 새벽까지 이야기를 거듭한 끝에 겨우 신랑을 다독여 설득시켰다. 결혼식은 한낮에 치러졌다. 신랑 신부의 신전 혼인 선서가 끝날 무렵 먹구름이 하늘을 뒤덮고 비가 내리기 시작하더니, 이윽고 차축(車軸)을 뒤흔들 만큼 거센 비가 쏟아졌다. 잔치에 참석한 마을 사람들은 뭔가 불길함을 느꼈지만, 그래도 저마다 기분을 북돋아 비좁은 집 안에서 푹푹 찌는 더위를 참고 흥겹게 노래 부르며 손뼉을 쳤다. 메로스도 기쁨에 겨워 잠시 왕과의 약속조차 잊고 있었다. 밤이 되자 잔치는 점점 무르익어갔고 누구 한 사람 바깥의 폭우에 신경 쓰지 않았다. 메로스는 평생 이대로 여기에 있고 싶다고 생각했다. 이 좋은 사람들과 한평생 살아가고 싶었으나 메로스의 몸은 이제 자신의 것이 아니었다. 참으로 어이없는 일이다. 메로스는 자신을 채찍질하며 마침내 출발하기로 결심했다. 내일 일몰 때까지는 아직 시간이 충분하니 딱 한숨만 자고 출발해야겠다고 생각했다. 그때는 비도 좀 잦아들 것이다. 조금이라도 더 오래 이 집에 머물고 싶었다. 메로스 같은 사나이에게도 역시 미련의 정은 있다. 메로스는 그날 밤 환희에 취해 있는 신부에게 다가가 말했다.

"축하한다. 난 피곤해서 잠깐 눈 좀 붙이려고. 눈 뜨면 바로 시라쿠사에 가봐야 해. 긴히 볼일이 있거든. 내가 없어도 이젠 든든한 남편이 있으니 앞으로 외롭지 않을 거다. 이 오라비가 가장 싫어하는 건 남을 의심하는 것과 거짓말하는 거야. 그건 너도 알지? 남편과 어떤 비밀도 만들어선 안 돼. 네게 하고 싶은 말을 이것뿐이야. 네 오라비가 이래 봬도 꽤 근사한 사내대장부거든? 그러니 너도 긍지를 가졌으면 좋겠구나."

신부는 기분 좋은 듯 고개를 끄덕였다. 그러고서 메로스는 신랑의 어깨를 두드리며 말했다.

"준비 안 된 건 피차 마찬가지야. 우리 집에도 보물이라고는 여동생과 양 떼밖에 없다네. 다른 건 하나도 없어. 자네에게 전부 주지. 그리고 또 한 가지, 메로스의 동생이 된 것을 자랑스러워해 주게."

신랑은 손을 비비며 쑥스러워했다. 메로스는 웃으며 마을 사람들에게도 인사하고 자리에서 일어나 양 떼 우리 속에서 죽은 듯 깊이 잠들었다.

눈을 뜬 건 이튿날 동틀 무렵이었다. 메로스는 벌떡 일어났다. 이런! 늦잠 잤나? 아니다, 아직 괜찮다. 지금 바로 출발하면 약속 시간까지는 충분히 맞출 수 있다. 오늘은 반드시 왕에게 사람의 신의가 어떤 건지 보여주리라. 그리고 웃으며 처형대에 오를 것이다. 메로스는 유유히 떠날 채비를 했다. 비도 어느 정도 잦아들었다. 준비를 마쳤다. 메로스는 두 팔을 휘저으며 빗속을 쏜살같이 달려갔다.

오늘 밤, 나는 처형당한다. 처형당하기 위해 달려가는 것이다. 나 대신 잡혀 있는 친구를 구하기 위해 달려가는 것이다. 왕의 사악함을 일깨우기 위해 달려가는 것이다. 달려가야만 한다. 그리고 나는 처형될 것이다. 젊은 날의 명예를 지켜야 한다. 잘 있거라, 고향이여! 젊은 메로스는 고통스러웠다. 몇 번인가 멈출 뻔했다. 에잇, 정신 차려, 큰 소리로 자신을 질책하며 달려갔다. 마을을 빠져나와서 들판을 가로지르고 숲을 헤치고 나와 이웃 마을에 도착했을 무렵에는 비도 그치고 해가 높이 솟아 점점 더워지기 시작했다. 메로스는 이마에 맺힌 땀방울을 주먹으로 훔치며 '여기까지 왔으면 이젠 됐다, 고향에 대한 미련도 더는 없어. 여동생네도 틀림없이 좋은 부부가 될 것이다. 내겐 지금 아무런 걱정도 없다. 곧장 왕궁에 당도하기만 하면 그만이야. 너무 서두를 필요도 없다. 느긋하게 걷자.' 하고 생각하며 여느 때처럼 느긋함을 되찾고 좋아하는 노래를 불렀다. 느릿느릿 걸어서 이십 리, 삼십 리를 걸어 어느덧 절반쯤 왔을 무렵, 느닷없이 재난이 닥쳐 메로스는 발걸음을 멈췄다. 눈앞의 강을 보니, 어제 내린 호우로 산의 수원지가 범람하여 탁류가 도도히 하류로 밀려들었다. 맹렬한 급류가 무시무시한 굉음 소리를 내며 순식간에 다리를 날려버렸다. 망연자실한 메로스는 그 자리에 얼어붙고 말았다. 이리저리 둘러보며 목청껏 소리 질러보았으나 나룻배는 모두 휩쓸려가 코빼기도 보이지 않았고 뱃사공도 모습을 감췄다. 물살이 더욱 거세지며 점점 바다처럼 변해갔다. 메로스는 강가에 주저앉아 울부짖으면서 제우스를 향해 애원했다. "아아, 제발 저 거친 물살을 잠재워주십시오! 제겐 시간이 없어요. 벌써 한낮입니다. 해가 질 때까지 왕궁에 도착하지 못하면 제 소중한 친구가 저 때문에 죽고 말 겁니다!"

탁류는 메로스의 외침을 비웃기라도 하듯 점점 더 거세게 휘몰아쳤다. 물살은 물살을 삼키고 마구 소용돌이치며 시간은 시시각각 흘러갔다. 드디어 메로스는 결심했다. 헤엄쳐 건너는 수밖에 없다. 아아, 신께서도 굽어살피소서! 탁류에도 굴하지 않는 사랑과 신실의 위대한 힘을 지금이야말로 발휘해 보이겠나이다. 메로스는 급류에 풍덩 뛰어들어 백 마리의 이무기 떼처럼 미친 듯이 날뛰는 물살을 상대로 필사적으로 싸웠다. 온 힘을 팔에 모아 밀려오는 물살을 헤치며 막무가내로 덤벼드는 사자 같은 모습이 신도 가엾었는지 드디어 연민을 보내셨다. 떠내려가다 운 좋게 강기슭 나뭇가지에 매달릴 수 있었다. 감사합니다! 메로스는 말처럼 크게 몸을 털더니 다시 갈 길을 재촉했다. 단 몇 분이라도 허투루 보낼 수 없었다. 해는 이미 서쪽으로 기우는 중이다. 가쁜 숨을 몰아쉬며 힘겹게 고개를 다 오르자, 갑자기 눈앞에 산적 떼가 나타났다.

"멈춰!"

"뭐지? 난 해가 지기 전에 왕궁으로 가야 한다. 비켜라!"

"못 비키겠다면? 가진 걸 모두 내놓고 가라!"

"내겐 목숨 말고는 아무것도 없다. 단 하나밖에 없는 목숨마저도 지금 왕에게 주러 가는 길이다."

"그 목숨을 거두려는 것이다."

"그럼 왕명을 받고 여기서 날 기다리고 있던 게로구나."

산적들은 말없이 일제히 몽둥이를 치켜들었다. 메로스는 슬쩍 몸을 구부려서 가까이 있는 놈에게 독수리처럼 달려들어 곤봉을 낚아채고는,

"안됐지만 정의를 위해서다!"

라고 말하며 공격을 퍼붓고는 단박에 세 놈을 때려누이고, 나머지 한 놈이 겁에 질려 벌벌 떨고 있는 틈을 타, 후다닥 고개를 뛰어 내려왔다. 메로스는 단숨에 고개를 내려왔지만 너무나 지쳤고 하필 그때 오후의 땡볕이 따갑게 내리쬐어 몇 번이나 현기증을 느꼈다. 이래서는 안 된다고 마음을 고쳐먹고 비틀비틀 두어 걸음 걸어보았으나 그만 무릎

이 탁 꺾이고 말았다. 일어설 수가 없었다. 분한 마음에 하늘을 우러르며 울기 시작했다. '아아, 아, 탁류를 헤엄쳐 건너고, 산적을 세 놈이나 때려누이며 역경을 뚫고 여기까지 온 메로스여. 진정으로 용맹스러운 자, 메로스여. 지금 여기서 꺾이다니 한심하도다. 사랑하는 친구는 너를 믿은 죄로 결국 처형을 면치 못하리라. 넌 결국 왕이 바라던 희대의 배신자가 된다.' 메로스는 자신을 꾸짖어보았지만, 온몸이 축 늘어져 움쩍도 할 수 없다. 길가의 풀밭에 드러누웠다. 몸이 피곤하면 정신도 함께 맥을 못 춘다. 이제 아무래도 좋다. 용맹스러운 자에게는 어울리지 않는 심약한 근성이 마음 한구석에 자리 잡았다. '나는 할 만큼 했다. 약속을 어길 마음은 추호도 없었다고. 신도 아실 것이다. 내가 얼마나 애썼는지. 꼼짝도 할 수 없는 지경이 될 때까지 달려왔어. 난 결코 배신자가 아니야. 아아, 할 수만 있다면 내 가슴을 찢어 새빨간 심장을 보여주고 싶다. 사랑과 신실의 혈액만으로 뛰고 있는 이 심장을. 하지만 이 중요한 순간에 나는 정신과 끈기가 고갈되고 말았다. 나는 불행하기 짝이 없는 사내다. 난 분명 웃음거리가 될 것이다. 난 친구를 속였다. 중간에 쓰러지는 건 처음부터 아무것도 하지 않은 것이나 매한가지다. 아아, 이제 아무래도 좋아. 어쩌면 이것이 나의 정해진 운명인지도. 세리눈티우스여, 용서해다오. 넌 언제나 날 믿었지. 나도 널 속이지 않았어. 우리는 정말로 좋은 친구였지. 한 번도 검은 의혹의 구름을 서로의 가슴에 품어본 적도 없었어. 지금도 넌 나를 무작정 기다리고 있겠지. 아아, 기다리고 있을 거야. 고맙다, 세리눈티우스. 나를 묵묵히 믿어줘서. 그걸 생각하면 견딜 수가 없다. 친구 사이의 믿음은 세상에서 가장 자랑스러운 보배니까. 세리눈티우스, 난 달렸어. 널 속일 생각은 추호도 없었다. 믿어줘! 난 서둘러 여기까지 왔어. 탁류를 뚫고, 산적 떼도 따돌리고 단숨에 고개를 달려 내려온 거야. 나니까 할 수 있었던 거야. 그러니 더는 내게 바라지 마라. 내버려 둬. 이젠 아무래도 좋다. 난 진거야. 참 못났지. 비웃어라. 왕은 내게 조금 늦게 오라고 귀띔해줬지. 늦게 오면 널 죽이고 날 살려주겠노라 약속했어. 난 왕의 비열함을 증오했다. 하지만 지금 와서 보니 결국 왕이 말한 대로 돼버렸구나. 난 늦게 도착하겠지. 왕은 혼자 멋대로 생각하며 날 비웃고, 아무 일 없었다는 듯 나를 풀어줄 거야. 그렇게 된다면 죽는 것보다 더 괴롭겠지. 난 영원한 배신자다. 지상에서 가장 불명예스러운 인간 말종. 세리눈티우스여, 나도 죽을 것이다. 너와 함께 죽게 해다오. 너만은 날 틀림없이 믿어주겠지. 아니, 그것도 내 독선인가? 아아, 이제 차라리 나쁜 놈으로 목숨을 연명해갈까? 마을에는 내 집이 있어. 양도 있다. 여동생 내외가 설마 나를 마을에서 내쫓진 않겠지. 정의니, 신실이니, 사랑이니, 생각해보면 다 허망한 것들이다. 남을 죽이고 내가 산다. 그것이 인간세계에 정해진 법칙 아니던가. 아아, 모든 게 어리석다. 난 추악한 배신자다. 마음대로 생각해라. 이제 별수 없다.'

메로스는 팔다리를 늘어뜨린 채 꾸벅꾸벅 잠들고 말았다.

문득 귀에 졸졸졸, 물 흐르는 소리가 들렸다. 슬며시 고개를 들어 숨을 죽이고 귀를 기울였다. 바로 발밑에서 물이 흐르고 있는 것 같았다. 비틀비틀 일어나 보니 갈라진 바위틈에서 퐁퐁, 작은 소리와 함께 맑은 물이 솟아오르고 있었다. 그 샘물에 빨려 들어가듯 메로스는 몸을 숙였다. 물을 두 손으로 떠서 한 모금 마셨다. 후, 하고 긴 한숨이 새어 나오며 마치 꿈에서 깨어난 듯한 기분이 들었다. 걸을 수 있다. 가자! 피로가 풀리면서 작은 희망이 생겼다. 의무 수행의 희망이다. 살신성인의 희망이다. 석양의 붉은 빛이 나뭇잎을 비춰 잎사귀도 가지도 타오르듯 빛났다. 일몰까지는 아직 시간이 있다. 나를 기다리는 이가 있다. 한 치의 의심도 없이 가만히 기다려주는 이가 있다. 날 믿어주는 이가 있다. 내 목숨 따위는 문제가 아니다. 죽음으로 사죄한다느니, 그런 번지르르한 말만 하고 있을 순 없다. 나는 신뢰에 보답해야 한다. 지금 해야 할 일은 이것뿐이다! 달려라! 메로스.

나는 신뢰받고 있다. 나는 신뢰받고 있는 것이다. 조금 전 그 악마의 속삭임은 꿈이다. 나쁜 꿈이다. 잊어버리자. 몸이 지치면 그런 악몽을 꿀 수도 있다. 메로스, 이건 수치가 아니다, 역시 넌 진정으로 용맹스러운 자다. 다시 일어나 달리고 있지 않은가! 고맙다! 난 정의의 사도로서 죽을 수 있게 되었다. 아아, 해가 기운다. 점점 기울어간다. 제우스여, 난 날 때부터 정직한 사내였습니다. 정직한 사내인 채로 죽게 해주십시오.

행인을 밀어제치고 메로스는 검은 바람처럼 달렸다. 들판에서 벌어지는 술판 한복판을 달려 사람들을 깜짝 놀라게 하고 개를 걷어차고 개울을 뛰어넘어 조금씩 기울어가는 해보다 열 배는 더 빨리 달렸다. 한 무리의 나그네를 휙 스치고 지나는 순간, 언뜻 불길한 대화를 들었다. "지금쯤 그 남자 처형대에 올랐을걸." 아아, 그 남자, 그 남자를 위해서 나는 지금 이렇게 달리고 있는 것이다. 그 남자를 죽게 해서는 안 된다. 서둘러라, 메로스! 늦어선 안 된다! 사랑과 진심의 힘을 지금이야말로 일깨워줄 때다. 몰골 따위야 아무럼 어떤가. 메로스는 지금 거의 알몸이나 다름없었다. 숨도 제대로 쉴 수 없었다. 두 번, 세 번, 입에서 피가 뿜어져 나왔다. 보인다. 저 멀리 시라쿠사시의 탑이 어렴풋이 보인다. 탑은 석양을 받아 반짝반짝 빛나고 있었다.

"아아, 메로스 님."

신음하는 듯한 목소리가 바람과 함께 들려왔다.

"누구냐?"

메로스는 달리면서 물었다.

"피로스트라토스라고 합니다. 당신의 친구, 세리눈티우스 님의 제자입니다."

그 젊은 석공도 메로스를 따라 달리며 외쳤다.

"이젠 틀렸습니다. 소용없어요. 뛰지 마십시오. 이제 그분을 구할 수 없어요."

"아니, 아직 해가 지지 않았어!"

"지금 스승님은 사형당하기 직전입니다! 이미 늦었어요. 당신이 원망스럽군요. 조금만, 조금만 더 빨랐어도!"

"아니, 아직 해가 지지 않았다고!"

메로스는 가슴이 터질 것 같은 마음으로 붉게 퍼진 석양만을 바라보았다. 달리는 수밖에 없다.

"그러지 마세요. 달라지 마시라고요. 지금은 당신 목숨이 중요합니다. 그분은 당신을 믿고 있어요. 형장에 끌려가도 태연했습니다. 왕이 자꾸만 짓궂게 굴어도, 메로스는 올 겁니다, 라고만 대답하며 강한 신념을 내비치셨어요."

"그래서 달리는 것이다. 믿어주니까 달리는 거야. 시간 맞춰 갈 수 있다. 늦고 안 늦고의 문제가 아니야. 인간의 목숨도 문제가 아니고. 나는 뭔가 더 엄청나게 큰 것을 위해 달리고 있다. 따라와라! 피로스트라토스!"

"아, 당신은 미쳤어. 그럼 계속 달려봐요. 어쩌면 시간 맞춰 도착할지도 몰라요. 달려요."

당연하지. 아직 해는 지지 않았다. 마지막 사력을 다해 메로스는 달렸다. 메로스의 머리는 텅 비었다. 아무것도 생각하지 않는다. 그저 알 수 없는 큰 힘에 이끌려 달려나갔다. 태양은 가물가물 지평선으로 가라앉았고, 바야흐로 마지막 한 줄기의 잔광마저 꺼지려던 찰나, 메로스는 질풍처럼 형장으로 돌진했다. 때맞춰 도착한 것이다!

"기다려라! 그 사람을 죽이지 마라! 메로스가 돌아왔다. 약속한 대로 지금 돌아왔다!"

메로스는 큰 소리로 형장에 있는 군중들을 향해 외쳤으나, 목이 쉬어 가늘게 쉰 목소리만 새어 나올 뿐이었다. 군중들은 메로스가 온 것을 아무도 알아차리지 못했다. 이미 교수대가 높이 세워져 있었고, 목에 밧줄이 걸린 세리눈티우스가 서서히 딸려 올라가고 있었다. 이를 목격한 메로스는 최후의 용기를 발휘하여 아까 탁류를 헤엄치듯 군중을 헤치고 나가,

"나다, 집행관! 처형당해야 할 자는 나, 메로스다! 그를 인질로 삼은 내가 여기 있다!"

하고 목쉰 소리로 외치고는 교수대에 뛰어올라 끌려 올라가는 친구의 두 다리를 잡고 매달렸다. 군중은 술렁이기 시작했다. 장하다! 용서해라! 저마다 외쳐댔다. 마침내 세리눈티우스의 밧줄이 풀렸다.

세리눈티우스. 메로스는 눈물을 글썽이며 말했다.

"나를 쳐라. 있는 힘껏 내 뺨을 쳐라. 오다가 악몽을 하나 꿨다. 네가 날 때리지 않는다면 난 너와 포옹할 자격조차 없다. 때려라."

세리눈티우스는 다 알겠다는 듯 고개를 끄덕였고, 형장 가득 울려 퍼질 만큼 메로스의 오른뺨을 힘껏 후려쳤다. 그러고서 온화하게 미소 지으며 말했다.

"메로스, 너도 날 때려라. 똑같이 있는 힘껏 내 뺨을 쳐라. 난 지난 사흘 단 한 번이지만 널 의심했었다. 태어나 처음으로 널 의심했어. 네가 날 때리지 않으면 난 너와 포옹할 수 없다."

메로스는 팔에 온 힘을 실어 세리눈티우스의 뺨을 후려쳤다.

"고맙다, 친구야."

둘은 동시에 말하며 서로 부둥켜안고 기뻐서 엉엉 소리 내며 울었다.

군중들 속에서도 흐느끼는 소리가 흘러나왔다. 폭군 디오니스는 군중 뒤에서 두 사람을 물끄러미 바라보다가, 이윽고 조용히 그들에게 다가가 얼굴을 붉히며 말했다.

"너희의 소망은 이루어졌다. 너희는 나를 이긴 것이다. 믿음이란 결코 공허한 망상이 아니었구나. 나도 너희 무리에 넣어주지 않겠느냐? 부디 내 소원을 받아주었으면 좋겠구나. 너희와 친구가 되고 싶다."

군중들 사이에서 환성이 울려 퍼졌다.

"만세! 임금님 만세!"

한 소녀가 주홍빛 망토를 메로스에게 바쳤다. 메로스는
당황했다. 메로스의 둘도 없는 친구가 메로스에게 살짝 귀
띔해주었다.

"메로스, 넌 벌거숭이잖아. 어서 그 망토를 입으라고. 이
귀여운 아가씨는, 모두가 네 알몸을 보고 있는 게 못 견딜
만큼 안타까운 거야."

용맹스러운 메로스는 얼굴이 새빨개졌다.


(옛 전설과 실러의 시에서 인용함.)

도쿄팔경

이즈의 남쪽, 온천이 있다는 것 말고는 딱히 무엇 하나 내세울 것 없는 시시하기 그지없는 산촌이다. 한 서른 가구쯤 될까? 이런 곳은 숙박비도 싸지 않겠냐는 이유만으로 나는 이 삭막한 산촌을 택했다. 1940년 7월 3일의 일이다. 그 무렵은 내게도 금전적인 여유가 조금 있었다. 하지만 앞날은 깜깜했다. 소설을 아예 쓸 수 없게 될지도 모른다. 두 달 동안 소설을 전혀 쓰지 못한다면 나는 원래대로 무일푼이 될 것이다. 생각해보면 불안불안한 여유지만 나로서는 그만큼의 여유를 가진 것도 지난 10년 동안 처음 있는 일이었다. 내가 도쿄에서 살기 시작한 것은 1930년의 봄이다. 그 무렵 이미 나는 H라는 여자와 동거를 하고 있었다. 시골에 있는 큰형은 우리에게 다달이 돈을 넉넉히 보내왔는데, 멍청한 두 사람 모두 돈을 얼마나 펑펑 써대는지 월말이면 꼭 전당포에 물건 한두 개쯤은 갖다줘야 했다. 그러다 마침내 같이 산 지 6년째 되던 해 H와 헤어졌다. 내게는 이불과 책상, 전기스탠드, 고리짝 하나만 남았다. 무시무시한 거액의 빚더미도 남았다. 그로부터 2년 후, 나는 어느 선배의 도움으로 평범한 중매결혼을 했다. 그리고 또 2년이 지나서야 나는 한숨 돌릴 수 있게 되었다. 빈약한 창작집도 어느덧 열 권 가까이 출간했다. 저쪽에서 청탁이 안 들어와도 이쪽에서 열심히 써서 가져가면 세 편 중 두 편을 사줄 것 같았다. 이제부턴 애교고 뭐고 통하지 않는 진짜 어른의 일이다. 쓰고 싶은 것만 쓰고 싶다.

위태위태하고 불안한 여유였으나 나는 진심으로 기뻤다. 적어도 앞으로 한 달 동안은 돈 걱정 없이 좋아하는 것만 쓸 수 있다. 나는 그 시기의 내 상황이 거짓말처럼 느껴졌다. 황홀과 불안이 교차한 묘한 설렘 탓에, 오히려 일이 손에 잡히지 않아 괴로웠다.

도쿄팔경. 나는 이런 제목의 단편을 언젠가 시간을 들여 찬찬히 써보고 싶었다. 10년간의 나의 도쿄 생활을, 때마다 풍경을 담아 써보고 싶었던 것이다. 나는 올해로 서른두 살이다. 일본의 도덕적 관점으로 따져봐도 이미 중년의 영역에 접어든 나이다. 또 스스로 나의 육체와 열정에 물어봐도 서글프기는 하지만 부정할 수 없는 현실이다. 기억해 둘 것. 넌 이미 청춘을 잃었다. 얼굴만 그럴싸한 30대 남자다. 도쿄팔경. 나는 그것을 청춘을 떠나보내는 결별사로서 누구의 간섭도 없이 쓰고 싶었다.

저 녀석도 점점 속물이 돼가고 있네. 그런 무식한 험담이 미풍과 함께 소곤소곤 내 귀에 흘러들어온다. 그때마다 나는 속으로 강하게 항변한다. 난 처음부터 속물이었어. 아직 눈치 못 챘나? 역행한 거야. 문학을 평생의 업으로 삼고자 결심했을 때 어리석은 자들은 오히려 나를 만만히 여기더군. 난 엷게 웃을 수밖에 없었어. 만년 청년이란 배우의 세계에나 있는 것이지. 문학에는 없어.

도쿄팔경. 나는 지금 이 시기야말로 그것을 써야 한다고 생각했다. 지금은 급한 약속도 없다. 100엔이 넘는 여윳돈도 있다. 황홀과 불안으로 뒤엉킨 복잡한 한숨을 내쉬며 비좁은 방 안을 서성일 때가 아니다. 나는 쉴 새 없이 올라가야만 한다.

도쿄시의 대형 지도를 한 장 사서 도쿄역에서 마이바라

행 열차를 탔다. '놀러 가는 게 아니다. 일생의 중대한 기념비를 애써 만들러 가는 거다.' 그렇게 거듭거듭 내게 가르쳤다. 아타미에서 이토행 열차를 갈아타고, 이토에서 시모다행 버스를 탄 다음, 이즈반도의 동쪽 해안을 따라 세 시간 동안 버스를 타고 남쪽으로 내려가, 가구 수가 서른 남짓한 볼품없는 산촌에 내렸다. 여기라면 1박에 3엔이 넘을 일은 없으리라고 생각했다. 음울하기 짝이 없는 허름하고 작은 여인숙 네 채가 늘어서 있다. 나는 F라는 여인숙을 골랐다. 네 집 가운데 그나마 나아 보였기 때문이다. 심술 맞고 꾀죄죄해 보이는 여종업원의 안내를 받아 2층 올라가서 방으로 들어갔는데, 나잇살이나 먹은 주제에 눈물이 나올 것 같다. 3년 전에 내가 세 들어 살던 오기쿠보의 하숙집 방이 떠올랐기 때문이다. 그 하숙집은 오기쿠보에서도 가장 허름한 하숙집이었다. 하지만 이불 방 옆에 있던 이 세 평짜리 방은 그 하숙집보다 훨씬 더 초라했다.

"다른 방은 없나요?"

"네, 다 나갔어요. 이 방 시원해요."

"그래요."

나는 무시당한 것 같았다. 차림새 탓인지도 모른다.

"숙박은 3엔 50전과 4엔이 있어요. 중식비는 별도고요. 어떻게 하실래요?"

"3엔 50전으로 하죠. 중식은 먹고 싶을 때 말할게요. 열흘 정도 여기서 공부를 좀 했으면 해서요."

"잠시만 기다려주세요."

종업원은 아래층으로 내려갔다가 잠시 후에 다시 방으로 찾아와 말했다

"저, 오래 머무르시려면 선불로 주셔야 할 것 같아요."

"그래요, 얼마 드리면 되죠?"

"뭐, 알아서 주세요."

종업원은 우물쭈물 대답했다.

"50엔 드릴까요?"

"흐음."

나는 책상 위에 지폐를 늘어놓았다. 뭔가 견딜 수가 없었다.

"다 드리죠. 90엔입니다. 담뱃값 정도만 지갑에 남겨 놓고요."

왜 이런 곳에 왔을까 싶었다.

"죄송합니다. 그럼 맡아둘게요."

종업원은 떠났다. 화를 내서는 안 된다. 중요한 일이 있다. 지금 내 처지로는 이 정도 대우가 딱일지도 모른다. 애써 그렇게 생각하며 짐가방 밑에서 펜과 잉크, 원고지 등을 꺼냈다.

10년 만의 여유가 고작 이런 결과를 낳다니. 하지만 이런 서러움도 내 숙명 속에 이미 정해져 있던 것이리라. 그럴싸한 말로 스스로 타이르며 일을 시작했다.

놀러 온 게 아니다. 열심히 일하러 온 것이다. 나는 그날 밤, 어두운 전등 아래서 도쿄시의 대형 지도를 책상 가득 펼쳤다.

이런 도쿄전도를 몇 년 만에 펼쳐보는가. 10년 전, 처음 도쿄에 살 무렵에는 이런 지도를 구하러 다니는 것조차 민망했다. 남들이 촌놈이라고 비웃을까 봐 망설이고 망설인 끝에 마침내 지도를 사기로 결심한 뒤, 일부러 사납고 자조적인 말투로 한 부를 사서 그걸 품속에 넣어 그 하숙집으로 돌아왔다. 밤에 방문을 걸어 잠그고 몰래 그 지도를 펼쳤다. 빨강, 초록, 노랑의 아름다운 선과 모양들. 나는 호흡을 멈추고 바라보았다. 스미다강, 아사쿠사, 우시고메, 아카사카. 아아, 다 있다. 이제 가고 싶으면 언제든 바로 갈 수 있다. 기적을 보는 것 같은 느낌마저 들었다.

지금은 누에가 먹다 남긴 뽕잎 같은, 이 도쿄시의 전체 모습을 바라봐도 그곳에 사는 사람들 저마다의 생활 모습만이 떠오를 뿐이다. 이런 정취 없는 벌판에, 일본 각지에서 사람들이 줄줄이 몰려들어서는 땀투성이가 되어 서로 밀치락달치락 하며 한 뼘의 땅을 차지하기 위해 다투고, 일희일비하고, 서로 질시하고, 반목하고, 암컷은 수컷을 부르고, 수컷은 그저 반미치광이 상태로 여기저기 서성거린다. 뜬금없이 당돌하게 『우모레키』라는 소설 속의 슬픈 한 구절이 떠올랐다. '사랑이란, 아름다운 것을 꿈꾸며 더러운 짓을 하는 것이다.' 도쿄와는 아무런 직접적인 연관이 없는 말이다.

도쓰카. 나는 처음에 이곳에 있었다. 내 바로 위의 형이 여기서 혼자 집 한 채를 빌려 조각 공부를 하고 있었기 때문이다. 나는 1930년에 히로사키고등학교를 졸업하고 도쿄제국대학 프랑스 문학과에 입학했다. 불어를 한 글자도 해석할 수 없었지만, 그래도 프랑스문학 강의를 듣고 싶었다. 다쓰노 유타카 선생을 막연히 경외하고 있었다. 난 형 집에서 조금 떨어진 새로 지은 하숙집의 안쪽 방 하나를 얻어 살았다. 두 사람 모두 입 밖에 내지는 않았지만, 아무리 한 형제라도 한 지붕 아래서 살다 보면 서로 거북한 일도 생기게 마련이라고, 무언의 긍정을 나누며, 같은 동네긴 하지만 약간 떨어져 살기로 했다. 그로부터 석 달 후, 형은 병으로 세상을 뜨고 말았다. 형 나이 스물일곱이었다. 형이 죽은 뒤에도 나는 그 도쓰카의 하숙집에서 살았다. 2학기부터는 학교에도 거의 나가지 않았다. 나는 사람들이 가장 두려워하는 음지 일도 태연히 거들었다. 그 일의 일환이라는 자칭 과장된 몸짓의 문학은 경멸을 품고 대했다. 나는 그 한 시기만큼은 순수한 정치인이었다. 그해 가을, 한 여자가 시골에서 나를 찾아왔다. 내가 부른 것이다. H였다. H는 내가 고등학교에 입학하던 해 초가을에 알게 되어 그로부터 3년간 사귀었다. 순진한 게이샤였다. 나는 이 여자를 위해 혼조구 히가시 고마가타에 방 하나를 얻어주었다. 목수 집 2층이었다. 육체 관계는 그때까지 한 번도 없었다. 고향에서 큰형이 이 일로 찾아왔다. 7년 전에 아버지를 여읜 형제는 도쓰카의 하숙집, 그 어두컴컴한 방에서 만났다. 형은 몰라보게 변해버린 동생의 흉측한 몰골에 눈물을 흘렸다. 반드시 부부로 맺어주겠다는 조건 아래 나는 형에게 여자를 맡겼다. 맡기는 뻔뻔한 동생보다 데려가는 형이 몇 배는 더 힘들었으리라. 보내기로 한 전날 밤, 나는 처음으로 여자를 안았다. 형은 여자를 데리고 일단 시골로 내려갔다. 여자는 계속 멍했다. 방금 무사히 집에 도착했다는 사무적인 딱딱한 어투의 편지가 한 통 왔을 뿐, 그 후로는 여자에게서 아무런 소식도 없었다. 여자는 매우 안심한 듯 보였다. 나로서는 그것이 불만이었다. 나는 모든 가족을 놀라게 했고, 어머니께는 지옥과도 같은 고통을 겪게 하면서까지 싸우고 있는데, 혼자 멍청한 자신감으로 늘어져 있는 게 아니꼬웠다. 날마다 내게 편지를 써야 하는 거 아닌가 싶었다. 나를 더욱더 좋아해줬으면 싶었다. 하지만 여자는 편지를 쓰기 싫어하는 사람이었다. 나는 절망했다. 아침 일찍부터 밤늦게까지 예의 그 음지일을 돕느라 분주했다. 다른 사람의 부탁을 거절한 적이 없었다. 나는 그 방면에서 조금씩 한계를 보이기 시작했다. 이중으로 절망했다. 긴자 뒷골목의 바에서 일하는 여자가 나를 좋아했다. 누구에게나 한 번쯤은 이성이 꼬이는 시기가 있다. 불결한 시기다. 나는 이 여자를 꼬드겨 함께 가마쿠라 바다로 뛰어들었다. 산산이 깨졌을 때가 죽을 때라고 생각했다. 예의 그 신에 반하는 일도 균열이 일기 시작했다. 육체적으로 도저히 불가능한 일을, 비겁하다는 소리를 듣고 싶지 않다는 이유만으로 떠맡아온 것이다. H는 오직 자기 행복만을 생각한다. 여자는 너만 있는 게 아니야. 네가 내 괴로움을 몰라주니까 이런 과보를 받는 거야. 꼴 좋다. 난 모든 가족과 멀어진 일이 가장 괴로웠어. H의 일로 어머니 도 형도 숙모님도 내게 질렸다는 깨달음이 내가 바다에 뛰 어든 가장 결정적인 원인이었다. 여자는 죽었고 나는 살았 다. 죽은 사람에 대해서는 예전에도 여러 번 썼었다. 내 생 애 치명적인 오점이다. 나는 유치장에 갔고 조사 끝에 기소 유예되었다. 1930년 끝 무렵의 일이다. 형들은 죽으려다 못 죽고 돌아온 동생을 상냥하게 대해주었다.

큰형은 H를 게이샤란 직업에서 자유롭게 해주고, 이듬해 2월에 내 곁으로 돌려보냈다. 약속은 무슨 일이 있어도 지 키는 형이었다. H는 태평한 얼굴로 찾아왔다. 고탄다에 있 는 분양지 근처에 30엔짜리 집을 빌려 살았다. H는 바지런 히 일했다. 나는 스물세 살, H는 스무 살이었다.

고탄다에서는 바보 같은 나날을 보냈다. 나는 완전히 무 기력했다. 새 출발의 희망은 눈곱만큼도 없었다. 이따금 찾 아오는 친구들의 비위만 맞추며 살았다. 자신의 추잡스러 운 전과를 부끄러워하기는커녕 은근히 자랑하기까지 했다. 참으로 파렴치하고 저능한 시기였다. 학교에도 거의 나가지 않았다. 모든 노력을 거부하고 멍청한 얼굴로 H만 바라보고 살았다. 정말 바보였다. 아무것도 하지 않았다. 슬금슬금, 또 예의 그 일을 거들기 시작했다. 그렇지만 이번에는 아무런 열정도 없었다. 유랑민의 허무, 그것이 도쿄 한구석에 처음으로 집을 가졌을 때의 내 모습이다.

그해 여름, 우리는 이사했다. 간다의 도보초로. 그리고 늦가을에는 간다의 이즈미초로. 이듬해 이른 봄에는 요도바시 가시와기로. 뭐 이러고 저러고 할 것도 없다. 슈린도라는 호를 쓰며 하이쿠에 열중하기도 했다. 그 일을 거들다가 두 차례나 유치장에 들어갔고, 유치장에서 나올 때마다 나는 친구들의 말에 따라 다른 곳으로 이사했다. 아무런 감동도 아무런 혐오도 없었다. 그게 모두를 위한 길이라면 그렇게 하겠다는 무기력한 태도만 보였다. 하루하루를 그저 멍청히 H와 둘이서 그 짓만 하며 보낼 뿐이었다. H는 쾌활했다. 하루에 두세 번은 바가지를 긁어댔지만, 그러다가도 태연하게 영어 공부를 했다. 내가 시간표를 짜주어 공부를 시켰지만 잘 외우지는 못했다. 로마자를 가까스로 읽을 정도가 되자 어느샌가 그만두고 말았다. 편지 쓰기는 역시 서툴렀다. 쓰고 싶어 하지 않았다. 내가 초안을 잡아줘야 했다. H는 누나인 체하는 걸 즐기는 눈치였다. 내가 경찰서에 끌려가도 그다지 당황하지 않았다. 예의 그 사상을 남자답고 용감한 일로 해석하며 좋아했던 날도 있었다. 도호, 이즈미, 가시와기. 나는 스물네 살이 되어 있었다.

그해 늦봄에 나는 또 이사를 해야만 했다. 또다시 경찰에 불려갈 일이 생겨서 도망쳤던 것이다. 이번 건은 조금 골치 아픈 문제였다. 시골의 큰형에게 아무렇게나 둘러대 두 달 치 생활비를 한꺼번에 받고는 그걸 들고 가시와기를 떠났다. 살림살이를 친구들에게 여기저기 조금씩 나누어 맡기고, 당장 필요한 물건만 챙겨 니혼바시 핫초보리 목재상의 2층 네 평짜리 방으로 옮겼다. 나는 홋카이도 태생의 오치아이 가즈오라는 남자가 되었다. 너무나 불안했다. 가지고 있던 돈을 아꼈다. 어떻게든 되겠지 하는 무능한 생각으로 자신의 불안을 속였다. 내일에 대한 각오는 아무것도 없었다. 아무것도 할 수 없었다. 이따금 학교에 나가서 강당 앞 잔디밭에 몇 시간이고 가만히 누워 있었다. 어느 날은 같은 고등학교를 나온 경제학부의 한 학생에게서 불쾌한 이야기를 들었다. 마치 끓는 물을 삼킨 듯한 기분이었다. 설마, 했다. 알려준 학생이 오히려 미웠다. H에게 물어보면 알 일이라고 생각했다. 서둘러 핫초보리 목재상의 2층 방으로 돌아왔으나 좀처럼 말을 꺼내기가 어려웠다. 초여름의 오후였다. 강한 석양빛이 방에 들어 더웠다. 나는 오라가 맥주 한 병을 H더러 사오라고 했다. 당시 오라가 맥주는 25전이었다. 한 병을 다 비우고 나서 한 병 더, 하고 말했다가 H에게 한 소리 들었다. 한 소리 듣고 나니 말할 의욕이 생겨서 오늘 학교에서 들은 이야기를 애써 아무렇지도 않은 듯 H에게 말할 수 있었다. H는 사투리로 어이없네, 하고 말하더니 화가 난 듯 눈살을 살짝 찌푸렸다. 단지 그뿐, 조용히 바느질을 계속 이어갔다. 이상한 낌새는 어디에도 보이지 않았다. 난 H를 믿었다.

그날 밤, 나는 좋지 않은 글을 읽었다. 루소의 『참회록』이었다. 루소가 결혼하기 전 쓴 이야기로, 씁쓸함이 가득한 문장과 마주치자 참을 수가 없었다. 나는 H를 믿을 수 없게 되었다. 그날 밤, 드디어 모든 걸 실토하게 했다. 학교에서 들은 말은 모두 사실이었다. 더 지독했다. 파도 파도 끝이 없을 것만 같았다. 나는 중간에 그만두고 말았다.

나도 그 방면에서는 남을 탓할 자격이 없다. 가마쿠라 사건은 또 어쩔 텐가. 하지만 그날 밤, 나는 속이 부글부글 끓어올랐다. 지금껏 내가 H를 이른바 손바닥에 든 구슬처럼 소중히 여기며 자랑스러워했다는 것을 깨달았다. 이 여자를 위해 살아온 것이다. 나는 그저 여자를 순결한 상태로 구해냈다고만 생각했다. H의 말을 곧이곧대로 믿었다. 내 친구들에게도 자랑삼아 말했다. H는 의지가 강해서 내게 올 때까지 지조를 지켜낼 수 있었다고. 도저히 뭐라 할 말이 없다. 멍청했다. 여자가 어떤 존재인지 몰랐다. H의 기만을 미워하고 싶은 마음은 조금도 들지 않았다. 고백하는 H가 오히려 귀엽다고 생각했다. 등을 쓰다듬어주고 싶었다. 단지 유감스러울 따름이다. 나는 싫증이 났다. 내 생활 자체를 몽둥이로 마구 으깨고 싶었다. 결국, 난 견딜 수 없게 된 것이다. 나는 자수하러 갔다.

검사의 취조가 일단락되고, 나는 죽지도 않고 또다시 도쿄 거리를 걸었다. 돌아갈 곳이라곤 H가 있는 방밖에 없다. 나는 H가 있는 곳으로 서둘러 갔다. 쓸쓸한 재회다. 함께 비굴하게 웃으면서 힘없이 악수했다. 핫초보리를 떠나 시바구 시로가네 산고초로 가서 큰 빈집의 별채 방 하나를 얻어 살았다. 고향에 있는 형들은 어이없어하면서도 슬그머니

돈을 보내왔다. H는 아무 일도 없었다는 듯 활발해졌다. 하지만 나는 조금씩 멍청함에서 깨어나고 있었다. 유서를 썼다. '추억'이라는 제목으로 원고지 백 장 분량의 글이다. 돌이켜보건대 이 「추억」이 나의 첫 작품인 셈이다. 어린 시절부터 내가 지녔던 악을 꾸밈없이 써두고 싶었다. 스물네 살이 되던 해 가을에 있었던 일이다. 잡초만이 무성한 넓은 뜰을 바라보면서, 나는 웃음을 완전히 상실한 얼굴로 별채 방안에 앉아 있었다. 나는 다시 죽을 작정이었다. 아주 제멋대로다. 나는 역시 인생을 드라마로 간주했다. 아니, 드라마를 인생으로 간주했다. 이젠 아무에게도 도움이 되지 않는다. 하나밖에 없는 H에게도 남의 손때가 묻어 있었다. 살아갈 의욕이 전혀, 티끌만큼도 없었다. 바보다. 완전히 망한 한 사람으로서 죽으려고 각오를 굳혔다. 이 시대가 내게 던져준 역할을 충실히 해내야겠다고 생각했다. 반드시 남에게 지고 살아야 한다는 슬프고도 비굴한 역할을.

그렇지만 인생은 드라마가 아니었다. 2막은 아무도 모른다. '망한' 역할로 등장해서 끝까지 퇴장하지 않는 사태도 있다. 작은 유서라도 되는 양, 이런 추레한 아이도 있었다고 내 유년 및 소년 시절을 글로 써 내려갔지만, 그 유서가 도리어 마음에 지독히도 걸려 내 허무한 마음에 희미한 등불을 밝혀주었다. 죽을 수 없었다. 그「추억」한 편만으로는 아무래도 성에 차지 않았다. 어차피 여기까지 써버렸다. 이왕 이렇게 된 거 전부 써서 남기고 싶다. 지금까지 있었던 모든 일을 전부 털어놓고 싶다. 이 일도, 저 일도, 써두고 싶은 이야기가 가득해졌다. 우선 가마쿠라 사건을 쓰고, 안 돼! 어딘가 부족한 데가 있어. 다시, 한 작품을 썼는데 역시 불만족스럽다. 한숨 돌리고 또 다른 한 편을 쓰기 시작했다. 마침표를 찍지 못하고 작은 콤마의 연속일 뿐이다. 영원히 유혹하는 저 악마에게 나는 서서히 먹히고 있다. 당랑거철이다.

나는 스물다섯이 되었다. 1933년, 나는 그해 3월에 대학을 졸업하지 않으면 안 되었다. 하지만 졸업은커녕 시험조차 치르지 않았다. 고향의 형들은 까맣게 몰랐다. 바보짓만 하고 다녔으니 그 사죄의 뜻으로라도 학교만은 졸업하겠지, 그 정도 성실함은 있는 녀석이라고 은근히 기대하는 눈치였다. 나는 보기 좋게 배신했다. 졸업할 마음이 없었다. 신뢰하는 이들을 속이는 일은 미쳐버릴 것 같은 지옥에 있는 것이나 다름없다. 그 후 2년 동안, 나는 그 지옥에서 살았다. 내년에는 꼭 졸업하겠습니다, 제발 1년만 더 봐주세요, 하고 큰형에게 울며불며 빌었지만 또 배신했다. 그해에도 그랬다. 그 이듬해에도 그랬다. 죽어가는 반성과 자조와 공포 속에서도, 죽지도 않고 나는 제멋대로 '유서'라고 칭한 일련의 작품에 빠져들었다. 이 작품이 완성되더라도 어차피 풋내기의 젠체하는 감상에 지날지도 모른다. 하지만 나는 그 감상에 목숨을 걸었다. 다 쓴 작품을 큰 종이봉투에 서너 개 넣어놨다. 작품 수도 점차 늘어났다. 나는 그 종이봉투에 '만년'이라고 썼다. 그 유서들의 제목인 셈이었다. 이제 이것으로 끝이라는 의미였다. 우리가 살던 집이 팔려, 우리는 그해 이른 봄에 그 집에서 나가야만 했다. 학교를 졸업하지 못했기에 고향에서 보내오는 돈도 상당히 줄어들었다. 더욱 절약해야만 했다. 스기나미구 아마누마 3번지. 아는 사람의 집 방 한 칸을 얻어 살았다. 그 사람은 신문사에 근무하는 훌륭한 시민이었다. 그로부터 2년 동안 한집에 살면서, 실로 많은 걱정을 끼쳐드렸다. 학교를 졸업할 마음이 조금도 없었다. 바보처럼 그저 작품집 완성에만 정신이 팔려 있었다. 혹여 무슨 말이라도 들을까 두려워서 나는 그 지인에게도, 또한 H에게조차 내년에는 졸업할 수 있다고 회피성 거짓말을 했다. 일주일에 한 번 정도는 반듯하게 교복을 차려입고 집을 나섰다. 학교 도서관에서 아무 책이나 마구잡이로 빌려 읽다가 졸기도 하고, 또 작품의 초고를 쓰다가 저녁이 되면 도서관을 나와 아마누마로 돌아왔다. H도 그 지인도 나를 전혀 의심하지 않았다. 겉으로는 아무렇지도 않았지만, 나는 은근히 초조해하고 있었다. 매 순간 입이 바짝바짝 타들어갔다. 고향에서 송금이 끊어지기 전에 완성하고 싶었다. 그렇지만 무척이나 힘들었다. 썼다 찢어버렸다. 흉측하게도 나는 그 악마에게 골수까지 빨아 먹히고 있었다.

한 해가 지났다. 나는 졸업하지 않았다. 형들은 격노했지만 난 또 눈물로 애원했다. 내년에는 기필코 졸업을 하겠노라 거짓말을 했다. 그것 말고는 송금을 바랄 구실이 없었다. 내 실상을 도저히 누구에게도 털어놓을 수 없었다. 공범자를 만들고 싶지 않았기 때문이다. 후레자식은 나 하나로 충분했다. 그러면 주위 사람들 입장도 분명해질 테고 내게 휘말릴 일도 없으리라고 믿었다. 유서를 완성하려면 1년은 더 걸린다 따위의 골 때리는 말을 어찌 꺼내겠는가. 무엇보다 나를 제멋대로인 시적 몽상가로 여길까 봐 싫었다. 형들도 내가 그런 비현실적인 소릴 꺼냈다면 송금을 해주고 싶어도 중단할 수밖에 없을 것이다. 사정을 뻔히 알면서도 돈을 송금한다면, 형들은 사람들에게서 두고두고 내 공범자로 손가락질당할 것이다. 그건 싫다. 나는 언제까지나 잔꾀로 형들을 속이지 않으면 안 된다. 핑계 없는 무덤 없다는 이론과 비슷했지만, 내 딴에는 그런 식으로 생각하고 있었다. 나는 역시나 일주일에 한 번은 교복을 입고 학교로 갔다. H도 그 신문사 지인도 내년 졸업을 기대하고 있었다. 나는 다급해졌다. 매일매일이 살얼음판 같았다. 나는 나쁜 놈이 아니다! 남을 속이는 것은 지옥이다. 이윽고 아마누마 1번지로 이사했다. 3번지는 통근이 불편하다며, 지인은 그해 봄에 1번지 시장 뒤편으로 거처를 옮겼다. 오기쿠보역 근처였다. 우리도 함께 가자고 해서 그 집 2층 방에 세 들었다. 나는 매일 밤, 잠을 이루지 못했다. 싸구려 술을 마셔댔다. 담이 끝도 없이 나왔다. 병일지도 모른다고 생각했지만, 그런 일에 신경 쓸 상황이 아니었다. 속히 저 종이봉투 속의 작품집을 마무리하고 싶었다. 혼자만의 생각일 수도 있겠지만, 나는 그것을 모두에게 사죄의 뜻으로 남기고 싶었다. 내가 할 수 있는 최선책이었다. 그해 늦가을, 나는 작품집을 가까스로 완성했다. 20여 편 중 14편만을 남기고 나머지는 잘못 쓴 원고와 함께 불태웠다. 궤짝 하나는 족히 채울 분량이었다. 마당에 가지고 나가 깨끗이 불태웠다.

"왜 태웠어?"

H는 그날 밤 불쑥 물었다.

"필요 없어졌으니까."

나는 미소 지으며 대답했다.

"왜 태웠어……."

H는 같은 말을 되풀이했다. 울고 있었다.

나는 주변 정리를 시작했다. 남에게 빌린 책은 돌려주고 편지와 노트도 고물상에 팔았다. '만년'이라고 써놓은 종이 봉투 속에는 따로 편지 두 통을 슬쩍 넣어두었다. 준비는 다 마쳤다. 나는 매일 밤, 싸구려 술을 마시러 나갔다. H와 얼굴을 마주하고 있기가 두려웠기 때문이다. 그 무렵, 학교 친구에게서 동인잡지를 내보지 않겠느냐는 제안을 받았다. 나는 대충 얼버무렸다. 제목을 '푸른 꽃'으로 짓는다면 하겠다고 했다. 농담으로 한 말인데 몇몇이 함께 하겠다며 나섰다. 그중 두 사람과 나는 급격히 친해졌다. 나는 이른바 청춘의 마지막 열정을 거기다 불태웠다. 죽기 전야의 미치광이 춤이었다. 함께 취해서는 저능한 학생들을 구타했다.

더럽혀진 여자들을 육친처럼 사랑했다. H의 옷장은 H도 모르는 사이에 텅 비어 있었다. 순수 문예지 〈푸른 꽃〉은 그해 12월에 발간되었다. 겨우 단 한 권 내고 동인들은 뿔뿔이 흩어졌다. 목적 없는 야릇한 열광에 질린 것이다. 이제 우리 셋만 남았다. '세 바보'라고 불렀다. 하지만 이 셋은 평생 친구였다. 나는 두 사람에게 배운 것이 많았다.

　이듬해 3월, 슬슬 또 졸업의 계절이 다가왔다. 나는 모 신문사의 입사 시험을 보기로 했다. 같이 사는 지인에게도 또 H에게도 다가오는 졸업에 마음이 들뜬 것처럼 보이고 싶었다. 신문기자가 되어 평생을 평범하게 살겠노라 선언해 집안을 환하게 웃겼다. 어차피 탄로 날 일이지만 하루라도 한시라도 평화를 지속하고 싶었다. 다른 사람을 경악하게 만드는 것이 너무나 두려워서 나는 열심히 일회성 거짓말을 둘러댔다. 나는 언제나 그런 식이었다. 그러다 궁지에 몰리면 죽음을 생각했다. 결국에는 다 탄로 나 사람들을 몇 곱절은 더 강하게 경악시키고 노여워하게 했으면서도, 차마 그런 현실을 입 밖에 꺼내지 못하고, 또 스스로 조금씩 조금씩 허위의 지옥 속으로 파고들었다. 물론 신문사에 들어갈 생각도 없었고 시험에 통과할 리도 없었다. 완벽한 기만의 세계도 이제는 무너져내리기 시작했다. 죽을 때가 됐다고 생각했다. 나는 3월 중순에 혼자서 가마쿠라에 갔다. 1935년이었다. 나는 가마쿠라 산에서 목매달아 죽으려고 했다.

가마쿠라 바다에 뛰어들어 소동을 부린 지 5년 만의 일이다. 나는 수영을 할 수 있기 때문에 바다에서 죽는 건 어려웠다. 어디선가 확실하다고 들었었던 목매달기를 택했다. 하지만 나는 또다시 어처구니없게 실패했다. 되살아난 것이다. 내 목은 남달리 굵은지도 모른다. 목덜미가 벌겋게 짓무른 채, 나는 멍하니 아마누마의 집으로 돌아왔다.

자신의 운명을 스스로 규정하려다 실패했다. 휘청거리며 집에 돌아와 보니 낯설고 묘한 풍경이 펼쳐져 있었다. H는 현관에서 내 등을 살며시 어루만졌다. 다른 사람들도 모두, 다행이다, 다행이야, 하면서 나를 위로해주었다. 이런 인생의 다정함에 나는 어안이 벙벙했다. 큰형도 시골에서 달려왔다. 큰형에게 호되게 꾸지람을 들었지만 그런 형이 어쩐지 그립고 고마워 견딜 수가 없었다. 나는 태어나 처음이라고 해도 좋을 묘한 감정들만 맛보았다.

곧이어 생각지도 못한 운명이 전개되었다. 그로부터 수일 후, 맹렬한 복통이 나를 덮쳤다. 하룻밤 내내 잠도 못 자고 참아냈다. 탕파로 배를 따뜻하게 해줬지만, 정신이 점점 아득해져서 결국 의사를 불렀다. 나는 이불에 싸인 채 구급차에 실려 아사가야에 있는 외과병원으로 이송됐다. 곧바로 수술에 들어갔다. 맹장염이었다. 의사를 너무 늦게 부른데다 탕파로 배를 따뜻하게 한 게 화근이었다. 복막으로 농이 흘러들어 어려운 수술이 되었다. 수술 후 이틀째 되는 날에는 목에서 핏덩이를 쏟았다. 전부터 있었던 가슴의 병이 갑자기 표면으로 나타난 것이다. 숨도 미약했다. 의사도 포기했지만, 악업이 깊은 나는 조금씩 회복되어갔다. 한 달이 지나자 복부의 상처 부위가 유착됐다. 하지만 나는 전염병 환자로 분류되어 세타가야구의 교도 내과병원으로 옮겨졌다. H는 줄곧 내 곁을 지켰다. 의사가 키스도 하면 안 된댔다고 내게 웃으며 일러줬다. 병원 원장이 큰형의 친구여서 나는 특별 대우를 받았다. 넓은 병실 두 개를 빌려서 살림살이를 몽땅 들여와 병원에서 지냈다. 5월, 6월, 7월, 슬슬 모기가 나타나 병실에 하얀 모기장이 쳐질 무렵, 나는 원장의 지시로 지바현의 후나바시초로 옮겨갔다. 바닷가였다. 변두리에 새로 지은 집을 얻어 살았다. 전지보양(轉地保養) 차원에서 옮겨왔지만 이곳도 내게는 좋지 않았다. 지옥의 대

전쟁이 시작되었다. 나는 아사가야의 내과병원에 있을 때부터 불길하고 나쁜 것에 익숙해져 갔다. 마취제 사용이었다. 처음에는 의사가 내 환부의 고통을 가라앉히기 위해 아침저녁으로 거즈를 교체할 때 사용했었는데, 나중에는 그 약이 없으면 잠을 이룰 수가 없게 되었다. 나는 불면의 고통에는 극도로 취약했다. 매일 밤 의사에게 부탁했다. 의사는 이미 내 몸을 포기했기 때문에, 언제나 내 부탁을 쉽게 들어주었다. 내과병원으로 옮겨가서도 나는 원장하게 집요하게 부탁했다. 원장은 세 번에 한 번꼴은 마지못해 응했다. 더 이상 육체를 위해서가 아니라 수치심과 초조함을 지우기 위해 요구했다. 나는 외로움을 견딜 힘이 없었다. 후나바시로 옮기고 나서는 동네 의원에 가서 불면증과 중독 증세를 호소하며 그 약품을 주라고 강요했다. 나중에는 마음 약한 동네 의사에게 억지로 처방전을 쓰게 하여 동네 약국에서 직접 약품을 구매했다. 정신을 차려보니 나는 끔찍한 중독자가 되어 있었다. 금세 돈이 궁해졌다. 나는 그 무렵 다달이 90엔의 생활비를 큰형으로부터 받고 있었다. 그 이상은 큰형도 역시 거부했다. 당연한 일이었다. 나는 형의 사랑에 보답하려는 그 어떤 노력도 하지 않았다. 멋대로 목숨을 만지작거릴 뿐이다. 그해 가을 이후, 가끔 도쿄 시내에 나가 곤 했는데 꼴은 이미 추악한 반미치광이나 다름없었다. 그 무렵, 여러모로 한심했던 내 모습을 나는 낱낱이 알고 있다. 잊을 수 없다. 나는 일본 제일의 비열한 청년이 되어 있었 다. 10엔, 20엔의 돈을 빌리러 도쿄로 나왔다. 잡지사 편집 부 직원 앞에서 울음을 터뜨린 적도 있다. 너무 집요하게 부 탁하는 통에 편집자들에게 혼이 난 적도 있다. 그 무렵에는 내 원고도 조금은 돈이 될 가능성이 보였다. 내가 아사가야 의 병원과 교도 병원에 누워 있는 동안, 친구들의 수고로 종 이봉투 속의 '유서'가 괜찮은 잡지 두세 군데에 발표된 것 이다. 하지만 그 반향으로 터져 나온 매도와 지지의 말도 모 두 내게는 지나칠 정도로 강렬해서 당혹감과 불안감 때문 에 이성을 잃고 약물중독은 더욱 심각해졌다. 이래저래 고 달팠던 나는 또 뻔뻔하게 잡지사에 나가 편집자, 심지어 사 장에게까지 면회를 요청하여 원고료 지급을 선불로 달라고 졸랐다. 자신의 고뇌에만 정신이 팔려 다른 사람들 또한 힘 겹게 살아가고 있다는 당연한 사실을 미처 깨닫지 못했다. 그 종이봉투 속의 작품도 단 한 편 남기지 않고 모조리 다 팔아치웠다. 이제는 더 이상 팔 것도 없었다. 당장 작품을 써낼 수도 없다. 이미 소재가 고갈되어 아무것도 쓸 수 없게 되었다. 그 무렵 문단에서는 나를 가리켜 '재주는 있지만 덕이 없다'라고 평가했지만, 나 자신은 '덕의 싹은 있지만 재주가 없다'라고 믿었다. 내겐 소위 말하는 '글재주'란 것이 없다. 몸으로 직접 부딪치는 일 말고는 다른 방법을 몰랐다. 그야말로 촌놈이었다. 하룻밤 숙식을 신세 진 일로 어쩔 줄 몰라 하다가, 도리어 자포자기하는 심정으로 파렴치하게 구는 부류이다. 나는 엄격하고 보수적인 집안에서 자랐다. 빚은 최악의 죄였다. 빚에서 벗어나려다가 더 큰 빚을 지고 말았다. 그 약물중독도 빚을 진 부끄러움을 지우기 위해, 조금만 더, 조금만, 하다 보니 어느새 돌이킬 수 없는 지경이 돼버렸다. 약국에 진 빚은 날로 늘어났다. 대낮에 긴자 거리를 훌쩍훌쩍 울면서 걸어간 적도 있다. 돈이 필요했다. 나는 스무 명 가까이 되는 사람한테서 거의 빼앗다시피 돈을 빌렸다. 죽을 수 없었다. 그 빚을 깨끗이 다 갚은 뒤에 죽고 싶었다.

이제 아무도 나를 상대해주지 않는다. 후나바시로 이사한 지 1년이 지난 1936년 가을에 나는 자동차에 실려 도쿄 이다바시구에 있는 어느 병원으로 옮겨졌다. 어느 날 밤, 잠에서 깨보니 정신병원의 병실이었다.

한 달 동안 그곳에서 지내다가 어느 화창한 가을날 오후에 퇴원을 허가받았다. 마중 나온 H와 둘이서 자동차를 탔다.

한 달 만에 만났지만 둘 다 잠자코 있었다. 자동차가 달리기 시작하고, 잠시 후 H가 입을 열었다.

"약은 이제 끊어야 해."

화난 말투였다.

"난 이제 아무도 안 믿을 거야."

나는 병원에서 수없이 되뇌었던 유일한 말을 꺼냈다.

"그래."

현실적인 H는 내 말을 뭔가 금전적인 의미로 해석했는지 고개를 크게 끄덕이며 말했다.

"사람은 믿을 게 못 돼."

"너도 안 믿어."

H는 어색한 표정을 지었다.

후나바시의 집은 내가 입원해 있는 동안 철거되었고, H는 스기나미구 야마누마 3번지에 있는 방 한 칸짜리 아파트를 빌려 살고 있었다. 나는 그곳에 머물렀다. 두 잡지사로부터 원고 청탁이 들어왔다. 퇴원한 날 밤부터 곧바로 나는 쓰기 시작했다. 두 편의 소설을 다 쓴 뒤 그 원고료를 들고 아타미에 가서 한 달 동안 무절제하게 술을 퍼마셨다. 큰형에게서 앞으로 3년 동안 다달이 생활비를 받기로 되어 있었지만, 입원 전의 산더미 같은 빚은 그대로 남아 있었다. 아타미에서 좋은 소설을 써서 그걸로 번 돈을 가지고 당장 급한 빚만이라도 갚을 계획이었지만, 나는 소설을 쓰기는커녕 주위의 황량함을 견디지 못해 술만 퍼마셨다. 자신을 정말 형편없는 놈이라고 생각했다. 오히려 아타미에서 나는 더 많은 돈을 빌리고 말았다. 무엇을 해도 소용없다. 나는 완전히 패배자였다.

아마누마의 아파트로 돌아와 모든 희망을 놓아버린 더러운 육체를 내던졌다. 나는 어느덧 스물아홉 살이었다. 아무것도 없다. 내게 남은 거라곤 도테라 한 벌뿐. H도 입고 있는 옷이 전부였다. 밑바닥까지 왔다고 생각했다. 큰형이 매달 보내주는 생활비에 매달려 벌레처럼 잠자코 지냈다.

하지만 그건 아직 밑바닥이 아니었다. 그해 이른 봄에 어느 서양화가가 내게 의논을 청해왔다. 절친한 벗이었다. 나는 그 이야기를 듣고 질식할 뻔했다. H가 이미 슬픈 실수를 저지르고 만 것이다. 불길한 병원에서 나오던 날, 자동차 안에서 아무렇게나 지껄인 내 추상적인 말에 무척 당황하던 H의 모습이 문득 떠올랐다. 나 때문에 H가 고생이 많지만, 그래도 살아 있는 한은 H와 함께 살아갈 생각이었다. 내 애정 표현이 서툴러서 H도 서양화가도 그걸 눈치채지 못한 모양이었다. 그 이야기를 들어도 나는 어떻게 할 수가 없었다. 누구에게도 상처 주고 싶지 않았다. 우리 셋 중에서는 내가 제일 연장자였다. 나만이라도 침착하게 문제를 해결하고 싶었지만, 엄청난 일에 역시 나는 힘없이 푹 고꾸라져 도리어 H와 서양화가에게 경멸을 불러일으킬 정도였다. 아무것도 할 수 없었다. 그러는 동안 서양화가는 점점 도망치려 했다. 나는 고통스러운 와중에도 H를 측은하게 생각했다. H는 이제 죽을 각오를 하는 것 같았다. 도저히 견딜 수 없게 되면 나도 죽을 작정이었다. 둘이서 같이 죽는 거다. 신도 용서할 것이다. 우리는 의좋은 오누이처럼 길을 떠났다. 미나카미 온천. 그날 밤 두 사람은 산에서 자살을 꾀했다. 하지만 H를 죽게 해선 안 된다고 생각했다. 나는 그 일에 힘썼다. H는, 살았다. 나도, 보기 좋게 실패했다. 약품을 사용한 것이다.

우리는 마침내 헤어졌다. 더는 H를 붙잡을 용기가 없었다. 버렸다고 해도 좋다. 인도주의가 가져올 허무 때문에 펼쳐질 추악한 지옥이 또렷이 보이는 것 같았다. H는 홀로 시골에 있는 어머니 곁으로 돌아갔다. 서양화가의 소식은 알수 없었다. 나는 혼자 아파트에 남아 자취생활을 시작했다. 소주를 배웠는데 이가 흔들리며 빠지기 시작했다. 점점 흉해졌다. 나는 아파트 근처의 하숙집으로 이사 갔다. 그 일대가장 후진 하숙집이었다. 나는 그 집이 내게 어울린다고 생각했다. 여기가 이승의 마지막인가. 문가에 서니 달그림자와 마른 들판이 달리고, 소나무가 우두커니 서 있구나. 나는두 평 남짓한 하숙집에서 혼자 술을 마시다가 취하면, 하숙집 문기둥에 기대 그런 엉터리 노래를 나지막이 중얼거리곤 했다. 친한 친구 두셋 빼고는 아무도 나를 상대하지 않았다. 내가 사람들에게 어떻게 보이는지 조금씩 알게 되었다. 나는 무지하고 교만하고 무뢰한, 혹은 백치, 혹은 천박하고 교활한 호색한, 가짜 천재인 사기꾼, 사치에 빠져 살다가 돈이 떨어지면 자살극을 벌여 시골 가족들을 협박한다. 정숙한 아내를 개나 고양이처럼 학대하다가 끝내 내쫓았다. 그밖에도 수많은 전설이 조소, 혐오, 분노가 되어 세상에 오르내렸고 나는 완전히 매장되어 폐인 취급을 받았다. 나에 대한 시선을 깨닫고 나서는 하숙집에서 한 발짝도 나가고 싶지 않았다. 술이 없는 밤에는 소금 친 센베이를 씹어 먹으며 탐정 소설 읽는 게 은근히 즐거웠다. 잡지사에서도 신문사에서도 원고 청탁은 들어오지 않았다. 또다시 아무것도 쓰고 싶지 않았다. 쓸 수 없었다. 병중에 진 빚에 대해서는 아무도 독촉하지 않았지만, 나는 한밤에 꿈속에서조차 괴로워했다. 나는 어느덧 서른 살이 되었다.

어떤 계기로 그렇게 됐을까? 나는 살아야겠다고 생각했다. 고향집의 불행이 내게 그런 당연한 힘을 준 것인가? 큰형이 대의원에 당선되자마자 바로 선거법 위반으로 기소되었다. 나는 큰형의 엄격한 인품을 존경했다. 주위에 나쁜 사람이 있었던 게 분명하다. 누나가 죽었다. 조카가 죽었다. 사촌이 죽었다. 나는 그런 소식들을 풍문으로만 들었다. 일찍이 고향 사람들과는 소식이 다 끊겼기 때문이다. 잇따른 고향의 불행이 나자빠져 있던 내 몸을 조금씩 일으켜 주었다. 나는 고향집을 부끄러워했다. 부잣집 아들이라는 핸디캡에 자포자기한 것이다. 부당하게 혜택받고 있다는 불쾌한 공포감이 어려서부터 나를 비굴하게 만들고 염세적으로 만들었다. 부잣집 자식은 부잣집 자식답게 대지옥에 떨어져야 한다는 믿음을 갖고 있었다. 도망치는 건 비겁하다. 악업을 짊어지고 의연히 죽으려 했다. 하지만 어느 날 밤, 문득 정신을 차려 보니, 부잣집 자식은커녕 입고 나올 옷조차 없는 천민이 되어 있었다. 고향에서 받는 돈도 1년만 있으면 다 끊어질 것이다. 이미 호적에선 제적당했다. 더구나 내가 태어나고 자란 고향집도 지금은 불행에 빠져 있다. 이제 내게는 남에게 송구스러워해야 할 삶의 특권이 아무것도 없다. 도리어 마이너스만 있을 뿐이다. 그런 자각과 또 한 가지. 하숙집 방구석에서 죽을 기백도 없이 나자빠져 있는 동안 내 몸이 이상하리만치 튼튼해졌다는 사실도 중요한 요인으로 꼽을 수 있다. 또한, 나이, 전쟁, 역사관의 동요, 게으름에 대한 혐오, 문학에 대한 겸허, 신이 있다는 생각 등등 여러 가지를 들 수 있겠지만, 인간의 전환점에 대한 설명으로는 어쩐지 부족하다. 그 설명이 아무리 정확하다 해도 꼭 어딘가에는 거짓된 빈틈이 있게 마련이다. 사람이 늘 생각대로 인생의 행로를 선택하진 않기 때문이리라. 많은 사람이 자신도 모르게 전혀 다른 길을 걷고 있다.

　나는 그 서른 살의 초여름, 처음으로 진지하게 문필 생활을 시작했다. 생각해보면 너무 늦은 시작이다. 나는 이렇다

할 물건이 아무것도 없는 조그만 하숙방에서 열심히 글을 썼다. 하숙집 밥통에 저녁밥이 남아 있으면, 그걸로 몰래 주먹밥을 만들어 심야 작업의 공복에 대비했다. 이번에는 유서로서가 아니라 살기 위해 썼다. 한 선배가 나를 격려해주었다. 비록 세상 사람들이 나를 증오하고 비웃을지라도 그 선배 작가만은 늘 변함없이 나라는 인간을 은근히 지지해주었다. 나는 그 귀한 신뢰에도 보답해야만 했다. 이윽고 「우바스테」라는 작품이 나왔다. H와 미나카미 온천에 죽으러 갔던 일을 솔직하게 썼다. 이 작품은 금방 팔렸다. 잊지 않고 내 작품을 기다려준 편집자가 한 명 있었던 것이다. 나는 그 원고료를 허투루 쓰지 않고 우선 전당포에서 나들이옷을 하나 마련해 입고 길을 나섰다. 목적지는 고슈의 산이었다. 다시 마음을 새롭게 다잡아 장편소설을 쓸 생각이었다. 고슈에는 꼬박 1년 있었다. 장편소설은 완성하지 못했지만, 단편은 열 편 이상 발표했다. 사방에서 응원의 소리가 들려왔다. 문단을 고마운 곳이라고 생각했다. 평생 그곳에서 살 수 있는 사람은 행복한 사람이라고 생각했다. 이듬해, 1939년 정월에 나는 그 선배의 도움으로 평범한 중매결혼을 했다. 아니, 평범하지 않았다. 나는 돈 한 푼 없이 혼례식을 올렸다.

고후시 변두리에 방 두 개짜리 작은 집을 빌려 살았다. 집세는 한 달에 6엔 50전이었다. 나는 창작집을 연달아 두 권 출판했다. 겨우 여유가 생겼다. 나는 마음에 걸렸던 빚을 조금씩 갚아 나갔는데, 결코 만만한 일이 아니었다. 그해 초가을에 도쿄의 미타카초로 이사했다. 그곳 이제 예전의 도쿄가 아니었다. 나의 도쿄 생활은 오기쿠보의 하숙집에서 가방 하나 들고 고슈로 떠났을 때, 이미 청산되었다.

나는 이제 원고 생활자다. 여행을 떠나도 숙박부에 당당히 '문필업'이라고 썼다. 괴로움은 있어도 좀처럼 입 밖으로 꺼내지는 않는다. 전보다 더한 괴로움이 있어도 미소를 가장할 뿐이다. 멍청한 무리들은 내가 세속화되었다고 말한다. 무사시노의 석양은 무척 넓다. 한껏 타오르다가 사라진다. 나는 석양이 보이는 좁은 다다미방에서 책상다리를 하고 앉아 쓸쓸히 식사하면서 아내에게 말했다.

"난 고작 이것밖에 안 되는 사내라 출세도 못 하고 돈도 못 벌어. 하지만 이 집 하나만은 어떻게든 지켜나갈 거야."

그때 문득 도쿄팔경이 떠올랐다. 지난날이 주마등처럼 마음속을 스쳐 갔다.

이곳은 도쿄 시외이긴 하지만 바로 근방에 있는 이노가

시라 공원도 도쿄 명소 중 하나로 꼽히고 있으니, 이 무사시노의 석양을 도쿄팔경 속에 포함해도 무방하다. 나머지 칠경을 정하려고 나는 내 마음속 앨범을 뒤적여 보았다. 하지만 이렇게 되면 예술이 되는 건 도쿄의 풍경이 아니었다. 바로 풍경 속 나였다. 예술이 나를 속인 건가? 내가 예술을 속인 건가? 결론. 예술은, 나다.

도쓰카의 장마. 혼고의 황혼. 간다의 제례. 가시와기의 첫눈. 핫초보리의 불꽃놀이. 시바의 보름달. 아마누마의 여치. 긴자의 번개. 이다바시 정신병원의 코스모스. 오기쿠보의 아침 이슬. 무사시노의 석양. 어두운 추억의 꽃잎이 정신없이 휘날려 정리가 매우 어려웠다. 또 억지로 팔경을 꾸며내는 것도 천박한 일이라고 생각했다. 그러는 동안 올봄과 여름에 또 이경(二景)을 찾아냈다.

올해 4월 4일, 나는 고이시카와에 사는 대선배 S 씨를 찾아갔다. 내가 5년 전에 아팠을 당시, 걱정을 많이 끼쳐드렸다. 그러다 결국, 호되게 날 야단치며 관계를 끊어지다시피 했는데, 올해 정월에 인사드리러 가서 사과의 말씀을 드렸다. 그러고 나서 또 서로 연락을 안 했는데 그날은 친구의 저서 출판기념회 발기인이 되어주십사 부탁하러 간 것이다.

마침 댁에 계셨고 내 부탁을 들어주기로 했다. 그러고서 그림 이야기와 아쿠타가와 류노스케의 문학 이야기를 나눴다.

"내가 그때 자네한테 좀 심했나 싶었는데, 지금 와서 보니 오히려 그 일이 좋은 결과를 낳은 것 같아 기쁘네."

여느 때처럼 묵직한 어조로 말했다. 우리는 자동차를 타고 함께 우에노에 갔다. 미술관에서 서양화 전시회를 보았는데 시시한 그림들이 많았다. 나는 한 그림 앞에 멈춰 섰다. 이윽고 S 씨도 다가와 그림에 얼굴을 가까이 가까이 대며 무심히 말했다.

"안이하군."

"안 되겠네요."

나도 단호히 말했다.

H와 일을 저지른 그 서양화가였다.

미술관에서 나와 가야바초에서 〈아름다운 전쟁〉이라는 영화 시사회를 보고, 그러고서 긴자로 나가 차를 마시며 하루를 보냈다. 저녁이 되자 S 씨가 신바시역에서 버스로 돌아간다기에 나도 신바시역까지 함께 걸었다. 걸으면서 나는 도쿄팔경에 대한 계획을 S 씨에게 들려주었다.

"역시 무사시노의 석양은 엄청나더라고요."

S 씨는 신바시역 앞 다리 위에 멈춰 서서 "그림이군." 하고 낮은 소리로 말하며 긴자의 다리 쪽을 가리켰다.

"하아."

나도 멈춰 서서 바라보았다.

"그림이야."

S 씨는 거듭 혼잣말처럼 말했다.

지금 바라보는 풍경보다도 풍경을 바라보고 있는 S 씨와 연을 끊다시피 했던 나쁜 제자의 모습을 도쿄팔경의 하나로 편입해야겠다고 생각했다.

그로부터 두 달쯤 지나서 나는 다시 아름다운 일경(一景)을 얻었다. 어느 날 처제로부터 속달이 왔다.

'드디어 T가 내일 출발하기로 했어요. 시바 공원에서 잠깐 면회가 가능하대요. 내일 아침 9시에 시바 공원으로 나오세요. 형부가 T에게 제 마음을 잘 좀 전해주세요. 전 바보같아서 T한테는 아무 말도 못 하겠어요.'

처제는 스물두 살이지만 몸집이 작아서 어린애처럼 보인다. 작년에 T 군과 맞선을 보고 약혼을 했는데, 약혼 직후 T 군이 소집되어 도쿄의 어느 부대에 입대했다. 나도 한번은 군복 입은 T 군과 만나 30분 정도 이야기를 나눈 적이 있다.

시원시원하고 품위가 있는 청년이었다. 내일 드디어 전지로 출발하게 된 모양이다. 그 속달이 온 지 채 두 시간도 되지 않아 처제한테서 또 속달이 왔다.

'곰곰이 생각해보니, 조금 전의 부탁은 너무 가벼워 보인다는 걸 깨달았어요. T에게는 아무 말도 말아주세요. 그저 배웅만 해주세요.'

나와 아내는 웃음을 터뜨렸다. 혼자서 허둥지둥하고 있을 모습이 눈에 선했기 때문이다. 처제는 이삼일 전부터 T군의 부모님 댁에서 일을 거들고 있었다.

이튿날 아침, 우리는 일찍 일어나 시바 공원으로 갔다. 조조지 경내에는 수많은 배웅객들이 모여 있었다. 카키색 단복을 입고 군중을 헤치며 분주히 돌아다니는 노인을 붙잡고 물었더니 T군의 부대는 사찰 정문 앞에 잠시 멈춰 5분간 쉬었다가 곧 다시 출발할 것이라는 대답이 돌아왔다. 우리는 경내에서 나와 정문 앞에 서서 T군의 부대가 도착하길 기다렸다. 처제도 작은 깃발을 들고 T군의 부모님과 함께 왔다. 나는 T군 부모님과는 초면이었다. 아직 확실히 사돈지간이 된 것도 아닌 데다 낯을 가리는 성격이라 인사도 제대로 하지 못했다. 가볍게 눈인사만 하고 처제에게 말을

도
쿄
팔
경

243

걸었다.

"어때? 괜찮아?"

"아무렇지도 않아요."

처제는 쾌활하게 웃어 보였다.

"왜 그러니?"

아내는 얼굴을 찌푸렸다.

"그렇게 실실 웃기나 하고."

T 군을 배웅하러 온 사람은 무척 많았다. T 군의 이름이 적힌 커다란 깃발이 여섯 개나 사찰 앞에 늘어서 있었다. T 군 집의 공장에서 일하는 직원들도 공장을 쉬고 배웅을 나왔다. 나는 모두에게서 떨어져 사찰 정문의 끝 쪽에 서 있었다. 삐딱한 마음이 들었다. T 군의 집은 부자다. 나는 이도 빠지고 차림새도 추레하다. 옷도 제대로 갖춰 입지 않은데다 모자조차도 쓰고 있지 않다. 가난한 글쟁이다. T 군의 양친은 아들 약혼녀의 추잡한 가족이 왔다고 생각할 것이다. 처제가 내게 이야기를 하러 다가와도 "오늘은 처제 역할이 중요하니 아버님 곁에 붙어 있어."라며 쫓아 보냈다. T 군의 부대는 좀처럼 오지 않았다. 10시, 11시, 12시가 되어도 오지 않았다. 수학여행 가는 여학생들을 태운 단체 관광

버스가 몇 대씩 눈앞을 지나갔다. 버스 문에는 여학교 이름이 적힌 종이가 붙어 있었다. 고향에 있는 여학교 이름도 보였다. 큰형의 맏딸도 그 여학교에 들어갔을 것이다. 타고 있는지도 모른다. 도쿄 명소인 조조지 사찰 앞에 멍청한 작은아버지가 엉거주춤 서 있는 데도 작은아버지인 줄도 모르고 무심하게 바라보며 지나쳤을지도 모른다. 스무 대가량이 잠시 끊겼다가 다시 사찰 앞을 줄지어 갔는데, 그때마다 버스의 여차장이 마치 나를 가리키듯 손가락질하면서 뭔가를 설명하기 시작했다. 처음에는 아무렇지 않은 척했지만, 나중엔 나도 포즈 같은 걸 취해 보였다. 발자크상처럼 느긋하게 팔짱을 꼈다. 그러자 나 자신이 하나의 도쿄 명소가 된 것 같았다. 1시쯤 되자, "왔다! 왔어!" 하는 외침이 터져 나왔고, 곧 군인은 가득 실은 트럭이 사찰 앞에 도착했다. T 군은 운전 기술을 익혔기에 그 트럭 운전석에 타고 있었다. 나는 사람들 뒤에서 우두커니 바라보고 있었다.

"형부."

어느새 내 옆에 와 있던 처제가 나를 작은 소리로 부르며 내 등을 떠밀었다. 정신을 차리고 보니 운전석에서 내린 T 군이 맨 뒤에 서 있는 나를 한눈에 알아보고 거수경례를 하고 있었다. 나는 혹시나 해서 주위를 둘러보고 주저했지만, 역시 내게 경례를 보내는 게 틀림없었다. 나는 큰맘 먹고 군중 사이를 헤치고 나가 처제와 함께 T군 바로 가까이 다가갔다.

"걱정할 거 없어. 처제가 좀 어리숙하긴 해도 여자에게 가장 중요한 마음가짐이 뭔지 잘 알고 있을 거야. 조금도 걱정하지 마. 우리가 잘 지킬 테니."

나는 조금도 웃지 않고 진중하게 말했다. 처제를 보니 아니나 다를까 약간 긴장하고 있었다. T군은 얼굴을 살짝 붉히며 말없이 다시 거수경례를 했다.

"처제는 할 말 없어?"

이번에는 나도 웃으며 처제에게 물었다.

"이제 됐어요."

처제는 고개를 숙이며 말했다.

곧 출발 호령이 떨어졌다. 나는 다시 사람들 틈에 슬금슬금 숨었지만, 역시 처제에게 떠밀려, 이번에는 운전석 아래까지 진출하고 말았다. 그 근처에는 T군 부모님밖에 없었다.

"안심하고 다녀와!"

나는 큰소리로 외쳤다. T군의 아버지가 문득 돌아서서 내 얼굴을 쳐다보았다. 멍청이처럼 설쳐대는 네놈은 누구냐, 라는 불쾌한 기색이 부친의 눈에 얼핏 스쳤다. 하지만 나도 그때만큼은 멈칫하지 않았다. 인간 자존심의 궁극적인 입각점은 삶에서 죽도록 괴로워한 적이 있다고 잘라 말할 수 있는 자각이 아닌가. 나는 병종 합격자에다 가난뱅이지만 앞으로 주저하는 일은 없을 거다. 도쿄 명소는 다시 큰 소리로 외쳤다.

"걱정할 거 하나 없어!"

훗날, 만에 하나 T 군과 처제의 결혼에 어떤 문제가 생겨도 나는 앞뒤 가리지 않고 무법자가 되어 반드시 두 사람에게 마지막까지 힘이 되어주리라.

조조지에서 일경(一景)을 얻고 나니, 내 작품 구상의 활시위도 보름달처럼 팽팽히 당겨진 것 같다는 느낌이 들었다. 그리고 며칠 뒤, 도쿄시의 대형 지도와 펜, 잉크, 원고지를 들고 용기 내 이즈로 떠났다. 여행을 떠난 지 벌써 열흘이 지났지만, 아직도 그 온천 숙소에 머무르고 있다. 대체 뭘 하고 있는 건지.

귀거래

남에게 신세만 지고 살아왔다. 앞으로도 아마 그럴 것이다. 모두에게 사랑받으며 태평하게 살아왔다. 앞으로도 똑같이 태평한 얼굴로 살아갈지도 모른다. 그리고, 그 수많은 은혜에 보답하는 일은 아마 죽을 때까지 없으리라, 그런 생각을 하면 역시나 마음이 편치 않다.

참 많은 사람의 신세를 졌다. 정말 많은 신세를 졌다.

이번에는 기타 씨와 나카하타 씨 두 사람에 대해서만 여기서 적고, 다른 은인에 대해서는 내가 좀더 좋은 글을 쓸 수 있게 된 이후에 차례차례 써나가려 한다. 지금은 아직 글쓰기가 여물지 못해 복잡한 관계에 대해서는 아무래도 순조롭게 풀어나가기가 어렵다. 그런 점에서 기타 씨와 나카하타 씨의 일이라면 지금 내 능력으로도 비교적 정확히 쓸 수 있으리라는 생각이 든다. 단순하고 명확한 관계이기 때문이다. 하지만 소박하게 살아가는 실존 인물을 그리는 까닭에 그에 맞는 세심한 배려도 필요할 것이다. 그들에게는 나의 묘사에 대해 정정해달라고 할 기회조차 없으니까.

나는 절대로 거짓말을 써서는 안 된다.

나카하타 씨와 기타 씨, 두 사람 다 얼추 쉰 살 정도 된 것으로 아는데, 나카하타 씨가 한두 살 더 어릴지도 모른다. 나카하타 씨는 돌아가신 내 아버지의 신임을 받았던 것으로 기억한다. 우리 마을에서 삼십 리 정도 떨어진 고쇼가와라라는 마을에 오래된 포목점에서 일했는데, 늘 우리 집에 와 자질구레한 살림까지 도맡아주었다. 아버지는 나카하타 씨를 '소모쿠(草木)'라고 불렀다. 서른이 되어도 이성이나 결혼에 딱히 관심이 없는 나카하타 씨를 놀리려고 '소모쿠'라고 불렀던 듯싶다. 결국에는 보다 못한 아버지가 우리 집과 먼 친척뻘 되는 아가씨와 짝을 맺어주었다. 나카하타 씨는 곧 독립하여 포목상으로 성공해서 지금은 고쇼가와라 마을의 유명 인사가 되었다. 나는 나카하타 씨 가족에게 지난 10년 동안 많은 걱정과 폐를 끼쳐드렸다. 내가 열 살 무렵에 고쇼가와라에 있는 숙모님 댁에 놀러 가서 혼자 길을 걷고 있는데, "슈짱!" 하고 누가 큰 소리로 불러서 놀랐던 적이 있다. 나카하타 씨가 그 근방의 포목점 안에서 날 발견하고 부른 것이다. 너무나 갑작스러워서 정말 깜짝 놀랐다. 그때까지 나는 나카하타 씨가 포목점에서 일한다는 사실을 몰랐다. 나카하타 씨는 그 어두컴컴한 가게에 앉아서 짝짝 손뼉을 치면서 내게 손짓했지만, 나는 누가 그렇게 큰 소리로 내 이름을 부르는 게 부끄러워서 도망치고 말았다. 내 본명은 슈지다.

나카하타 씨가 느닷없이 불러 깜짝 놀란 경험은 중학생 때도 한 번 있다. 아오모리중학교 2학년 때였을 것이다. 아침 등굣길에 소대 정도로 보이는 군인들과 스쳐 지나가는데 누군가 갑자기 "슈짱!" 하고 큰 소리로 불러 화들짝 놀랐다. 나카하타 씨가 모자를 삐딱하게 쓴 채 총을 메고 걷고 있는 게 아닌가! 예비군 훈련을 받고 있는 모양이었다. 나카하타 씨가 군인이라는 게 정말 뜻밖이어서 나는 횡설수설했다. 나카하타 씨는 아무렇지 않은 듯 싱글싱글 웃으며, 대열에서 잠시 벗어나 내게 다가오려 했지만, 당황한 나는 귀까지 빨개져 줄행랑치고 말았다. 다른 군인들의 웃음소리가 들려왔다.

나는 그 두 기억을 언제까지나 소중히 간직하고 싶다.

1930년에 내가 도쿄에 있는 대학에 들어가고부터 나카하타 씨는 이제 내게 없어서는 안 될 사람이 되었다. 독립해서 포목상을 하던 나카하타 씨도 도쿄에 물건을 떼러 한 달에 한 번 올 적마다 몰래 나를 찾아왔다. 당시 나는 어떤 여자와 같이 살고 있었고 고향 사람들과는 소식이 끊긴 상태였는데, 나카하타 씨가 내 노모에게 은밀히 부탁받고 이런저런 소식을 전해주었다. 나와 여자는 나카하타 씨의 두터운 인정에 기대어 실로 여러 가지 일을 부탁하며 함부로 굴었다. 그 무렵의 사정을 가장 단적으로 보여주는 글 하나가 지금 내 바로 곁에 있어 소개할까 한다. 이것은 내 창작집 『허구의 봄』의 끝부분에 실려 있는 편지글인데, 물론 허구의 편지다. 비록 사실과는 크게 다를지언정 분위기는 진실에 가깝다고 봐도 무방하다. 어떤 사람(결코 나카하타 씨는 아니다)이 내게 보낸 편지 형식의 글인데, 물론 사실이 아니다. 나카하타 씨는 이런 이상한 편지 따위를 내게 단 한 번도 써 보낸 적이 없으므로, 이 모든 건 나 자신이 날조한 '소설'에 지나지 않는다는 사실을 거듭 강조하며 그 글을 소개하겠다. 내가 얼마나 건방지고 모두에게 폐를 끼쳤는지 그 정도만 알아주었으면 한다.

'얼마 전(23일) 당신 어머님의 부탁으로 정월 초하룻날 쓰라고 떡과 소금에 절인 생선 한 꾸러미, 오이 한 상자를 보냈는데 편지에 의하면 오이가 도착하지 않았다죠. 수고스러우시겠지만 다른 정류소에 가 찾아보시고 답장 주시기 바랍니다. 이상은 부인께도 전해주셨으면 합니다. 이하는 열여섯 살 가을부터 마흔네 살까지 지난 28년 동안 쓰시마 가문에 드나든 가난하고 무식한 상인으로서, 외람되지만 더는 미룰 수가 없어, 쓴소리 몇 자 적으려 하오니 듣기 거북하시더라도 부디 용서해주시기 바랍니다. 소문에 의하면, 요즘 또다시 돈을 빌리는 나쁜 버릇이 도져 일면식도 없는 사람들에게까지 애걸복걸 손을 벌리고 다니다가 결국 아무도 상대해주지 않자 하늘 부끄러운 줄도 모르고, 돈 좀 빌려달라는 게 뭐가 그리 나쁘냐, 약속한 날 갚으면 될 거 아니냐, 상대방한테 무슨 해를 끼치는 것도 아니고 나도 좀 살자, 라면서 얼마 전에도 그 일 때문에 부인께 화분을 던지고 유리창을 두 장이나 깨셨다죠. 물론 그 말이 절반만 사실일지라도 저는 도저히 눈물을 감출 도리가 없습니다. 명망 있는 귀족원 의원 집안이라는 게 당신네 문학인들에게는 별거 아닐지 모르겠으나, 부친께서 돌아가신 후 하늘 아래 홀로 계신 모친을 생각하신다면 우리에게 부끄럽지 않게 체면을 차리셔야 마땅하다고 생각합니다. 〈나 혼자만 나쁜 놈이 되어 의절당하고 호적에서도 지워졌다. 고향에서 추방된 지금, 나만 나쁜 놈이 되고 보니 온 집안이 평온해졌다.〉 당신의 이런 말은 심히 유감스럽게 생각합니다. 나중에 유명해지고 집안 분위기가 정돈되면 형님 누님께 뭐라 하실 건가요? 그런 식의 곡해는 참으로 쓸데없다고 생각합니다. 며칠 전에도 야마기다 집안에 시집가신 기쿠코 누님께서 진심으로 한탄하셨습니다. 저뿐만 아니라 기쿠코 누님께서도 당신의 무리한 부탁으로 시댁에서 매우 곤란한 처지에 놓이셨습니다. 오늘부로 다른 사람에게 손 벌리는 일은 그만두십시오. 정 부득이한 경우에는 제게 말씀하십시오. 이 일이 큰형님께 알려지면 큰 사달이 날 겁니다. 이번에는 제가 나서겠지만 부디 꼭 유념해주십시오. 거듭 말씀드립니다만, 저도 싫은 사람에게는 이런 소리도 안 합니다. 부디 제 뜻을 헤아리시어 자신을 잘 돌보시길 바랍니다.'

1936년 초여름에 나의 첫 창작집이 출판되고 친구들은 나를 위해 우에노의 세이요켄이라는 요릿집에서 축하 파티를 열어주었다. 우연히 축하 파티가 있기 사흘 전에 도쿄에 온 나카하타 씨가 나를 찾아왔다. 나는 나카하타 씨에게 옷을 지어달라고 졸랐다. 최상급 마 재질의 기모노와 가문의 문장이 수 놓인 하오리, 여름 하카마, 허리띠, 속옷, 흰 버선 전부를 갖춰 달라고 부탁하자 나카하타 씨도 당황한 기색이었다. 나카하타 씨가 "도저히 시간에 맞출 수가 없어요. 하카마나 허리띠는 금방 되겠지만, 기모노나 하오리는 무늬를 골라 만들려면 도저히 무리예요."라고 말하는 걸, 나는 "아뇨, 할 수 있습니다. 할 수 있어요. 미쓰코시처럼 큰 포목점에 부탁해봐요, 하룻밤에라도 만들어낼걸요. 재봉사가 열 명, 스무 명 매달리면 기모노 하나는 금방이죠. 도쿄에서는 무엇이든 다 가능해요." 나는 잘 알지도 못하면서 자신만만하게 말했다. 마침내 나카하타 씨도 "그럼 해보겠습니다."라고 대답했다. 사흘째 되는 날, 축하 파티 당일 아침에 내가 주문한 물건 전부가 어느 포목점에서 배달되었다. 모두 최고급품이었다. 앞으로 이런 고급 기모노를 입을 일은 평생 없을 것이다. 나는 그 옷을 입고 축하 파티에 참석했다. 하오리는 자칫 연예인처럼 보일 우려가 있어 아깝지만 입지 않았다. 다음 날, 나는 그 물건을 전부 전당포에 가져

갔다. 그렇게 결국 떠나보내고야 말았다.

이 파티에 나카하타 씨와 기타 씨도 꼭 참석하라고 당부했지만 두 사람 다 참석하지 않았다. 일부러 사양했을 수도 있다. 혹은 장사가 바빠서 짬이 안 났을지도 모른다. 나는 나카하타 씨와 기타 씨에게 나의 좋은 선배와 친구들을 소개해 두 사람을 안심시키고 싶었지만, 그것도 나의 우쭐한 마음인지도 모른다. 그런 축하 파티를 보여준다 해도 안심은커녕 내 장래에 대한 불안감만 더 키울지 모른다.

나는 기타 씨에게도 실로 걱정을 끼치고 있었다. 기타 씨는 도쿄 시나가와에서 양복점을 운영하고 있었다. 양복점이긴 한데 평범한 양복점은 아니고 좀 별나다. 간판도 장식도 없는 일반 저택 안쪽 방에서 숙련된 제자 두 사람이 달달달 미싱을 돌리고 있을 뿐이다. 기타 씨는 특정 단골손님의 옷만 만든다. 명인 기질이 짙고 소신이 뚜렷한 사람이다. 부귀영화를 누릴 재주는 없는 것 같았다. 내 아버지와 형도 기타 씨가 만든 양복만 입고 다녔다. 내가 도쿄에 있는 대학에 들어가고부터 기타 씨는 늘 나를 감시했다. 그리고 나는 기타 씨를 속이기만 했다. 나쁜 짓만 계속 골라 하고 다니다 결국 기타 씨 집 2층에 강제로 처박혀 한동안 식객 생활을 해야만 했다. 고향에 있는 형은 내 멍청함에 학을 떼며 때때로 송금을 중단했는데 그때마다 기타 씨가 나서서 형에게 송금을 부탁해주었다. 그 무렵 함께 살던 여자와도 헤어지게 됐는데, 그때도 기타 씨를 엄청나게 고생시켰다. 일일이 다 셀 수도 없다. 쉬운 예로 스무 편가량의 장편소설을 써내는 수고를 끼친 것이다. 그런데도 나는 여전히 태평하게 남의 신세만 질 뿐, 사소한 일조차 스스로 해결하지 못했다.

서른 살이 되던 설날에 나는 지금의 아내와 결혼식을 올렸는데, 그때도 전부 나카하타 씨와 기타 씨에게 신세를 졌다. 그 무렵 나는 거의 빈털터리나 마찬가지였다. 예단비 20엔도 어느 선배에게 빌렸다. 예식 비용도 변통할 데가 없었다. 당시 나는 고후시에 작은 집을 얻어 살고 있었는데 결혼식 날 평상복을 입은 채 도쿄에 있는 선배를 찾아갔다. 그 선배 댁에서 술잔을 받고 신부를 데리고 고후시 집으로 돌아올 계획이었다. 기타 씨와 나카하타 씨도 그날 부모님 대신 참석할 예정이었다. 아침 일찍 고후를 출발해서 점심때쯤 선배 집에 도착했다. 나는 이발도 안 하고 예복도 안 입은 평상복 차림이었다. 가진 것이라곤 달랑 입고 있는 옷이 전부였다. 그야말로 빈털터리나 다름없었다. 선배는 서재에서 조용히 일하고 계셨다(선배라는 분은 사실 ○○선생님인데, ○○선생님은 소설이나 수필에 자신의 이름이 오르내리는 것을 몹시 싫어하셔서 일부러 선배라는 실례되는 보통명사를 사용하는 것이다). 선배는 결혼식이고 뭐고 다 잊어버린 듯한 눈치였다. 원고지를 정리하면서 정원 나무에 대해 설명하셨다. 그러다 퍼뜩 생각이 났는지 "기모노가 왔어. 나카하타 씨가 보냈는데 좋은 기모노 같더군." 하고 말씀하셨다.

최고급 직물에 가문의 문장이 수 놓인 검은색 하카마 한 벌과 비단 줄무늬 기모노 한 벌. 전혀 예상치 못했던 근사한 기모노였다. 나는 어안이 벙벙했다. 그저 선배에게 결혼의 징표로 술잔만 받고 신부를 데려갈 생각이었다. 이윽고 나카하타 씨와 기타 씨가 웃으며 함께 왔다. 나카하타 씨는 국민복*을 입고, 기타 씨는 정장을 멋지게 차려입고 왔다.

"자자, 시작합시다."

나카하타 씨는 역시 성미가 급하다.

그날 요리는 정식 만찬에 도미까지 곁들여 있었다. 나는 가문의 문장이 수 놓인 옷을 입고 기념사진도 찍었다.

"슈지 씨, 잠깐만."

* 일본 제국 내 남성을 위한 표준 제복.

나카하타 씨는 나를 옆방으로 데리고 갔다. 기타 씨도 있었다.

나를 앉히고 두 사람도 내 앞에 바로 앉아 정중히 인사를 건넸다.

"축하합니다."

그러고서 나카하타 씨가 진지하게 말했다.

"변변치는 않지만, 기타 씨와 제가 슈지 씨를 위해 준비한 요리니 부담 갖지 말고 받아주세요. 우리도 쓰시마 가문에 그동안 신세 많이 졌습니다. 이런 기회에 조금이라도 보답하고 싶어요."

나는 이 은혜를 잊지 않으리라 다짐했다.

"나카하타 씨가 애 많이 쓰셨어요."

기타 씨는 언제나처럼 나카하타 씨에게 공을 돌렸다.

"이번 예복도 나카하타 씨가 슈지 씨 친척들을 찾아다니며 여기저기서 기부받아 만들어주신 겁니다. 그러니 앞으로 잘하십시오."

그날 늦은 밤, 나는 신부를 데리고 신주쿠에서 출발하는 기차로 돌아가려고 했는데, 웃자고 하는 얘기가 아니라 진짜 가진 돈이 2엔 정도밖에 없었다. 돈이라는 건 없을 때는 아예 없는 법이다. 나는 그때 예단비로 준 20엔의 절반을 돌려받고 싶었다. 10엔만 있으면 고후까지 가는 표를 두 장 살 수 있다.

선배의 집을 나올 때, 기타 씨에게 "예단비를 반만 돌려받을 순 없을까요?"라고 작은 소리로 물었다.

"뭐라고요?"

그때 기타 씨는 무척 화가 났다.

"그게 무슨 소립니까! 이래서 안 된다는 거예요. 대체 무슨 생각인지. 이건 아니죠. 나아진 게 조금도 없잖아요. 그게 말이나 됩니까?"

그렇게 말하고는 자기 지갑에서 지폐를 꺼내 내게 슬쩍 건넸다.

하지만 신주쿠역에서 내가 표를 사려고 하자, 이미 신부의 언니 내외가 이등석 차표를 미리 사서 우리에게 주었다.

이제 돈이 필요 없게 된 내가 플랫폼에서 기타 씨에게 돈을 돌려주려고 하자 기타 씨는, "선물입니다."라고 말하며 손을 내저었다. 아름다운 선물이었다.

결혼 후 이렇다 할 큰 실수 없이 1년이 흘러 고후의 집을 떠났다. 그러고서 도쿄 시외의 미타카에 작은 방이 세 개 딸린 집을 얻어 소설을 진득하게 썼고, 2년 후에는 딸아이도 태어났다. 기타 씨와 나카하타 씨도 기뻐하며 예쁜 배내옷을 사 가지고 왔다.

지금은 두 사람 모두 내게 조금 안심하는 눈치여서 예전처럼 가끔 찾아와 잔소리를 늘어놓는 일이 없어졌다. 하지만 나는 이전과 조금도 다르지 않았다. 역시나 괴롭고 절박한 하루하루를 보내고 있어서 기타 씨와 나카하타 씨가 찾아오지 않는 게 왠지 쓸쓸했다. 와줬으면 했다. 작년 여름에 기타 씨가 장화를 신은 채 빗속을 뚫고 불쑥 찾아왔다.

나는 서둘러 미타카의 단골 돈가스집으로 기타 씨를 안내했다. 그 집 여자 종업원이 우리 테이블에 와 기타 씨도 앞에 있는데, 나를 선생님이라고 불러 몹시 불편했다. 기타 씨는 내가 당황한 기색을 모른 체하며 종업원에게 히죽히죽 웃으며 물었다.

"다자이 선생님은 평소에 친절하신가요?"

여자는 설마하니 그 사람이 내 오래된 감시자인 줄은 몰랐을 것이다.

"네, 정말 친절하세요."

기타 씨가 농담조로 말해 나는 마음이 조마조마했다.

그날 기타 씨는 의논 거리가 있어서 내게 찾아온 것이었다. 의논이라기보다는 명령 쪽에 가까울지도 모른다. 자기와 함께 고향집에 가지 않겠느냐는 것이다. 내 고향은 혼슈의 북쪽 끝인 쓰가루 평야의 중앙부에 자리 잡고 있다. 나는 지난 10년 동안 고향을 찾지 못했다. 10년 전에 어떤 사건을 일으켜 그때부터는 고향에 얼굴을 내밀 수 없는 처지가 되고 말았다.

"형님이 허락하셨어요?"

우리는 돈가스집에서 맥주를 마시며 얘기했다.

"허락하신 건 아닙니다. 형님으로선 아직 용서하실 수 없겠죠. 그래서 그냥 제 마음대로 슈지 씨를 데려가는 겁니다. 괜찮을 거예요."

"좀 위험하지 않나……."

나는 마음이 무거웠다.

"뻔뻔스럽게 찾아갔다가 문전박대라도 당해서 큰 소동이라도 벌어지면 그야말로 긁어 부스럼 되는 꼴 아닐까요? 전 좀더 이대로 있고 싶습니다."

"그렇지 않아요."

기타 씨는 자신만만했다.

"제가 데려가면 괜찮을 거예요. 생각해보세요. 실례지만 고향에 계신 어머님도 이젠 일흔 살이세요. 요즘 부쩍 쇠약해지셨대요. 언제 어떻게 되실지 모른다고요. 그때도 지금 같은 상태라면 곤란하지 않겠어요? 더 복잡해질 겁니다."

"그렇겠죠."

나는 우울해졌다.

"그렇죠? 그러니까 지금 이 기회에 나랑 같이 가서 가족을 만납시다. 일단 만나두면 혹시 무슨 일이 생기더라도 마음 편하게 집에 달려갈 수 있지 않겠어요?"

"그렇게만 된다면 좋겠지만……."

나는 몹시 불안했다. 아무리 기타 씨가 뭐라고 해도 나는 이 귀향 계획에 철저히 비관적이었다. 일이 술술 풀릴 것 같지 않은 예감이 들었다. 나는 지난 10년 동안 도쿄에서 참으로 갖가지 추태를 부려왔다. 쉽게 용서받을 리가 없다.

"다, 잘될 겁니다."

기타 씨는 홀로 의기양양했다.

"당신을 야규 쥬베라고 생각해요. 저는 오쿠보 히코자에몬 역을 맡겠습니다. 형님은 다지마노카미고요. 무조건 잘될 겁니다. 제아무리 다지마노카미라도 히코자의 억지에는

못 당할걸요."•

"하지만."

마음 약한 쥬베는 공연히 회의적이었다.

"되도록 그냥 두는 게 좋지 않을까요? 전 아직 쥬베가 될 자격도 없고 섣불리 오쿠보가 나섰다가 괜히 일이 더 꼬일지도 몰라요."

고지식하고 완벽주의자인 형이 나는 두려워 견딜 수 없었다. 그렇게 쉽게 생각할 일이 아니었다.

"제가 책임지겠습니다."

기타 씨는 강한 어조로 말했다.

"결과가 어떻게 되든 제가 다 책임지겠습니다. 마음 푹 놓으시고 제게 다 맡기세요."

더는 반대할 수가 없었다.

성격 급한 기타 씨는 바로 다음 날 오후 7시에 우에노발 급행을 타자고 했다. 나는 기타 씨에게 맡겼다. 그리고 그날 밤, 기타 씨와 헤어진 후, 미타카의 술집에 들어가 술을 왕

---

• 에도시대의 역사 강담 『야규 삼대기(柳生三代記)』에 등장하는 실존 인물들이다. 아버지 다지마노카미라와 그 아들 야규 쥬베의 냉랭한 관계를 오쿠보 히코자에몬이 중재한다.

창 퍼마셨다.

다음 날 오후 5시에 우리는 우에노역에서 만나 지하 식당에서 밥을 먹었다. 기타 씨는 모시 재질의 흰옷을 입고 있었고, 나는 거친 천으로 된 홑옷 차림이었다. 가방 안에는 기모노와 하카마가 들어 있었다. 맥주를 마시면서 기타 씨가 말했다.

"계획이 바뀌었습니다."

그러고는 잠시 생각하더니 "실은 형님이 도쿄에 와 계세요."라고 했다.

"네? 그럼 이번 여행은 의미가 없겠네요."

나는 실망했다.

"아니에요. 고향에 형님을 만나러 가는 게 목적이 아니죠. 어머님을 뵈면 돼요. 제 생각은 그렇습니다."

"하지만 형님이 집을 비운 사이에 우리가 들어가는 건 왠지 비겁한 짓 같아요."

"그렇지 않아요. 어젯밤에 형님을 뵙고 언질을 주었습니다."

"저를 고향에 데려가겠다고요?"

"아뇨, 그런 말은 못 하죠. 말해봤자 곤란하다고 할 게 뻔한데요. 속으로는 어쩌실지 모르겠지만, 그렇게 말씀하실 수밖에 없는 입장이니까요. 그런 말 했으면 난리가 났을 겁니다. 다만 제가 도호쿠 쪽에 볼일이 좀 있어서 내일 7시 급행으로 출발할 생각인데, 가는 김에 쓰가루 댁에 들를지도 모른다고만 해두었습니다. 그거면 충분해요. 형님이 집에 안 계시면 오히려 편할 겁니다."

"기타 씨가 아오모리에 가신다고 하니까 형님이 좋아하시죠?"

"네. 댁으로 전화하셔서 알린다는 걸 제가 말렸습니다."

기타 씨는 완고한 면이 있어서, 지금까지 쓰가루의 내 생가에 한 번도 가지 않았다. 다른 사람에게 대접받거나 신세 지는 것을 극도로 싫어하기 때문이다.

"형님은 언제 돌아가신대요? 설마, 오늘 같은 기차를⋯⋯."

"아니에요. 그럴 리가요. 촌장님을 모시고 오셨더라고요. 손이 좀 가는 일인 것 같아요."

형은 가끔 도쿄에 온다. 하지만 나를 절대로 만나려고 하지 않는다.

"고향까지 가서 형님을 못 만난다니 맥 빠질 것 같아요."

나는 형을 만나고 싶었다. 아무 말 없이 그저 공손히 인사를 올리고 싶었다.

"아니요, 형님과는 나중에 언제든 다시 만날 수 있어요. 문제는 어머님이죠. 벌써 일흔, 아니 예순아홉이셨나……."

"할머니도 뵐 수 있겠죠? 이제 아흔 가까이 되셨을 텐데. 그리고 고쇼가와라의 숙모님도 뵙고 싶고……."

생각해보니 보고 싶은 사람이 참 많다.

"물론이죠. 다 만날 수 있어요."

단호한 어조였다. 매우 믿음직스러웠다.

이번 귀향이 점점 기대되었다. 둘째 형도 보고 싶었고 누나들도 보고 싶었다. 모두 10년 만이다. 그리고 나는 집이 보고 싶었다. 내가 태어나서 자란 그 집이 보고 싶었다.

우리는 7시 기차를 탔다. 기차를 타기 전에 기타 씨는 고쇼가와라에 있는 나카하타 씨에게 전보를 쳤다.

'7시 출발, 기타.'

그렇게만 보내도 나카하타 씨는 무슨 뜻인지 충분히 알 거라고 했다. 이심전심이라나.

"슈지 씨를 데려간다는 사실을 나카하타 씨에게 분명히 알리면 나카하타 씨 입장도 곤란해져요. 그 사람은 모르는 겁니다. 아무것도 모르는 거예요. 고쇼가와라역에 저를 마중 나올 거예요. 그때 비로소 당신을 보고 놀란다는 식으로 해둡시다. 그렇지 않으면 나카하타 씨가 나중에 형님 앞에서 입장이 곤란해질 거예요. 알면서도 왜 말리지 않았냐고 타박할지도 모릅니다. 아시겠죠? 나카하타 씨는 모르는 일이고, 고쇼가와라역에 나를 마중 나와 그때 처음 당신을 보고 놀라는 겁니다. 그리고 모처럼 도쿄에서 왔으니 어머님을 오랜만에 뵙게 해드렸다고 하면 나카하타 씨의 책임도 가벼워지겠죠. 나머지는 전부 내가 책임지겠지만, 전 오쿠보 히코자에몬이니까 다지마노카미가 불같이 화낸다 해도 끄떡없습니다."

꽤 복잡한 설명이었다.

"나카하타 씨는 알고 있다는 말이죠?"

"그러니까 그게 좀 애매한 부분이라는 겁니다. 7시 출발. 그거면 충분해요."

기타 씨의 계책이 너무 세세해서 이해하기 어려웠다. 어쨌거나 나는 기타 씨에게 모든 것을 맡겼다. 이러니저러니 토를 달아선 안 된다.

우리는 기차를 탔다. 이등석 칸이었는데 어찌나 붐비던

지 나와 기타 씨는 통로를 사이에 두고 겨우 자리를 잡았다. 기타 씨는 돋보기를 살짝 걸치고 신문을 읽기 시작했다. 침착한 모습이었다. 나는 조르주 심농의 탐정 소설을 읽어 내려갔다. 나는 긴 기차여행을 할 때면 되도록 탐정 소설을 읽는다. 기차 안에서『형이상학 서설』같은 책을 읽고 싶지는 않다.

기타 씨는 내게 불쑥 신문을 건넸다. 받아들고 보니, 그 무렵 내가 발표한『신햄릿』이라는 장편소설의 서평이 크게 실려 있었다. 한 선배의 호의 넘치는 감상문이었다. 그야말로 과분한 칭찬이었다. 나와 기타 씨는 말없이 얼굴을 마주 보고 한마음으로 기뻐하며 함께 웃었다. 멋진 여행이 될 것 같았다.

아오모리역에 도착한 것은 다음 날 아침 8시경이었다. 8월 중순쯤이었는데 꽤 추웠다. 안개 같은 비가 내리고 있었다. 우리는 오우선으로 갈아탄 다음 도시락을 샀다.

"얼마요?"

"…젠!"

"네?"

"…젠!"

'전!'이라는 말은 알아들었지만 몇십 전이라고 하는지는 도통 알아들을 수가 없었다. 세 번을 되묻고서야 60전이라는 것을 알았다. 나는 어안이 벙벙했다.

"기타 씨, 지금 판매원이 하는 말 알아들었어요?"

기타 씨는 진지하게 고개를 흔들었다.

"그렇죠? 모르겠죠? 나도 못 알아먹었어요. 일부러 도쿄 토박이 행세를 하려는 게 아닙니다. 저도 쓰가루에서 나고 자란 촌놈이라서, 지금도 쓰가루 사투리를 써대서 도쿄에서 다들 비웃는다고요. 하지만 10년 동안 고향을 떠났다가 갑자기 생 쓰가루 말을 들으니까 하나도 못 알아먹겠어요. 인간이란 참 믿을 게 못 돼요. 고작 10년 떨어져 있었다고 고향 말도 못 알아듣다니."

내가 고향을 완전히 배신했다는 명백한 증거를 보인 것 같아 나는 긴장했다.

기차 안 승객들의 대화에 귀를 기울였다. 모르겠다. 이상할 정도로 강한 악센트였다. 나는 열심히 귀를 기울였다. 조금씩 들리기 시작했다. 그러자 다음은 드라이아이스가 액체로 흘러내리지 않고 갑자기 몽실몽실 증발하는 것처럼 놀라운 속도로 이해되기 시작했다. 과연 나는 쓰가루 사람이었다. 가와베역에서 고노선으로 갈아타 10시경에 고쇼가와라역에 도착했을 때는 모든 쓰가루 말을 알아들을 수 있었다. 전부, 정확히 알아들었다. 하지만 내가 순수한 쓰가루 말을 쓸 수 있을지는 의문이었다.

고쇼가와라역에 나카하타 씨는 없었다.

"와 있어야 하는데."

오쿠보 히코자에몬도 이때만큼은 표정이 어두웠다.

개찰구를 나와 작은 역사 안을 둘러봐도 나카하타 씨는 보이지 않았다. 옆 앞 광장, 이라고 해봤자 자갈과 말똥과 덜컹거리는 마차 두 대만 있을 뿐인 쓸쓸한 광장에서, 우리는 가방을 들고 우두커니 서 있었다.

"왔다! 왔어!"

오쿠보는 절규에 가까운 소리를 질렀다.

커다란 사내가 웃으며 마을 쪽에서 오고 있었다. 나카하타 씨는 나를 보고도 전혀 놀라지 않고 잘 왔다며 인사했다.

"이번 일은 전부 제 책임입니다!"

기타 씨는 오히려 득의양양한 투로 말했다.

"앞으로 잘 부탁합니다."

우리는 나카하타 씨의 집으로 안내되었다. 소식을 듣고

숙모님이 찾아오셨다. 10년, 숙모님은 작은 할머니가 되어 있었다. 내 앞에 앉아 얼굴을 바라보시더니 하염없이 눈물을 흘리셨다. 숙모님은 어릴 때부터 나를 지지해주셨다.

나카하타 씨 집에서 나는 가져온 옷으로 갈아입었다. 고쇼가와라 마을에서 삼십 리만 더 가면 가나기라는 곳에 내가 태어난 집이 있다. 고쇼가와라역에서 차로 삼십 분가량 쓰가루 평야의 한가운데를 일직선으로 북상하면 그 마을에 도착한다. 점심때쯤 나카하타 씨와 기타 씨, 나, 우리 세 사람은 차를 타고 가나기로 향했다.

눈앞에 가득 펼쳐진, 옅은 초록빛의 논. 쓰가루 평야가 이런 곳이었나, 조금 뜻밖의 느낌을 받았다. 작년 가을, 나는 니가타에 간 김에 사도에도 가보았지만, 초목은 빛이 바랬고 흙은 허옇게 말라붙어 있었다. 햇빛마저 약하게 느껴져 견딜 수 없이 불안했는데, 지금 내 눈앞에 보이는 평야도 그때와 똑같다. 나는 이곳에서 태어나서 이렇게 희미한 풍경의 서글픔도 깨닫지 못한 채 그저 태평하게 놀고만 자랐나, 그런 생각을 하니 묘한 기분이 들었다. 아오모리에 도착했을 때는 가랑비가 내렸지만, 이내 맑아져 지금은 햇살이 옅게 비치고 있다. 하지만 쌀랑하니 춥다.

"이 근방은 모두 형님 땅이겠지요?"

기타 씨가 나를 놀리듯 웃으며 물었다. 나카하타 씨가 끼어들어,

"그렇습니다." 하고 역시 웃으면서 "지금 보이는 땅 전부 그렇습니다." 하고 조금 허풍스럽게 말했다.

"그런데 올해는 흉작이네요."

저 멀리 앞쪽에 고향집의 빨간 지붕이 보이기 시작했다. 옅은 초록빛 논 바다에 둥실 떠 있다. 나는 혼자 쑥스러워하며, "의외로 작네." 하고 작은 소리로 말했다.

"아니, 작다뇨."

기타 씨는 나를 나무라는 듯한 어조로 "성인데요, 뭘." 하고 말했다.

가솔린 차는 천천히 달려 가나기역에 도착했다. 개찰구에 둘째 형 에이지가 서 있다. 웃고 있었다.

나는 10년 만에 고향 땅을 밟았다. 쓸쓸한 땅이었다. 꽁꽁 얼어붙은 땅 같았다. 해마다 땅속 깊숙한 곳까지 얼어서 흙이 부풀어 올라 허옇게 바랜 느낌이었다. 집도 나무도 흙도 모두 바랜 듯하다. 길도 하얗게 말라서 걸어도 발바닥에 아무런 느낌도 없다. 정말 미덥지 못한 느낌이다.

"묘."

누군가 낮게 말했다. 그 말만으로도 우리는 모두 이해할 수 있었다. 네 사람은 잠자코 곧장 절로 향했다. 그리고 아버지 묘에 절을 올렸다. 묘 옆의 밤나무는 옛날 그대로였다.

고향집 현관에 들어서자 과연 가슴이 두근거렸다. 안은 무척 고요했다. 마치 절간 같았다. 방이 말끔하게 닦여 있었다. 전보다는 더 낡은 듯했지만 아늑했다. 나쁜 느낌은 결코 아니었다.

우리는 불단이 있는 방으로 안내되었다. 나카하타 씨가 불단 문을 활짝 열어젖혔다. 나는 불단을 향해 절을 했다. 그러고는 형수님께 인사했다. 기품 있는 아가씨가 차를 내와 나는 형의 맏딸인가 싶어 웃으며 공손히 인사했다. 그러나 하녀였다.

등 뒤로 힘없는 발소리가 들렸다. 나는 긴장했다. 어머니다. 어머니는 내게서 꽤 멀찍이 떨어져 앉으셨다. 나는 말없이 고개 숙여 인사했다. 얼굴을 들어보니 어머니가 눈물을 닦고 계셨다. 자그마한 할머니가 되어 있었다.

"슈짱, 잘 왔구나."

할머니다. 여든다섯 살인 할머니가 큰 소리로 말씀하셨

다. 어머니보다 훨씬 건강해 보였다.

"보고 싶었단다. 꼭 한번 만나고 싶었어."

밝은 분이시다. 지금도 저녁 반주를 거르는 일이 없다고 한다.

밥상이 나왔다.

"마셔."

둘째 형이 내게 맥주를 따라주었다.

"응."

나는 마셨다.

둘째 형은 학교를 졸업하고 쭉 가나기 마을에서 큰형을 돕다가 몇 년 전 분가했다고 한다. 형제 중에서도 가장 건장하고 호걸 같은 인상이었는데, 10년 만에 만나보니 자상하고 부드럽기 이를 데 없는 사람이었다. 도쿄에서 10년 동안 별의별 사람들과 싸우고 거칠게 살아온 나에 비하면 전혀 다른 부류의 사람처럼 품위가 있었다. 얼굴선도 가늘고 아름다웠다. 그 많은 혈육 중에서도 나 혼자만 비열하고 가난뱅이 근성을 가진 열등하고 추악한 남자가 되었다는 사실을 깨닫고는 남몰래 쓴웃음을 지었다.

"화장실은?"

둘째 형은 이상한 표정을 지었다.

"뭐야."

기타 씨는 웃으며 말했다.

"자기 집에 와서 그런 걸 묻는 사람이 어딨습니까?"

나는 일어서서 복도로 나갔다. 복도 끝에 손님용 화장실이 있다는 건 알고 있었지만, 큰형이 안 계시는 동안 멋대로 집 안 여기저기를 휘젓고 다니는 건 좋지 않다고 생각해 물은 거였는데, 둘째 형은 그런 나를 못마땅하게 여겼을지도 모른다. 나는 손을 씻고 나서도 한참 동안 창밖으로 정원을 내다보았다. 나무 한 그루 풀 한 포기 변하지 않았다. 나는 집 안팎을 더 둘러보고 싶었다. 좀더 자세히 보고 싶은 곳이 많았다. 하지만 그건 너무나 뻔뻔스러운 짓 같아서 작은 창문 너머로 정원을 물끄러미 바라보는 걸로 만족하기로 했다.

"연꽃이 올해 서른두 송이나 피었어."

할머니의 큰 목소리가 화장실까지 들렸다.

"거짓말 아니야. 정말 서른두 송이 피었다니까."

할머니는 아까부터 연꽃 이야기만 하신다.

우리는 오후 4시쯤, 가나기의 집을 나와 자동차를 타고 고쇼가와라로 향했다. 거북한 일이 생기기 전에 서둘러 돌아가자고 기타 씨와 미리 말을 맞춰 두었다. 이렇다 할 실수 없이 소위 화기애애하게 우리는 차에 올라탔다. 기타 씨, 나카하타 씨, 나 그리고 어머니. 형수님과 둘째 형의 다정한 권유로 어머니도 우리와 함께 고쇼가와라까지 가기로 했다. 목적지는 숙모님 댁이었다. 기타 씨도 그곳에서 하룻밤 묵고, 다음 날 나와 둘이서 아사무시 온천과 도와다호수 등 여기저기 구경하자는 것이 원래 우리의 계획이었는데, 오늘 아침 도쿄에 있는 기타 씨 집에서 좋지 않은 전보가 와서, 무슨 일이 있어도 오늘 밤 아오모리에서 출발하는 급행으로 귀경하지 않을 수 없게 된 것이다. 기타 씨 옆집 부인이 죽었다는 전보였는데, 기타 씨는 "이거 아무래도 안 되겠어. 아주 딱한 집이라 내가 없으면 장례도 못 치를 겁니다. 곧 가봐야겠어요."라고 했다. 기타 씨는 한번 내뱉은 말은 누가 뭐라 해도 도로 주워 담는 법이 없기 때문에 우리도 억지로 말리지는 않았다. 숙모님 댁에서 모두 함께 저녁을 먹은 다음, 고쇼가와라역까지 기타 씨를 바래다주었다. 기타 씨가 피곤한 몸을 이끌고 지금부터 또 기차를 타고 가야 할 걸 생각하니 괴로워서 견딜 수가 없었다.

그날 밤은 숙모님 댁에서 늦게까지 어머니와 숙모님, 나

우리 세 사람은 오붓하게 이야기를 나누었다. 아내가 미타카의 집에서 작은 정원과 여러 가지 채소를 가꾼다는 말을 웃으면서 했더니, 그게 두 분 마음에 들었는지 "그래, 좋구나."라는 말을 몇 번이나 되풀이하시면서 고개를 자주 끄덕이셨다. 나도 어느새 쓰가루 사투리를 자연스럽게 구사하고 있었지만, 복잡한 이야기로 이어지면 역시 도쿄 말을 썼다. 어머니도 숙모님도 내가 무슨 일을 하는지 잘 모르셨다. 나는 원고료와 인세에 대한 이야기를 해드렸지만, 절반도 이해하지 못하는 눈치였다. "책을 만들어 파는 장사면 서점이 아니냐? 다른 건가?" 하는 말씀까지 하셔서 나는 단념하고 "뭐 비슷한 거예요."라고 대답했다.

"수입은 어느 정도 되니?"

어머니가 물으셔서 많이 벌 때는 500엔에서 천 엔 정도 번다고 명랑하게 대답했지만, 어머니는 그 돈을 몇 사람이서 나누는 것이냐 하셔서 맥이 탁 풀렸다. 아무래도 서점을 운영한다고 믿고 계시는 듯하다. 하지만 원고료든 인세든 혼자 힘으로만 벌었다고 생각해서는 안 된다, 모두의 합작품이다, 모두 함께 나누는 게 사실은 올바른 태도일지도 모른다는 생각이 문득 들었다.

어머니도 숙모님도 당최 내 실력을 인정해주지 않으셔서 초조해진 마음에 호주머니에서 지갑을 꺼내 두 분 앞에 10엔짜리 지폐 두 장을 나란히 올려놓았다.

"받으세요. 절에 보시하셔도 되고요. 저 돈 많아요. 제가 직접 일해서 번 돈이니 받으세요."

몹시 부끄러웠지만 눈 딱 감고 말했다.

어머니와 숙모님을 얼굴을 마주 보고 쿡쿡 웃고 계셨다. 내가 끈질기게 권하자 두 분은 마지못해 돈을 받으셨다. 어머니는 큰 지갑에 그 지폐를 넣으시면서, 지갑 속에서 축의금 봉투를 꺼내 내게 주셨다. 나중에 보니 그 봉투 속에는 내 원고료 백 장분에 맞먹는 돈이 들어 있었다.

다음 날, 나는 모두와 헤어져 아오모리에 있는 친척 집으로 가서 하룻밤 묵은 후 아무 데도 들르지 않고 도망치듯 도쿄로 돌아왔다. 10년 만에 고향을 찾았지만, 눈에 보이는 풍경들만 얼핏 보았을 뿐이다. 다시 찬찬히 둘러볼 수 있는 기회가 올까? 혹여 어머니에게 무슨 일이 생긴다면 고향을 다시 찾을 수야 있겠지만, 그 또한 괴로운 일이다.

그 여행을 하고 두 달 정도 후에 나는 우연히 거리에서 기타 씨를 만났다. 기타 씨는 창백한 얼굴이었다. 기운이 없어

보였다.

"무슨 일 있으세요? 여위셨어요."

"아 그게, 맹장염을 앓았어요."

그날 밤, 아오모리발 급행으로 귀경하자마자 복통이 시작되었다고 했다.

"아, 그거 진짜 지독한데. 역시 그때 너무 무리하셨나 봐요."

나도 전에 맹장염을 앓은 적이 있다. 과로가 맹장염의 원인이 된다는 것을 나는 그때 경험을 통해 알고 있었다.

"그때 기타 씨 진짜 강행군이었죠."

기타 씨는 쓸쓸한 미소를 지었다. 나는 견딜 수 없었다. 다내 탓이다. 나의 악덕이 기타 씨의 수명을 10년은 앞당겼으리라. 그런데도 여전히 나 혼자만은 변함없이 태평하다.

고향

작년 여름, 나는 10년 만에 고향을 찾았다. 그때의 일을 올가을에 원고지 마흔한 장의 단편으로 정리하여 '귀거래'라는 제목으로 어느 계간지 편집부에 보냈다. 그러고 나서 바로 있었던 일이다. 기타 씨와 나카하타 씨가 함께 미타카의 집으로 찾아왔다. 그러고는 고향의 어머니가 위중하다는 소식을 들려주었다. 5, 6년 안에 이런 소식을 반드시 듣게 되리라고 예상은 했지만 그런 날이 이렇게 빨리 오리라고는 생각지도 못했다. 지난해 여름, 기타 씨를 따라 거의 10년 만에 고향집을 찾았다. 그때 큰형은 부재중이었지만 작은형, 형수, 조카들, 할머니, 어머니를 만났다. 당시 예순아홉 살이셨던 어머니는 몹시 쇠약해져 걸음걸이조차 불안해 보였지만 환자는 아니었다. 앞으로 5, 6년만, 아니 10년

만, 하며 참 욕심 많은 꿈을 꾸고 있었다. 그때의 일은 「귀거래」라는 소설에 되도록 자세히 적어두었지만, 어쨌거나 그때는 여러 가지 사정 탓에 고향집에 머문 시간이 겨우 서너 시간에 불과했다. 그 소설의 말미에서도 나는 고향을 좀더 보고 싶다고 썼었다. 보고 싶은 게 정말 가득했었다. 하지만 나는 고향을 슬쩍 훔쳐보았을 뿐이다. 다시 고향 산천을 볼 수 있는 날은 언제일까. 혹여 어머니에게 무슨 일이 생기면 다시 고향을 찾아 찬찬히 볼 수 있을지는 모르겠으나, 그 또한 괴로운 일이라고 썼는데, 그 원고를 보내자마자 '다시 고향을 볼 기회'가 오리라고는 상상도 하지 못했다.

"이번에도 제가 책임지겠습니다."

기타 씨는 긴장하고 있었다.

"부인과 아이도 데려가야죠."

작년 여름에는 기타 씨가 나만 데리고 갔었다. 그런데 이번에는 나뿐만이 아니라 아내와 소노코(16개월 된 딸아이)도 모두 함께 데려가겠다고 한다. 기타 씨와 나카하타 씨에 대해서는 그 「귀거래」라는 소설에도 자세히 적어두었지만, 기타 씨는 도쿄에서 양복점을, 나카하타 씨는 고향에서 포목점을 하고 있으며, 전부터 내 생가와 가깝게 지내온 사람들이다. 내가 대여섯 번, 아니 셀 수도 없이 사고를 쳐 고향집과 왕래가 끊어진 후에도, 두 사람은 이른바 순수한 호의로 싫은 내색 한번 하지 않고 오랫동안 나를 돌봐주었다. 작년 여름에만 해도, 기타 씨와 나카하타 씨는 고향의 큰형에게 혼날 것을 각오하고 나의 10년 만의 귀향을 계획해주었다.

"괜찮을까요? 괜히 아내와 아이까지 데리고 갔다가 문 앞에서 쫓겨나면 눈 뜨고 볼 수 없을 텐데."

나는 언제나 최악의 사태만 예상한다.

"그럴 일은 없어요."

두 사람 모두 진지하게 부정했다.

"작년 여름 일은 그러고 나서 괜찮았나요?"

내 성격 속에는 돌다리도 두드려보고 건너라는 쩨쩨한 조심성도 다분히 들어 있는 듯하다.

"그 뒤로 두 분께 큰형님이 뭐라고 하지 않았습니까? 기타 씨는 어땠어요?"

"그야, 큰형님 입장으로서는……." 기타 씨는 잠시 생각에 잠긴 듯하더니 말을 이었다.

"친척분들 눈도 있으니 잘 왔다고는 말 못 하시겠죠. 하지만 제가 데려간다면 괜찮을 겁니다. 작년 여름 일도, 그 뒤에 큰형님과 도쿄에서 만났는데 '기타 씨, 나쁜 사람이네.' 딱 이 말만 하셨어요. 화 같은 건 안 내셨습니다."

"그래요, 나카하타 씨는 어땠습니까? 형님이 뭐라고 하시던가요?"

"아니요."

나카하타 씨는 고개를 들고 말했다.

"제겐 아무 말도 하지 않으셨습니다. 제가 슈지 씨를 돕고 나면 나중에 꼭 한마디 하시곤 했는데, 작년 여름 일 가지고는 아무런 말씀도 없으셨어요."

"그래요?"

나는 조금 안심했다.

"두 분께 폐가 되지 않는다면 데려가주세요. 어머닌 당연히 또 보고 싶고, 작년 여름엔 큰형님을 만나지 못했으니, 이번에는 꼭 만나고 싶습니다. 저는 뭐 데려가만 주신다면야 정말 고맙겠습니다만, 아내는 글쎄요. 이번에 처음으로 남편 가족을 만나는 자리니까 옷이라든가 신경 쓰이는 게 많아서 성가시지 않을까 싶네요. 기타 씨가 말씀 좀 잘해주십시오. 제가 말하면 투덜거릴 게 뻔하니까요."

나는 아내를 방으로 불렀다.

결과는 뜻밖이었다. 기타 씨가 아내에게 어머니의 위독함에 대해 설명하며 소노코도 함께 데려가면 어떻겠느냐 말하는 사이, 아내가 바닥에 두 손을 바닥에 짚더니 "잘 부탁드립니다." 하고 말했다.

기타 씨는 내 쪽을 돌아보며 물었다.

"언제 가시겠습니까?"

10월 27일로 정해졌다. 그날은 10월 20일이었다.

그러고 나서 일주일 동안 아내는 준비를 하느라 분주한 모습이었다. 친정에서 여동생이 도와주러 왔다. 아무래도 이것저것 새로 사야 할 것들이 많았다. 나는 거의 파산할 뻔했다. 소노코만 아무것도 모른 채 온 집안을 아장아장 돌아다니고 있었다.

27일 저녁 7시. 우에노발 급행 열차는 만원이었다. 우리는 하라마치까지 다섯 시간 정도 서서 갔다.

'어머님 위중, 다자이 서둘러 오길 바람 — 나카하타'

다음 날 아침 8시, 아오모리에 도착해 곧바로 오우선으로 갈아타고 가와베역에서 다시 고쇼가와라행 기차로 갈아탔다. 그쯤부터는 기차 양옆이 온통 사과밭이었다. 올해는 사과가 풍작인 모양이다.

"어머, 예뻐라."

아내는 잠을 잘 자지 못해서 약간 충혈된 눈을 동그랗게 떴다.

"사과 열리는 모습을 꼭 한번 보고 싶었어요."

손을 뻗으면 잡힐 듯 바로 가까운 곳에 사과가 빨갛게 빛나고 있었다.

11시쯤 고쇼가와라역에 도착했다. 나카하타 씨의 딸이 마중 나와 있었다. 나카하타 씨의 집은 이 고쇼가와라 마을에 있다. 우리는 나카하타 씨 집에서 잠시 쉬며 거기서 아내와 소노코가 옷을 갈아입고 난 뒤 가나기에 있는 고향집을 찾아갈 계획이었다. 가나기는 고쇼가와라에서 쓰가루 철도를 타고 북쪽으로 사십 분 정도 더 간 곳에 있다.

우리는 나카하타 씨 집에서 점심을 먹으면서 어머니의 상태가 심상치 않다는 연락을 받았다. 위독하신 모양이다.

"잘 오셨습니다."

나카하타 씨는 오히려 우리에게 감사 인사를 했다.

"언제쯤 오시려나 초조했어요. 아무튼, 이제 저도 안심입니다. 어머님께선 별말씀 안 하셨지만, 슈지 씨네를 무척이나 기다리는 눈치였어요."

성서에 나오는 '돌아온 탕아'가 문득 떠올랐다.

점심 식사를 마치고 출발하려는데,

"트렁크는 두고 가는 게 좋겠죠? 그렇게 합시다."

하고 기타 씨가 조금 강한 어조로 내게 말했다.

"큰형님께서 아직 허락하신 것도 아닌데 트렁크는 좀……."

"알겠습니다."

짐은 전부 나카하타 씨 집에 맡기기로 했다. 환자를 만나게 해줄지 어떨지도 모르는 상황인 터라 기타 씨가 내게 주의를 준 것이다.

소노코의 기저귀 가방만 들고 우리는 가나기행 기차에 올랐다. 나카하타 씨도 함께 탔다.

시간이 지날수록 기분이 우울해졌다. 모두 좋은 사람들이다. 나쁜 사람은 아무도 없다. 나 혼자만 과거에 어리석은 짓을 저지르고, 지금도 여전히 총명하지 못하며 악평 높은 하루살이의 가난뱅이 글쟁이라는 사실 때문에 모든 것이 이렇게 나빠졌다.

"경치가 참 좋네요."

아내는 차창 밖의 쓰가루 평야를 바라보며 말했다.

"의외로 밝은 땅이에요."

"그런가?"

벼가 베어진 모든 논에 겨울빛이 완연했다.

그때의 내겐 고향을 자랑하고 싶은 생각도 없었다. 그냥 지독하게 괴로웠다. 작년 여름에는 이렇지 않았다. 10년 만에 찾은 고향의 풍경을, 가슴 설레며 바라보았는데.

"저건 이와키산이야. 후지산과 닮았다고 해서 쓰가루 후지라고 해."

나는 쓴웃음을 지으며 설명했다. 아무런 의욕 없이.

"이쪽의 낮은 산맥은 본주산맥이고 저건 마하게산."

정말 대충대충 설명했다.

'여기가 내가 태어난 곳이고 여기서 조금만 더 가면……' 이런 식으로 다소 우쭐대며 설명하는 우메가와 추베의 〈니노구치무라〉의 연극은 정말 슬픈데, 내 경우는 그렇지 않았다. 추베가 다짜고짜 성내는 꼴이었다. 논 저쪽 편에 빨간 지붕이 살짝 보였다.

"저기가." 우리 집이라고 말하려다가 굳이 "큰형님 집."이라고 말했다.

하지만 그건 절의 지붕이었다. 내 고향집 지붕은 그 오른쪽에 있었다.

"아, 아니다. 오른쪽에 좀더 큰 집이야."

엉망진창이었다.

가나기역에 도착했다. 어린 조카딸과 젊고 예쁜 아가씨가 나와 있었다.

"저 아가씨는 누구?"

아내가 나지막이 물었다.

"일하는 사람일걸? 인사 안 해도 돼."

작년 여름에도 나는 이 여자 또래의 품위 있어 보이는 하녀를 큰형의 맏딸인 줄 알고 공손히 인사했다가 좀 멋쩍었던 적이 있었기에 노파심에서 하는 말이었다.

어린 조카딸은 큰형의 둘째 딸로 작년 여름에 만나서 알고 있었다. 여덟 살이다.

"시게야!"

내가 부르자 시게는 스스럼없이 웃었다. 나는 조금 안심했다. 이 아이만큼은 나의 과거를 모를 것이다.

집으로 들어갔다. 나카하타 씨와 기타 씨는 곧장 2층의 큰형 방으로 올라갔다. 나는 아내와 함께 불단이 있는 방으로 가 불상 앞에 절을 하고 집안사람들만 이용하는 '조이'

라는 방으로 들어가 한쪽 구석에 앉았다. 큰형수님과 작은 형수님이 웃는 얼굴로 맞아주었다. 할머니도 하녀의 부축을 받아 오셨다. 할머니는 여든여섯 살이시다. 귀는 잘 안 들리는 듯하지만 건강하시다. 아내는 소노코를 인사시키려고 애썼지만, 인사는커녕 방 안을 넘어질 듯 돌아다녀 모두를 마음 졸이게 했다.

큰형이 나왔다. 그러나 우리가 있는 방을 그냥 지나쳐 옆방으로 가버렸다. 안색도 안 좋고 섬찟할 정도로 야위어 매서워 보였다. 옆방에도 어머니 병문안 손님이 한 분 와 있었다. 큰형은 그 손님과 잠시 이야기를 나누다 마침내 그 손님이 돌아가자 '조이' 방으로 들어왔다. 내가 먼저 말을 꺼내기도 전에 "그래." 하고 고개를 끄덕이며 가볍게 인사했다.

"여러 가지로 걱정 많이 끼쳐드렸습니다."

나는 딱딱하게 굳은 채로 인사한 다음 아내에게 "큰형님이셔." 하고 말했다.

큰형은 아내가 인사하기도 전에 먼저 인사를 했다. 나는 조마조마했다. 인사가 끝나자 큰형은 서둘러 2층으로 올라갔다.

뭐시? 하고 생각했다. 무슨 일 있었나? 나는 마음이 편치 않았다. 큰형은 예전부터 기분이 좋지 않으면, 아까처럼 묘하게 서먹서먹하고 정중한 인사를 하곤 했다. 기타 씨와 나카하타 씨도 아직까지 2층에서 내려오지 않고 있다. 일이 뭔가 잘못된 건 아닐까, 그런 생각을 하자 갑자기 불안하고 두려워 가슴이 두근거렸다. 큰형수님이 생글생글 웃으며 와 "자, 어서요." 하고 우리를 재촉했다. 나는 안도의 한숨을 내쉬며 일어섰다. 어머니를 만날 수 있다. 별다른 일 없이 어머니를 볼 수 있게 되었다. 괜히 심각하게 걱정했나 싶었다.

복도를 지나면서 큰형수님이 우리에게 말했다.

"이삼일 전부터 무척 기다리셨어요."

어머니는 별채에 있는 다섯 평 크기의 방에 계셨다. 커다란 침대 위에 마른 풀잎처럼 수척한 모습으로 누워 계셨다. 하지만 의식은 또렷했다.

"어서 와라."

아내가 첫인사를 올리자 고개를 들어 끄덕이셨다. 내가 소노코를 안아 그 작은 손을 어머니의 홀쭉한 손에 쥐어드리자 어머니는 손가락을 떨면서 꼭 쥐었다. 머리맡에 계시던 숙모님은 미소를 지으며 눈물을 닦으셨다.

방에는 숙모님 외에도 간호사가 두 명, 그리고 큰누나, 작은형수, 친척들이 여럿 있었다. 우리는 옆방으로 옮겨 인사를 나누었다. 슈지(내 본명)는 하나도 안 변했구나, 살이 좀 쪄서 오히려 더 젊어졌네, 라고들 했다. 소노코는 다행히 염려했던 것만큼 낯을 가리지 않고 아무에게나 히죽히죽 웃어 보였다. 모두 화로 주위에 모여 소곤소곤 작은 소리로 이야기를 시작하여 긴장도 조금씩 풀렸다.

"이번에는 좀 오래 있다 갈 거죠?"

"글쎄, 작년 여름처럼 두세 시간 정도 있다가 일어나야 하지 않을까요? 기타 씨가 그게 좋을 거 같다고 했거든요. 전 뭐든 다 기타 씨 말에 따르려고요."

"하지만 어머니가 이렇게 편찮으신데 모른 척하고 갈 수 있겠어요?"

"그건 기타 씨와 상의해보고……."

"그런 것까지 다 기타 씨에게 물어볼 필요는 없잖아요."

"아뇨, 전 지금까지 기타 씨에게 너무 많은 신세를 졌어요."

"그야 뭐 그렇지만. 하지만 기타 씨가 설마……."

"그래서 기타 씨와 상의해보겠다는 거예요. 뭐든 기타 씨

말에 따르기로 했으니까. 아직도 큰형이랑 2층에서 말씀 중인데 일이 좀 복잡해진 건 아닐까요? 우리 세 사람, 허락도 없이 이렇게 뻔뻔하게 찾아왔으니……."

"그런 걱정은 안 해도 돼요. 에이지(작은형의 이름) 씨도 슈지 씨한테 빨리 오라고 속달까지 보냈잖아요."

"언제요? 우린 못 받았는데."

"이런. 우린 또 그 속달 보고 온 줄 알고……."

"아, 어쩌죠. 서로 엇갈렸나 봅니다. 큰일이네요. 기타 씨가 괜히 주제넘은 짓을 한 모양새가 돼버렸네요."

이제 완전히 알 것 같았다. 운이 나쁘다고 생각했다.

"나쁠 건 없어요. 하루라도 빨리 왔으니 다행이죠."

하지만 나는 맥이 빠졌다. 일부러 장사까지 접고 우리를 데려온 기타 씨에게도 미안했다. 때 되면 어련히 알려줄까, 하는 형들의 마음도 알 것 같아서, 이거 참 난처하게 됐다고 생각했다.

아까 역으로 마중 나온 젊은 아가씨가 방으로 들어와 웃으며 내게 공손히 인사했다. 또 실수했다. 이번에는 너무 신중해서 실수한 것이다. 하녀가 아니었다. 큰누나의 딸이었다. 일고여덟 살 때까지의 모습은 기억하는데, 그때는 피부가 까무잡잡하고 키가 작은 아이였다. 지금은 기품 있고 키가 커서, 마치 전혀 다른 사람 같았다.

"밋짱이야."

숙모님이 웃으면서 말씀하셨다.

"많이 달라졌지?"

"네, 많이 변했네요."

나는 솔직하게 대답했다.

"피부가 하얘졌네."

모두가 웃었다. 내 기분도 조금 풀렸다. 그때 문득 옆방에 있는 어머니를 보니, 입을 힘없이 벌리고 어깨를 들썩이며 가쁜 숨을 몰아쉬고는, 앙상한 손을 파리라도 쫓듯이 휘이 휘이 허공을 휘젓고 계셨다. 이상하다고 생각했다. 나는 일어서서 어머니 침대 곁으로 갔다. 다른 사람들도 걱정스러운 얼굴로 살며시 어머니의 머리맡으로 모여들었다.

"가끔씩 이렇게 힘들어하세요."

간호사는 작은 소리로 설명하고 이불 속으로 손을 넣어 어머니의 몸을 열심히 주물렀다. 나는 어머니 머리맡에 쭈그리고 앉아 어디가 불편하시냐고 물었다. 어머니는 힘없이 머리를 저으셨다.

"기운 내세요. 소노코 커가는 모습도 보셔야죠."

나는 쑥스러운 걸 참고 그렇게 말했다.

갑자기 친척 아주머니께서 내 손을 끌어다 어머니 손과 맞잡게 했다. 나는 두 손으로 어머니의 차가운 손을 따뜻하게 감싸드렸다. 친척 아주머니가 어머니의 이불에 얼굴을 묻고 우셨다. 숙모님도 다카(작은형수 이름) 형수님도 울음을 터뜨렸다. 나는 입술을 깨물며 참았다. 잠시 그러고 있다가 도저히 참지 못하고 슬그머니 어머니 곁을 빠져나와 복도로 나갔다. 복도를 걸어서 서양식 방으로 갔다. 춥고 휑했다. 하얀 벽에 양귀비꽃을 그린 유화와 여인의 나체를 그린 유화가 걸려 있다. 벽난로 위에는 엉성한 목조 조각 하나가 동그마니 놓여 있고 소파에는 호랑이 가죽이 깔려 있다. 의자도 테이블도 카펫도 옛날 그대로였다. 나는 방 안을 빙빙 돌며 지금 눈물 흘리면 거짓이다, 지금 울면 거짓이다, 하고 자신에게 말하며 울지 않으려고 애썼다. '아무도 모르게 방으로 도망쳐 혼자 울면서 어머니를 안쓰러워하는 마음씨 착한 아들. 아니꼽다. 의뭉스럽기 짝이 없다. 그런 천박한 영화가 있었는데. 서른네 살이나 처먹고서 이게 뭐 하자는 거냐. 마음씨 착한 슈지 씨? 어리광이나 피우는 연극은 그만 관둬. 이제 와 효자 노릇이라도 할 셈인가. 경찰서나 들락날락하는 주제에 말이야. 울면 거짓이다. 눈물은 거짓이야.' 이런 생각을 하며 팔짱을 끼고 방을 휘젓고 다니는데 금방이라도 오열이 터져 나올 것만 같았다. 나는 내가 지긋지긋했다. 담배를 피우고 코를 풀고 별짓 다 해가며 끝끝내 한 방울의 눈물도 흘리지 않았다.

날이 저물었다. 나는 어머니가 계신 방으로 돌아가지 않고, 소파에 가만히 누워 있었다. 별채의 이 서양식 방은 지금은 사용하지 않는지 스위치를 켜도 불이 들어오지 않았다. 나는 추운 어둠 속에 혼자 있었다. 기타 씨도 나카하타 씨도 별채로 오지 않았다. 대체 뭘 하고 있는 걸까? 아내와 소노코는 어머니 방에 있는 듯하다. 오늘 밤 우린 이제 어떻게 되는 걸까? 원래 계획대로라면 기타 씨의 말대로 병문안을 마치고 곧바로 가나기를 떠나 고쇼가와라의 숙모님 댁에서 하루 묵어야 하는데, 어머니가 이렇게나 편찮으신데도 예정대로 가버리는 건 오히려 안 좋지 않을까? 아무튼 기타 씨와 만나고 싶었다. 기타 씨는 대체 어디에 있는 걸까? 뭔가 얘기가 복잡하게 흘러가고 있는 건 아닐까? 내가 마땅히 있어야 할 곳이 사라진 기분이었다.

아내가 어두운 방으로 들어왔다.

"당신! 그러다 감기 걸려요."

"소노코는?"

"잠들었어요."

병실 옆 손님방에 재워뒀다고 한다.

"괜찮을까? 거긴 안 춥지?"

"네. 숙모님께서 담요를 가져다주셨어요."

"어때? 모두 좋은 사람들이지?"

"네."

하지만 역시 불안한 기색이었다.

"이제 우린 어떻게 해요?"

"모르겠어."

"오늘 밤은 어디서 자죠?"

"그런 거 나한테 물어봤자 소용없어. 다 기타 씨가 하자는 대로 해야 하니까. 10년 동안 그런 습관이 들어버렸거든. 기타 씨를 무시하고 직접 큰형님에게 말을 걸거나 했다간 소동이 일어날 거야. 어쩔 수 없어. 무슨 말인지 알겠지? 난 지금 아무 권리도 없다고. 트렁크 하나 못 가져왔잖아."

"기타 씨를 좀 원망하는 것 같네요."

"바보. 기타 씨 마음은 내가 잘 알 알아. 그렇지만 기타 씨가 중간에 끼어 있어서 나와 큰형님 사이가 묘하게 복잡해진 부분도 있어. 기타 씨의 체면을 세워줘야 하기도 하고. 그래도 나쁜 사람은 한 사람도 없어."

"그래요."

아내도 조금은 알 것 같다는 모습이었다.

"기타 씨가 생각해서 데려와주신다는 걸 거절하기도 미안해서, 일단 소노코까지 데리고 오긴 왔는데, 이 일로 기타 씨에게 폐를 끼친다면 저도 편치 않아요."

"맞아. 다른 사람은 무턱대고 돌보는 게 아니지. 나라는 골칫덩이라도 맡게 되는 날에는 일이 이렇게 복잡해지니까. 이번엔 기타 씨도 안 됐어. 이렇게 먼 걸음 해주셨는데 아무도 고마워하지 않으니. 우리만이라도 어떻게든 기타 씨의 체면을 세워줘야 하는데 안타깝게도 나한테는 그런 힘이 없어. 섣불리 나섰다간 더 엉망이 될 거야. 뭐 이렇게 잠시 있어야지 어쩌겠어. 병실에 가서 어머니 다리라도 좀 주물러드려. 우린 어머니의 병환만 생각하면 돼."

그런데 아내는 일어서려 하지 않았다. 어둠 속에 고개를 떨구고 서 있다. 이렇게 어두운 곳에 두 사람이 있는 걸 누가 보기라도 하면 좋지 않을 것 같아서 나는 소파에서 일어나 복도로 나갔다. 몹시 추웠다. 여기는 혼슈의 북단이다. 복도의 유리문 너머로 하늘을 쳐다봐도 별 하나 보이지 않았다. 엄숙하고 어두울 뿐이었다. 나는 괜히 일이 하고 싶어졌다. 무슨 영문인지는 모르겠지만 일을 해야겠다는 생각이 들었다.

큰형수님이 우리를 찾으러 왔다.

"어머, 이런 데서 뭐 하세요!"

밝았지만 놀란 목소리였다.

"식사하세요. 미치코 씨도요."

큰형수님은 우리에게 아무런 경계심도 없어 보였다. 그런 점이 무척 믿음직스러웠다. 뭐든 이 사람과 의논하면 틀림없으리라고 생각했다.

안채의 불단이 있는 방으로 안내되었다. 도코노마를 등지고 고쇼가와라 선생(숙모님 양아들) 그리고 기타 씨, 나카하타 씨, 맞은편에 큰형, 작은형, 나, 미치코 모두 일곱 명의 자리가 마련되어 있었다.

"속달이 엇갈렸나 봅니다."

나는 작은형의 얼굴을 보는 순간 무심코 그 말을 해버렸다. 작은형은 고개를 약간 끄덕였다.

　기타 씨는 기운이 없었다. 시무룩한 얼굴이었다. 술자리
에서는 언제나 흥을 돋우는 사람인데 그날 밤은 침울해 보
였다. 역시 무슨 일이 있었구나, 나는 확신했다.

　그래도 고쇼가와라 선생이 취기에 들떠 있어 분위기는
제법 좋았다. 나는 팔을 쭉 뻗어 큰형과 작은형에게 술을 따
랐다. 형들이 날 용서했는지 안 했는지, 그런 건 이제 생각
하지 않기로 했다. 평생 용서받을 리도 없겠지만, 용서받으
려는 그 뻔뻔스러운 생각도 버려야 한다. 결국, 문제는 내가
형들을 사랑하느냐 사랑하지 않느냐다. 사랑하는 자는 행
운아다. 내가 형들을 사랑하면 그만이다. 괜한 욕심을 버려
야 한다, 나는 혼자 자작하며 실없는 자문자답을 계속하고
있었다.

　기타 씨는 그날 밤 고쇼가와라에 있는 숙모님 댁에서 묵
었다. 가네기의 집은 문병객들로 어수선해서 기타 씨가 사
양했는지 어쨌는지는 모르지만, 아무튼 고쇼가와라에 묵기
로 한 것이다. 나는 기타 씨를 정거장까지 배웅했다.

　"고맙습니다. 다 기타 씨 덕분입니다."

　지금 기타 씨와 헤어져야 한다는 게 불안했다. 이제부터

는 날 지시해줄 사람이 아무도 없다.

"오늘 밤, 저희 식구 이대로 가나기에 묵어도 괜찮을까요?" 왠지 물어 두고 싶었다.

"상관없죠."

내 기분 탓인지 약간 서먹한 말투였다.

"어머님께서 많이 편찮으시니까요."

"그럼 한 이삼일 정도 고향집에 더 머무르고 싶은데, 그건 너무 뻔뻔할까요?"

"어머니 병세에 따라야겠죠. 아무튼 내일 전화로 얘기합시다."

"기타 씨는요?"

"내일 도쿄로 돌아갑니다."

"힘드시겠네요. 작년 여름에도 그러셨잖아요. 올해는 꼭 아오모리 근처의 온천에라도 모시고 갈 생각이었는데."

"아니, 어머님이 그렇게 편찮으신데 무슨 온천입니까? 사실 병세가 이렇게 악화되신 줄 몰랐습니다. 놀랐어요. 슈지 씨가 내주신 차비는 나중에 계산해서 돌려드리죠."

갑자기 차비 같은 말을 꺼내서 나는 당황했다.

"농담이시죠? 가시는 표도 제가 사려던 참이었는데요. 그러지 마세요."

"아니, 확실히 계산해 둡시다. 나카하타 씨에게 맡겨둔 슈지 씨네 짐도 내일 당장 나카하타 씨에게 부탁해 가나기 집으로 보내겠습니다. 이젠 제 할 일은 끝났습니다."

기타 씨는 깜깜한 길을 성큼성큼 걸어갔다.

"정거장이 이쪽이었죠? 배웅은 이제 됐습니다. 정말 괜찮아요."

"기타 씨!"

나는 두어 걸음 바싹 쫓아가며 물었다.

"형님이 뭐라고 하던가요?"

"아니요."

기타 씨는 걸음을 늦추며 차분한 어조로 말했다.

"그런 걱정은 이제 안 하시는 게 좋겠어요. 전 오늘 밤 기분 좋았습니다. 분지 씨, 에이지 씨 그리고 슈지 씨, 삼형제가 그렇게 나란히 앉아 있는 걸 보니 눈물이 나올 정도로 기뻤습니다. 이제 전 아무것도 필요 없어요. 만족합니다. 전 처음부터 대가를 바라고 한 일이 아니에요. 그건 슈지 씨도 아시죠? 전 그저 형제 셋이 나란히 있는 모습을 보고 싶었어요. 전 정말 좋습니다, 만족해요. 슈지 씨도 앞으로는 사고치지 말아요. 우리 노인네들은 이제 물러갈 때가 됐습니다."

기타 씨를 배웅하고 나는 집으로 돌아왔다. 이제 더는 기타 씨에게 의지하지 않고 내가 직접 형들과 이야기해야 한다고 생각하니 기쁨보다는 두려움이 앞섰다. 또 실수를 저질러 형들을 화나게 할까 봐 너무나 불안했다.

집 안은 문병객들로 북적북적했다. 나는 그들 눈에 띄지 않으려고 부엌으로 몰래 들어가 별채에 있는 병실로 가다가 문득 '조이' 옆에 있는 '작은 방'에 작은형이 혼자 앉아 있는 것을 발견하고는 무언가에 홀리듯 스르르 형 옆으로 가서 앉았다. 속으로는 움찔움찔하면서 물었다.

"어머니는 이제 가망이 없는 건가요?"

너무나도 당돌한 질문이라 스스로도 깜짝 놀랐다. 작은형은 쓴웃음을 머금고 잠시 주위를 둘러보고는 말했다.

"음, 이번에는 좀 어렵지 싶다."

그때 갑자기 큰형이 들어왔다. 당황했는지 방 안을 이리저리 돌아다니고, 벽장을 열었다가 닫았다 하다가 작은형 옆에 책상다리를 하고 앉았다.

"아, 어쩌지. 이번에는 힘들겠어."

그렇게 말하며 얼굴을 숙인 채 안경을 이마 위로 밀어 올리더니 한 손으로 두 눈을 감쌌다.

문득 정신을 차려보니 내 등 뒤에 큰누나가 어느샌가 와서 조용히 앉아 있었다.

〈끝〉

# 다자이 오사무의 새로운 매력이 담긴
# 아홉 개의 반짝이는 조각들

이 작품집에는 표제작인 「달려라 메로스」를 포함하여 다자이 오사무가 1935년부터 1943년까지 발표한 총 아홉 편의 단편이 실려 있습니다. 각각 독립된 단편으로 이루어진 작품집이라 사실 처음부터 읽지 않아도 크게 상관은 없지만, 다자이의 미묘한 내면의 변화를 느껴보고 싶다면 이 책에 소개된 작품 순서대로 차근차근 읽어볼 것을 추천합니다.

먼저 첫 번째 단편 「다스 게마이네」는 1935년 10월 〈문예춘추〉에 발표된 작품입니다. '다스 게마이네(Das Gemeine)' 란 독일어로 '통속성, 비속성'을 뜻합니다. 이 소설은 다자이 오사무를 비롯한 제1회 아쿠타가와상 후보자 네 명이 〈문예

춘추〉의 청탁을 받아 쓴 것으로, 소설 속에도 '해적'이라는 잡지를 만들기 위해 주인공인 스물다섯 살의 대학생, 독특한 음대생 바바 가즈마, 바바의 친척이자 미대생인 사타케 로쿠로, 신인 작가 다자이 오사무라는 네 명의 청년이 잇따라 등장하는 점이 흥미롭습니다.

하지만 「다스 게마이네」가 발표된 1935년은 다자이 생애 참으로 우여곡절이 많은 해였습니다. 신문사 입사 시험에 낙방해서 자살 시도를 했다가 실패하고, 맹장염으로 병원에 입원하였으나 복막염을 일으키면서 이때 사용된 진통제 때문에 약물중독에 빠지는 불운을 겪게 됩니다. 다자이 나이 26세 때 일입니다. 그래서 「다스 게마이네」에는 그런 청년기 다자이의 불안과 자의식 및 정체성 혼란 등이 담겨 있습니다.

다자이 오사무는 1937년 또 한 차례 자살을 시도하지만 역시 미수에 그치고 1년여간 작품 활동을 중단했다가 마침내 1938년에는 그런 침체기에서 벗어나게 됩니다. 이 시기에 나온 작품이 「만원」입니다. 같은 해 9월 〈문필〉에 발표된 굉장히 짧은 분량의 단편으로, '만원(滿願)'이란 일정 기한 동안 신이나 부처에게 기원하고 마침내 그 날짜가 다 차는 것을 뜻합니다. 여름의 이즈를 배경으로 해서 시원한 청량감이 느껴지며 다자이 오사무의 삶에 대한 의지와 희망, 건강을 되찾을 수 있다는 믿음이 엿보입니다. 다자이 오사무일 것으로 추측되는 '나'와 의사 부부, 그리고 젊은 부인의 정겨운 이야기가 담겨 있어 읽고 나면 덩달아 마음이 흐뭇해지는 것을 느낄 수 있습니다.

1938년 11월에 이부세 마스지의 주선으로 다자이는 결혼식을 올리게 되고, 좀더 안정을 되찾게 된 그는 적극적으로 집필 활동을 해나가게 됩니다. 그렇게 해서 나오게 된 작품이 「다스 게마이네」를 제외한 나머지 여덟 편의 작품입니다. 모두 다자이의 삶에 대한 희망, 의지가 깃든 작품들로 대체로 밝고 긍정적인 분위기를 느낄 수 있습니다. 평소 다자이 오사무를 우울하고 어두운 작가라고만 생각하셨다면, 이 작품들을 통해 다자이의 새로운 모습을 발견할 수 있을 것입니다.

먼저 「부악백경」은 1939년 〈문체〉의 2월호와 3월호에 발표된 작품입니다. 여기서 '부악'은 후지산의 또 다른 이름이기도 합니다. 이 단편은 다자이 오사무가 실제로 장편소설 집필을 위해 후지산과 가와구치 호수가 한눈에 보이는 '천하다옥'에서 3개월 동안 머물며 그곳에서 있었던 에피소드를 소설화한 것으로, 후지산을 통한 다자이 오사무의 정신적 성장이 돋보이는 작품입니다. 현재 '천하다옥'의 2층에는 다자이 오사무의 문학기념실이 마련되어 있으며 다자이 오사무가 묵었던 방이 그대로 재현되어 있어 많은 이의 사랑을 받고 있습니다.

「여학생」은 1939년 4월 〈문학계〉에 발표된 작품입니다. 1938년 9월에 19세 여성 독자가 다자이 앞으로 보내온 일기를 소재로 썼다는 점이 흥미롭습니다. 이 작품은 사춘기에 겪는 자의식 동요와 불안정한 심리를 14세 소녀의 독백체로 섬세하게 풀어나가며 가와바타 야스나리로부터 작품성을 인정받아 다자이의 대표작 중 하나가 되었습니다.

「직소」는 1940년 2월 〈중앙공론〉에 발표된 작품입니다. '직소'란 정식 절차를 밟지 않고 윗사람이나 상급 관청에 직접 호소하는 것을 말합니다. 이 작품은 아내 미치코가 다자이의 구술을 받아적어 완성한 것입니다. 유다를 주인공으로 내세워 누군가에게 호소하는 방식으로 풀어나가는 방식이 독특합니다. 큰 틀로는 자신을 따스하게 품어주지 못하는 예수에 대한 원망과 부정적인 시각이 담겨 있지만, 유다 자신조차 예수에 대한 사랑과 미움이 뒤섞여 무척 혼란스러워하고 있음을 알 수 있습니다.

이 책의 표제작인 단편 「달려라 메로스」는 1940년 5월 〈신조〉에 발표된 작품입니다. 주인공 메로스가 사람을 믿지 못하는 디오니스 왕에게 참된 믿음과 우정을 일깨워주는 동화 같은 이야기입니다. 고대 그리스의 전설과 독일의 시인이자 극작가인 프리드리히 실러의 시를 바탕으로 다자이만의 독특한 개성을 담아 창작한 작품이며 일본 교과서에도 실릴 만큼 유명한 소설입니다.

「도쿄팔경」은 1941년 1월 〈문학계〉에 발표된 작품입니다. 다자이 오사무가 도쿄에서 보낸 10년을 단편으로 엮은 소설입니다. 다자이는 이 작품에서 단순히 눈에 보이는 도쿄의 풍경이 아닌 그 풍경 속의 자신을 담아냅니다. 형의 죽음, 약물중독, 사랑하는 사람의 배신과 이별, 세 번의 자살 시도 등의 어둡고 우울한 내용에서 후반부로 갈수록 결혼, 일에 대한 의욕과 희망의 메시지가 보이며 점차 밝고 긍정적으로 변해가는 저자의 모습을 발견할 수 있습니다.

「귀거래」는 1943년 6월 〈야쿠모(八雲)〉에 발표되었고, 「고향」은 1943년 1월 〈신조〉에 발표되었습니다. 두 작품은 연작 형식을 띤 자전적 소설입니다. 「귀거래」는 고향과 의절하고 지낸 주인공이 나카하타 씨와 기타 씨라는 두 사람의 도움으로 10년 만에 고향집을 찾게 되어 이들에게 고마움의 뜻을 전하는 내용이고, 「고향」은 고향집에 다녀온 지 얼마 지나지 않아 어머니가 위중하다는 소식을 듣고 다시 한번 고향집을 찾게 되는 내용입니다. 온 가족이 어머니의 병환을 계기로 한자리에 모이면서 이야기는 훈훈하게 마무리됩니다.

평소 다자이 오사무의 작품을 즐겨 읽는 분이라면 아시겠지만, 그의 작품들은 굉장히 유기적으로 연결되어 있습니다. A라는 작품에선 미처 몰랐던 사실이나 등장인물의 감정이 B라는 작품에서 나타나기도 하고, C작품에서 궁금했던 부분이 D라는 작품에서 밝혀지기도 하는 식입니다. 이를테면 이 작품집 『달려라 메로스』만 보더라도 「귀거래」와 「고향」이 한 작품처럼 느껴집니다. 그리고 「도쿄팔경」에서는 '음지 일'에 대한 이야기가 나오는데, 다자이 오사무의 작품을 처음 접하는 독자라면 '음지 일'이 뭐지? 하는 궁금증이 생길 것입니다. 이 음지 일에 대한 설명은 다자이의 유명한 장편 『인간 실격』에서 구체적으로 다룹니다. 또한 「도쿄팔경」에서는 다자이가 정신병원에서 퇴원하는 장면을 깊게 다루지 않지만 『인간 실격』에서 주인공 '요조'의 시선으로 그때 느낀 다자이의 깊은 슬픔을 절절하게 묘사하고 있습니다.

다자이 오사무의 작품은 이런 퍼즐 조각을 맞춰 나가는 재미가 있습니다. 개인적으로 그의 작품을 좋아하는 이유 중 하나입니다. 언젠가 다자이 오사무의 전 작품을 읽고 번역해보고 싶다는 꿈이 있습니다. 그럼 저도 아직 미처 다 찾지 못한 퍼즐 조각을 찾게 되지 않을까요? 독자 여러분도 다자이 오사무의 작품을 재밌게 읽으셨다면 앞으로 이 여정을 저와 함께 해나가면 역자로서 더할 나위 없이 기쁠 것입니다.

# 달려라 메로스

**초판 1쇄 발행** 2022년 5월 23일

**지은이** 다자이 오사무
**옮긴이** 장하나

**펴낸이** 이성림
**펴낸곳** 성림북스

**편집** 김화영
**디자인** 북디자인 경놈

**출판등록** 2014년 9월 3일 제25100-2014-000054호
**주소** 서울시 은평구 연서로3길 12-8, 502
**대표전화** 02-356-5762 팩스 02-356-5769
**이메일** sunglimonebooks@naver.com

ISBN 979-11-88762-48-4 (03830)